# HISTÓRIA
*e*
# FICÇÃO CIENTÍFICA

Locomotivas, androides
e outras viagens do metaverso

*Conselho Acadêmico*
Ataliba Teixeira de Castilho
Carlos Eduardo Lins da Silva
Carlos Fico
Jaime Cordeiro
José Luiz Fiorin
Tania Regina de Luca

Proibida a reprodução total ou parcial em qualquer mídia
sem a autorização escrita da editora.
Os infratores estão sujeitos às penas da lei.

A Editora não é responsável pelo conteúdo deste livro.
O Autor conhece os fatos narrados, pelos quais é responsável,
assim como se responsabiliza pelos juízos emitidos.

Consulte nosso catálogo completo e últimos lançamentos em **www.editoracontexto.com.br**.

# HISTÓRIA e FICÇÃO CIENTÍFICA

Locomotivas, androides
e outras viagens do metaverso

Luiz Aloysio Rangel

Copyright © 2023 do Autor

Todos os direitos desta edição reservados à
Editora Contexto (Editora Pinsky Ltda.)

*Ilustração de capa*
*A saída da ópera no ano 2000*, Albert Robida (1882)

*Montagem de capa e diagramação*
Gustavo S. Vilas Boas

*Preparação de textos*
MPMB

*Revisão*
Ana Paula Luccisano

Dados Internacionais de Catalogação na Publicação (CIP)

Rangel, Luiz Aloysio
História e ficção científica : locomotivas, androides e outras
viagens do metaverso / Luiz Aloysio Rangel. – São Paulo :
Contexto, 2024.
224 p.

Bibliografia
ISBN 978-65-5541-374-8

1. História 2. Ficção científica – Análise e crítica 3. Antropologia
4. Literatura e sociedade 5. História e literatura I. Título

23-6898                                          CDD 909.81

Angélica Ilacqua – Bibliotecária – CRB-8/7057

Índice para catálogo sistemático:
1. História contemporânea e literatura

2024

EDITORA CONTEXTO
Diretor editorial: *Jaime Pinsky*

Rua Dr. José Elias, 520 – Alto da Lapa
05083-030 – São Paulo – SP
PABX: (11) 3832 5838
contato@editoracontexto.com.br
www.editoracontexto.com.br

# *Sumário*

Apresentação ................................................................. 7

INTRODUÇÃO
A ficção documenta a realidade ........................................ 9

PARTE I
GENEALOGIA DO PROMETEU MODERNO

Novas formas de pensar, novas formas de imaginar ............... 23

Consolidação dos romances de antecipação ........................ 35

A razão industrial no cotidiano doméstico e no trabalho ......... 39

Tempo, individualidade e modernidade ............................. 47

Arte e cultura mercantilizadas ...................................... 55

Imperialismo, ciência e tecnologia ................................. 61

Fronteiras e anacronismos ........................................... 71

PARTE II
O SUJEITO NA ERA DE SUA REPRODUTIBILIDADE TÉCNICA

Utopia e distopia ..................................................... 83

Mercado, cinema e arte multiplataforma ........................... 87

*Metrópolis* e o sujeito maquinizado ................................ 97

Dilemas da máquina humanizada .................................. 111

Queimas de livros, polarizações e ambiguidades históricas ...... 123

PARTE III
GENEALOGIA DO PROMETEU PÓS-MODERNO

Mais humanos que os humanos e a Terceira Guerra Mundial ....... 139

Ficção pós-moderna e o efeito Hollywood .................................... 151

Escatologia, finitude, aceleração e a vida sobre a lâmina ............. 163

Sociedade de consumo e metaverso ............................................ 175

Nostalgia e desaceleração da realidade ...................................... 187

Fotografias e a supremacia da imagem ....................................... 199

EPÍLOGO
E o que vem a seguir para a ficção científica? ............................. 205

*Nota do autor* ......................................................................... 211

*Notas* .................................................................................... 213

*Referências bibliográficas* ....................................................... 219

*O Autor* ................................................................................. 223

# *Apresentação*

Este livro aborda o processo histórico de formação da contemporaneidade sob a perspectiva de livros e filmes de ficção científica. As obras escolhidas expressam de maneira singular o contexto mental e cultural dos autores que as conceberam e das sociedades que as consumiram. Assim, fornecem pistas de ideias, desejos e anseios manifestados em face do fervor do desenvolvimento científico, bem como das respectivas transformações sociais e políticas que definiram os contornos do mundo atual.

Quando a literatura começou a introduzir componentes científicos no palco central de suas narrativas, manifestou a adoção de uma racionalidade. Desta forma, precisava de uma nova base de sustentação lógica. Foi o que propôs Mary Shelley, em 1818, quando apresentou ao mundo o seu Frankenstein, uma criatura monstruosa concebida por um cientista, dentro de um laboratório, enquanto seus contemporâneos ainda sustentavam suas narrativas nos mistérios da sobrenaturalidade.

Desde então, passaram-se aproximadamente duzentos anos de história, que os capítulos deste livro dividem em três momentos relevantes para o amadurecimento e a consolidação da ficção científica. A primeira parte percorre o desenvolvimento científico da era industrial, bem como sua gradual incorporação à vida cotidiana e as fascinantes possibilidades propostas pelos romances de antecipação. A segunda parte aborda o alvorecer de uma ficção lúcida e desconfiada, que constata os usos políticos da ciência na criação de adventos e mecanismos de controle social, como contramão distópica das promessas iluministas. A terceira parte imerge no contexto da vida digital, sob os efeitos dos conflitos ideológicos e guerras mundiais que marcaram o século XX, para compreender a ascensão de uma ficção desiludida, cuja obsessão pelo fim do mundo — ou da vida integralmente orgânica — torna as máquinas pensantes e as subjetividades humanas um tema crítico e recorrente.

## INTRODUÇÃO
# A ficção documenta a realidade

A ficção científica é resultado de uma construção literária milenar, remontando às mitologias clássicas, e até mesmo a outras mais antigas, chegando inclusive às tradições orais pré-históricas. No cerne de uma busca humana pelo sentido da vida e sua razão de ser, o embate entre criador e criatura moveu o desenvolvimento de nossas consciências e racionalidades configurando as formas de vazão do nosso pensamento religioso e científico, em uma constante evolução daquilo que está engendrado no campo da filosofia, ou das perguntas fundamentais: quem somos, de onde viemos, onde estamos e para onde vamos (se é que vamos)? A tradição oral e escrita que se desenrolou ao longo do tempo na forma de mitos, fábulas, poemas, parábolas, folclores, independentemente das respectivas mídias que as suportaram – paredes de cavernas, desenhos em folhas de papiro ou códigos de programação salvos em nuvens computacionais –, sempre deu conta de expressar ideias e documentar a história do pensamento humano e seus desígnios.

A permanência e a relevância do mito clássico de Prometeu,[1] o herói que roubou o conhecimento do fogo dos deuses e o trouxe aos humanos, podem ser atualizadas nas histórias de cientistas autodeterminados, que desafiam as leis naturais ao invés de condicionarem-se passivamente a elas. Ou na experiência de hackers, que renunciam ao mundo da gênese divina ou às estruturas convencionais de dominação política e social para tornarem-se senhores, ou deuses criadores, de suas próprias realidades autônomas virtuais. Antigas aventuras de viajantes são também, de certa forma, recontadas como jornadas intergalácticas, de personagens que convertem o medo do desconhecido no combustível que os leva à superação de limites, e que renunciam a seus cotidianos ordinários transformando-os em façanhas heroicas, mantendo o mesmo teor transcendental de uma epopeia suméria ou de uma saga viking. Portanto, há um padrão que se destaca quando observamos como, em diferentes tempos e contextos, seus indivíduos se ocupam de narrar experiências humanas cuja estética é temporal, em respeito ao imaginário coletivo de quem as produz, porém, sustentadas por arquétipos que se mostram atemporais. Assim, são tão comuns as histórias de indivíduos que desafiam as limitações de uma suposta condição humana, que podemos observá-las como um aspecto central e motriz da ficção científica, que tenta explicar uma dada realidade justamente pela necessidade de superá-la. E para falar de ficção científica, precisamos falar sobre como a ciência e a arte se aproximam simbioticamente.

Sociedades contemporâneas produzem ciência. Mas sociedades remotas também a produziam, ainda que não o fizessem com os mesmos ferramentais metodológicos de observação e experimentação desenvolvidos e apurados nos séculos posteriores. Nosso conceito mais amplo de Ciência pressupõe a tentativa de explicar e entender racionalmente a natureza. Assim como o progresso científico molda e é moldado pelas ideias compartilhadas entre as pessoas no tempo, o mesmo ocorre com a arte, que necessariamente captura, reflete e confronta a sua contemporaneidade. Contudo, embora arte e ciência tenham caminhado juntas no decorrer da história da nossa civilização, a literatura que hoje conhecemos como ficção científica (FC) corresponde a uma ramificação literária moderna. E talvez seja injusto classificá-la como um gênero, sob o risco de reduzir a ampla extensão de sua capacidade de mesclar diversos territórios, temas e estilos. Em um complexo amálgama de romance, ciência, profecia e especulação, há nestas obras um componente de cientificismo que apenas se tornou explícito na ficção em um recorte mais recente da história humana, quando autores, deliberada e conscientemente,[2] incorporaram modelos racionais de explicação em narrativas que, por serem ficcionais, poderiam até se valer de um salvo-conduto que as libertaria dos compromissos técnicos e morais da razão, mas não o fizeram. Um ideário iluminista se impôs como um caminho sem retorno, fazendo com que uma parte da ficção assumisse novos compromissos estilísticos e mercadológicos, refletindo novas consciências e racionalidades. Neste sentido, talvez a ficção científica seja mesmo a metáfora do pensamento

*INTRODUÇÃO*

teórico moderno, como sugeriu o filósofo francês Jacques Derrida, em 1977 (apud Manfrédo, 2000).

Imagine que você vai ao cinema ver um filme no verão do ano de 1982. Não faz muito tempo que você assistiu aos primeiros filmes da saga *Guerra nas estrelas* (*Star Wars*) pela primeira vez. Talvez você até possua em casa um brinquedo, um álbum de figurinhas ou uma camiseta estampada com os personagens da megafranquia. Você também está familiarizado com as aventuras espaciais de Spock e Capitão Kirk, de um seriado de televisão um pouco mais antigo. O filme é inspirado em um livro de 1968 que você nunca leu, mas essa informação não é nem um pouco relevante nesse momento. Em vez de uma galáxia muito distante, a tela à sua frente projeta imagens de uma possível Los Angeles no ano de 2019. Você não é necessariamente um entusiasta de filmes de FC e sua expectativa pelas próximas duas horas é a de se entreter com aventura, ação, suspense e efeitos visuais arrebatadores. Tudo o que qualquer filme de fantasia também poderia proporcionar. O filme termina e você está confuso, porque ao final, o roteiro o deixou com mais perguntas do que respostas e, ao invés de maravilhamento, prevaleceu um desconforto ou até mesmo uma decepção. Quando lhe perguntam o que achou da experiência, você recomenda que assistam a *E.T., o extraterrestre*, de Steven Spielberg, que estava simultaneamente disponível nas demais salas de cinema.

Passam-se alguns anos e o mesmo filme é relançado sob alguns elogios da crítica especializada. Você resolve dar uma segunda chance e, dessa vez, a sua impressão é diferente. É como se você estivesse vendo algo que nunca viu antes. A reedição fez mudanças muito sutis na peça original. Se ninguém lhe contar quais foram essas mudanças, é bem possível que elas passem imperceptíveis. Contudo, você finalmente entendeu a proposta da obra. *Blade Runner* pagou um preço alto por ser uma precursora de tendências, não apenas no território da cinematografia, mas da arte e do pensamento crítico de forma geral. É como se os espectadores da primeira versão precisassem de um pouquinho mais de tempo e repertório para que aquela representação de futuro se relacionasse mais facilmente com suas concepções e fizesse um pouco mais de sentido.

Perguntar se alguém gosta ou não de ficção científica é quase uma pergunta capciosa. Mesmo quando não gostam, dificilmente as pessoas ficam indiferentes após lerem um livro ou assistirem a um filme do gênero. Nos

HISTÓRIA e FICÇÃO CIENTÍFICA

habituamos a consumir esse tipo de livros, filmes e séries como passatempo e entretenimento. Existem obras bem executadas, e outras nem tanto, mas em geral predomina a sua vocação de nos inquietar. Chamamos de ficção científica porque exploram as possibilidades das tecnologias e da razão humana, mas seu valor não está reduzido às especulações sobre como seriam os seres alienígenas, armas de raios laser ou carros voadores. São obras científicas porque nos fazem pensar e questionar a respeito das mais triviais questões técnicas às mais profundas indagações morais e existenciais. Para ser bem-sucedida, uma boa obra de ficção científica deve focar em trazer mais perguntas interessantes do que suas respectivas respostas. Precisa deixar o leitor mais atônito do que satisfeito. Para fazê-lo, ora se deixa mesclar à fantasia ou ao horror, ora transita entre romances de antecipação, *space operas, cyberpunk, steampunk, dieselpunk, hard sci-fi* e uma infinidade de subcategorias, sem nunca perder de vista sua proposição primordial de questionar os limites da ciência e dos valores éticos daqueles que a empreendem.

Uma brevíssima história da FC poderia pontuá-la como um tipo de literatura, que surgiu como produto de um momento bastante propício para se revisitar contratos sociais, questionar dogmas, experimentar formas inéditas de liberdade, implodir padrões e desconstruir instituições com razoável segurança: o Iluminismo. O sujeito histórico do Iluminismo é um sujeito conflitado pelo embate entre novas e velhas ideias. Embora as grandes questões filosóficas acompanhem a humanidade desde sua pré-história, notamos a gestação de um conjunto de fatores entre o fim do século XVII e o início do século XVIII que possibilitaram o nascimento de novas formas de expressão literária, que apenas no final do século XIX começam a se organizar sob o rótulo de ficção científica. Trata-se de uma literatura atualizada a uma nova racionalidade, que não era mais condicionada aos conceitos de monarquia absolutista, sociedade estamental, Estado teocrático e providência divina. De maneira não intencional, podemos dizer que a nova proposta de ficção acabou dando sua contribuição didática como um elemento facilitador e provocador deste processo de transformação e ascensão da própria razão.

Embora as estruturas feudais de poder se mantivessem impregnadas no horizonte imagético e cultural destes sujeitos, foi crescente a percepção de que a mobilidade social era, enfim, algo possível e moderadamente acessível. E neste novo cenário o conhecimento sobressaiu como uma das

*INTRODUÇÃO*

principais alavancas habilitadoras da ascensão ao poder. À medida que o conhecimento científico foi sendo convertido em tecnologia de produção, instaurou-se uma espécie de círculo vicioso no qual se faz necessário o capital intelectual-científico para prosperar o capital econômico-político, motivador e financiador do primeiro.

De maneira bastante resumida, este movimento levou ao desenvolvimento de dois aspectos que contribuíram diretamente para o advento da FC. O primeiro foi o crescente esforço de alfabetização das populações ocidentais para além do seio monástico. Ser alfabetizado situava o sujeito numa posição de vantagem, pois ser diplomado o tornava membro de uma seleta elite intelectual. O segundo fator consiste no desenvolvimento das tecnologias de imprensa e do mercado editorial, tanto de livros quanto de jornais. Ser capaz de ler e interpretar textos, bem como agregar leituras distintas para formar opiniões próprias, configurou uma ferramenta competitiva decisiva. Esse novo leitor da era industrial consumia notícias e tecia reflexões articuladas com os tratados filosóficos e científicos aos quais agora tinha acesso inédito. Mesmo a Bíblia, que historicamente fora transmitida de forma oral, conforme a interpretação da classe clerical, agora era objeto de estudo, passível de ser academicamente problematizada.

Até o século XIX, as sociedades europeias ainda eram notadamente agrárias. Logo, as tradições orais, o folclore e a mitologia tinham protagonismo em todo quadro mental e psíquico compreendido no âmbito de uma cultura popular. Isso em uma época em que saber e crer não podiam ser facilmente dissociados. O exercício da leitura, alavancado pela crescente profusão e acesso a novos títulos, em compasso com o desenvolvimento das disciplinas acadêmicas, foi fundamental para o rompimento de amarras intelectuais que denotaram a revolução da razão e do pensamento crítico ambicionados e empreendidos na modernidade. Estatísticas sugerem que na Alemanha, por volta do fim do século XVIII, por exemplo, um ressurgimento cultural estaria diretamente ligado a "uma febre quase epidêmica de leitura, chamada de *Lesewut* ou *Lesesucht*" (Darnton, 1950: 150). A superação de um ambiente de cultura popular, de crenças e superstições, cujas permanências tendem a ser de lenta transformação, posto que se comportam como resistências seculares a toda sorte de imposições de valores estamentais e eclesiásticos, decorrentes do sistema feudal e toda a conjuntura medieval, dá lugar à meta iluminista, à medida que a emancipação do pensamento livre determina o critério divisor de um novo estágio civilizacional. Cada vez mais mediado pela razão que pela crença, o mundo torna-se um lócus de experiência, o que significa um ambiente mais afeito à experimentação, que logo será acrescida de método.

No século de Shelley, Poe, Wells e Verne, pode-se dizer que o acesso ao conhecimento científico era definitivamente mais amplo, mas não se pode desconsiderar a forte influência de um paradigma religioso coabitando esse mesmo imaginário. Para se ter uma ideia, *A origem das espécies* (1859), de Charles Darwin, propondo que a espécie humana seria oriunda de um reino animal, ao invés da gênese divina, encontrou forte resistência no seio religioso, ainda que sua primeira edição tenha esgotado em único dia, seguida de uma segunda edição com tiragem quase três vezes maior, também esgotada em cerca de uma semana.

Imaginem um sujeito que décadas antes interpretava sua realidade por meio destes mitos e metáforas articulados no âmbito da fé, do fantástico e do sobrenatural. De repente, ele podia reler as mesmas obras, porém, agora, fazendo novas interpretações, articuladas por elementos filosóficos e científicos que o dotavam de uma nova percepção sobre a realidade objetiva da vida e dos fenômenos naturais. É plausível que seus gostos literários tenham se transformado e, ao se dirigir a bibliotecas e livrarias em busca de escapismo descompromissado, ele não tenha encontrado títulos adequadamente atualizados a seus novos parâmetros e referências intelectuais. Mais do que isso, os próprios autores agora bebiam de novas fontes de inspiração e especulavam o imaginário a partir dos elementos desse novo paradigma tecnocientífico. O começo do século XIX era um momento em que os ocidentais viviam a perspectiva das promessas iluministas sem as contradições morais e riscos ecológicos que se tornariam conscientes no futuro, especialmente um século depois.

Como um gênero tributário do Iluminismo, seus temas traziam o maravilhamento ocasionado pelas infinitas possibilidades que o desenvolvimento de novas tecnologias traria à humanidade. A Ciência se apresentava como a porta da emancipação humana e os sonhos por ela habilitados permitiam rivalizar com Deus, subverter o determinismo do destino, construir a própria história, dominar as forças da natureza e ser imortal.

*INTRODUÇÃO*

Aproximadamente dois séculos depois, vemos a ficção científica lidando menos com as utopias de futuros possíveis e mais detida aos conflitos existenciais de um sujeito desiludido, que admite sua derrota. Ou seja, uma ficção que lida com a própria falência moral da humanidade, que falhou na concretização das proposições outrora idealizadas, relacionadas a esta emancipação da consciência para obtenção do estado de paz e liberdade. A busca pelo poder e a imortalidade permanecem nos temas da ciborguização, da engenharia genética e de realidades paralelas como o ciberespaço. Contudo, a ficção recente, da qual o *cyberpunk* é uma das expressões, saturou a busca dos segredos em outras galáxias para voltar-se aos mistérios e aos conflitos psicossociais de seus personagens. Um século XX, que se inicia com a Primeira Guerra Mundial, seguida pela Grande Depressão e a ascensão do fascismo e do totalitarismo, encerrando-se com a Guerra Fria – e a fraude da energia nuclear convertida em armas de destruição em massa –, não deixou muito espaço para a realização de ideias que não apontassem para um colapso derradeiro. Não obstante, julgar as ambições burguesas e industriais daqueles que primeiramente se apropriaram das alavancas iluministas incorreria facilmente no risco de sermos anacrônicos, afinal, o conceito de capitalismo nos anos 1800 ainda não tinha os mesmos contrapontos sociais, geopolíticos e ecológicos que as análises preditivas hoje levam em consideração.

Precisar datas é sempre uma missão arriscada, mas a ficção científica em seus aproximados dois séculos de existência se dedicou a explorar e problematizar racionalmente as indagações e extensões das decisões humanas, a fim de torná-las conscientes e orientadas no sentido da evolução. Sua vocação se concretiza toda vez que seus leitores/espectadores exercitam sua capacidade de crítica sobre os problemas que a narrativa oferece. Contudo, o exercício não foi capaz de evitar uma série de decisões desastradas, que nos colocaram inúmeras vezes em risco. A FC se ocupa largamente desse nicho temático, protagonizando o ser humano em cenários nos quais a tecnologia futurista é o pano de fundo facilitador de um amplo espectro de problematizações. Para uma literatura que se iniciou dedicada a explorar e expandir limites tecnocientíficos, a própria subcategoria *cyberpunk* é um exemplo da saturação do gênero, cujo papel é encerrar um sonho utópico e trazer o choque da realidade: uma realidade na qual mais falhamos do que acertamos enquanto civilização. Agora, para aquele espectador de 1982, *Blade Runner* passa a fazer sentido.

Trazendo providenciais metáforas à pós-modernidade, o gênero *cyberpunk* – que encontra no escritor Philip K. Dick um de seus principais precursores – tem sua paternidade atribuída a William Gibson, cuja obra *Neuromancer* (1984), que encabeça sua trilogia do *Sprawl*, introduziu o conceito de ciberespaço, amplamente popularizado décadas depois com o filme *Matrix* (1999). O próprio Gibson reconhece uma saturação temática da ficção científica quando começa a escrever romances em que a própria contemporaneidade é oferecida como uma ficção de si mesma. Sua obra *Reconhecimento de padrões* (2011 [2003]), primeira parte da trilogia *Blue Ant*, é a sua forma de nos mostrar como a nossa realidade, em diversos aspectos, já superou a ficção, na medida em que vivemos a constante tentativa de materializá-la em nossa realidade objetiva, pouco importando se carros voadores integram ou não a nossa paisagem. Temos aí o conceito de hiper-realidade de Jean Baudrillard em seu estado da arte.

O fato é que quando um expoente da ficção científica faz esse movimento, ele parece nos devolver uma pergunta. Já exploramos os limites do nosso planeta, fomos ao centro da Terra e descemos a 20 mil léguas submarinas, fomos à Lua e, não satisfeitos, fizemos contato com seres alienígenas e colonizamos mundos em galáxias longínquas. Quando não havia mais espaço a ser explorado, viajamos no tempo, interferimos no curso da história, provocamos paradoxos espaço-temporais; expandimos os limites das potencialidades humanas com uso de química, manipulação genética, biotecnologias e robótica. E fomos além. Criamos máquinas pensantes e seres artificiais dotados de mais empatia e humanidade do que os próprios humanos que os conceberam. Construímos, destruímos e reconstruímos mundos inteiros; criamos realidades virtuais para habitar mundos alternativos. Então, o que mais nos resta percorrer? Que outras promessas iluministas podemos implodir e extrapolar? E qual é o novo paradigma que norteará nossas inquietações?

Neste livro, vamos percorrer algumas etapas que definem momentos importantes da gênese e da maturação da ficção científica. Mas note que o objetivo primário desta obra não é ser uma história da ficção científica, mas sim um estudo de como história e ficção científica se relacionam – ou como uma coisa pode ser produto e ao mesmo tempo produtora da outra. Portanto, não há aqui nenhuma intenção de percorrer todas as vertentes da FC, que são realmente muitas e muito variadas, como dissemos, abrangendo desde romances fantásticos e góticos até as *space operas*, ou a *hard sci-fi,* que se detém à acurácia científica de maneira objetiva e com pouca ou nenhuma margem para fantasias muito descoladas de uma realidade técnica concreta. Mas sim, dedicar-se ao entendimento de como estas obras podem servir à História e ao historiador, como importante documentação de fatos, eventos, sujeitos e movimentos. Contudo, admitimos que não seria possível tratar dessa relação texto-contexto sem contar a sua história, seu advento e suas transformações ao longo do tempo, atualizando seus temas e estilos conforme as discussões e os interesses pertinentes ao leitor ou aficionado de cada época. E cada obra cumpre esse duplo papel, de instrumento e testemunha, na dialética de seu respectivo tempo, oferecendo-se como condutora das reflexões críticas necessárias a cada período, e que também nos serve como vestígio documental.

Para tornar tangível estas relações, dando amparo e concretude às análises literárias e cinematográficas aqui contidas, acrescemos o estudo da historiografia de fatos relevantes para os períodos abordados. Contribuindo para esse entendimento, há hoje uma diversidade de trabalhos, sobretudo aqueles influenciados pela escola francesa dos *Annales*, que ampliou os campos temáticos e objetos de estudo da História ao longo do último século, além de aproximar esta disciplina dos demais campos científicos, promovendo uma fundamental interdisciplinaridade à construção e à ativação do conhecimento. Nesse sentido, para o espectro historiográfico, ampliou-se também a necessidade de novas fontes documentais e metodologias adequadas para que tais novos objetos pudessem ser devidamente trabalhados à luz de um rigor técnico. A arte passou a figurar como importante fonte de pesquisa. É sempre pertinente lembrar que se o artista tem compromisso com a arte, a História tem compromisso com a verdade, e a arte contém em si facetas da verdade sobre seu tempo, cabendo ao método driblar a constante ameaça do anacronismo para, seguramente, extrair da ficção a verdade. Uma verdade necessariamente histórica, ou seja, susceptível de transformar-se ao longo do tempo e de ser configurada de acordo com cada singularidade sociocultural e suas respectivas perguntas.

O período sobre o qual este trabalho se concentra, de 1818 a 1984, é marcado por uma série de conflitos políticos, econômicos e militares, cuja supremacia técnica ajudou a pautar as formas de dominação em todos esses âmbitos, dos nacionalismos e imperialismos que ditaram o rumo das nações durante todo o século XIX aos conflitos ideológicos de um mundo bipolarizado, marcado pela corrida armamentista ou por movimentos de contracultura que vimos tomar forma ao longo do século XX. E, na efervescência desses movimentos históricos, a ficção científica foi deixando de ser um simples passatempo para conquistar espaço no âmbito do pensamento crítico acadêmico, assumindo a vocação de um gênero literário culturalmente relevante, mercadologicamente interessante e reconhecido por suas importantes contribuições artísticas, sociais e até mesmo científicas. Conforme Le Breton (2003: 160), "desde Dick, Ballard e muitos outros, a ficção científica não é mais um universo de devaneio crítico sobre o mundo, mas uma experimentação do contemporâneo, uma projeção imaginária das questões que assombram nossas sociedades".

Quem se interessa por uma história da ficção científica pode encontrar em *The Cambridge Companion to Science Fiction* (2003) uma cronologia crítica bastante completa. A *Enciclopédia de ficção científica* (1979), de John Clute e Peter Nichols, é uma outra sugestão para quem busca um compêndio cronológico. E, para uma crítica literária da FC, uma referência é *Critical Theory & Science Fiction* (2000), de Carl Freedman. Como nosso objetivo é percorrer a história utilizando e demonstrando o caráter documental que a ficção científica propicia à análise, este livro está dividido em três partes principais, que somadas facilitam uma compreensão da construção histórica da subjetividade humana metaforizada na forma dos sujeitos *blade runners*.[3]

Primeiramente, vamos abordar a história do século XIX, enfatizando a adoção de um novo modelo mental e sua respectiva incorporação à literatura de ficção, até chegarmos ao final do século XX, quando a tecnologia participa de maneira indissociável da vida cotidiana, definindo inclusive as variadas manifestações e subjetividades humanas habilitadas pela digitalização e pela ciborguização, percorrendo o processo gradual destas transformações. Entre o pensar diferente e o imaginar possibilidades, temos dois séculos de uma experiência humana que foi do sonho das máquinas fabulosas à entrada, de fato, da tecnologia na vida privada; dos voos comerciais, eletrodomésticos e computadores à telepresença, à inteligência artificial e à clonagem de células. Para tudo o que fomos capazes de imaginar e concretizar, houve uma obra de ficção científica que facilitou a naturalização com a qual recebemos e incorporamos as novidades em nosso dia a dia, suscitando as devidas reflexões éticas a partir da antecipação e da extrapolação de cenários fictícios.

*INTRODUÇÃO*

Em tempo, cabe esclarecer, sendo este livro resultado do trabalho de um historiador brasileiro, por que ele não aborda a ficção científica do Brasil? Por alguns motivos. A produção brasileira de ficção científica pode ser tão rica e contextualizada às questões políticas e regionais deste país, que certamente mereceria muitos livros exclusivamente dedicados a ela. Como o objetivo aqui proposto é o de percorrer as relações entre história e ficção científica, o recorte da produção cultural de um país específico não se mostra um fator condicional. Abordar uma obra como *A Amazônia misteriosa* (1925), de Gastão Cruls, ou o filme *Bacurau* (2019), escrito e dirigido por Kleber Mendonça, seria uma forma interessantíssima de explorar facetas da história do Brasil e suas reverberações. No entanto, a maioria dos autores aqui apresentados são de origem norte-americana e europeia, não por uma questão de nacionalidade, e sim pelo fato de que suas obras tiveram ampla disseminação e influência ao redor do mundo, também por permitirem conexões bastante contundentes com períodos e fatos históricos cujos reflexos produzem ecos em escala global, ou seja, transcendem aspectos regionais para dialogarem com fenômenos e acontecimentos que impactam o mundo como um todo. Sendo assim, a escolha das obras foi guiada por critérios de conveniência e pertinência, uma vez que o objeto de estudo, tratado sob viés historiográfico, é a própria ficção científica, e não a exploração das diversas possibilidades de recortes aos quais estas obras se reportam.

Dentre os pressupostos metodológicos aqui adotados, assumimos que a interdisciplinaridade é um caminho condicional e definitivo, no qual os fatores empíricos, analíticos e intuitivos, cruzando as epistemologias de diferentes áreas do conhecimento, combinam-se para entregar um retrato razoavelmente confiável e preciso da história que se pretende compreender. Articulando estudos culturais sob o viés de uma historiografia das ideias e das mentalidades, temos aqui, pelo menos, Antropologia, Sociologia e alguma dose de Semiótica. O resultado é uma historiografia, necessariamente, "filha de seu tempo" e, por esse motivo, adequada às indagações contemporâneas ao seu autor, mas também úteis às historiografias que poderão usá-la e sucedê-la. Finalmente, a extensão do período abordado também exige cuidadoso exercício de escolhas e sacrifícios, em nome de um escopo de um livro que garanta o aprofundamento técnico requerido para o cumprimento de sua proposição.

# PARTE I
# GENEALOGIA DO PROMETEU MODERNO

# Novas formas de pensar, novas formas de imaginar

Datar o surgimento da ficção científica (FC) pode ser uma tarefa um tanto difícil. É comum atribui-lo a 1818, com a publicação de *Frankenstein, ou o Prometeu moderno*, de Mary Shelley. Embora a discussão da origem seja um ponto quase pacificado por muitos, se recuarmos no tempo há diversas histórias responsáveis por acirrar o debate e deixar especialistas em dúvida. Na segunda metade do século II d.C., já havia quem propusesse narrativas especulativas, por mais fantasiosas que fossem, sobre viagens à Lua e disputas entre povos lunares e solares, como Luciano de Samósata em sua *A história verdadeira* (c. 160 d.C. a 180 d.C.). Saltando alguns séculos adiante, chega até nós um número ainda maior de pretendentes ao posto. O ano de 1638, por exemplo, também conheceu uma história de viagem à Lua pela escrita de Francis Godwin, e outras mais seguiram. As grandes navegações, juntamente à astronomia de Galileu Galilei, Johannes Kepler e livres-pensadores como Giordano Bruno, certamente atiçaram a imaginação do sujeito renascentista e humanista. Também observamos um especial interesse pela temática do fim dos tempos ou das

## HISTÓRIA e FICÇÃO CIENTÍFICA

projeções de futuros em que algo acontece para fazer restar apenas um último indivíduo vivo. *O último homem* (1805), de Jean-Baptiste Cousin de Grainville,[4] bem como *O ano de 2440* (1771), de Louis-Sébastien Mercier, são dois exemplos do que se convencionou chamar de protoficção científica, dado que são bastante anteriores ao surgimento dos rotulados romances de antecipação do século seguinte.

Mas qual seria o derradeiro fator de diferenciação entre *Frankenstein* e seus antecessores, para que seja amplamente reconhecida como a obra inaugural dos romances científicos? Em todas prevalece o senso de maravilhamento que provocam. Os principais arquétipos motrizes às narrativas pouco variam e a estética literária não seria por si só o pivô divisor dos estilos. A diferenciação reside no enfoque das discussões. Todas discutem ideias e promovem a fundamental pergunta "e se?", mas a ficção que se pretende científica busca articular ideias a partir de bases teóricas, ensaios e experimentos conduzidos com rigor técnico e metodologia estruturada. O resultado são ideias filosófica ou criativamente percorridas, porém sob amparo de discussões técnica e cientificamente instrumentalizadas. Mas para ganhar consubstancialidade, a FC, que é ficção, não precisa explicar as teorias, bastando referenciá-las para estabelecer um ponto de partida a especulações e extrapolações, conectando-as à uma realidade com a qual o leitor pode se identificar. Não obstante, há quem considere a FC um território de diálogo que não se encerra em um gênero literário, mas que se comporta de maneira transversal a diversos gêneros, respeitando sempre o objetivo de maravilhar, quando o protagonista facilita o escapismo ao descrever situações adversas à sua realidade objetiva, ou desconcertar, quando o leitor é confrontado por narrativas dedicadas às consequências dos atos irresponsáveis de seus contemporâneos, tanto os ingenuamente incautos quanto os de índole duvidosa. De todo modo, persiste o senso de deslumbramento capaz de tornar admirável uma explosão nuclear, uma civilização dominada por robôs, veículos voadores ou uma estação espacial onde habitam os remanescentes de um planeta destruído.

Quando Thomas More escreveu sua *Utopia* (1516), ou Francis Bacon propôs a *Nova Atlântida* (1617), eles certamente respiravam a atmosfera dos avanços técnicos e sociais do seiscentismo ao setecentismo, embora suas obras não vissem a necessidade de fornecer explicações racionais como fator prioritário na condução de seus leitores sobre suas descrições especulativas. Podemos o mesmo dizer de *As viagens de Gulliver* (1726), de Jonathan Swift. Para Mary Shelley, que renuncia ao recurso das viagens imaginativas e oníricas, diferentemente de seus precursores, urge a necessidade de explicar ao leitor que sua criatura resultou da aplicação de conhecimentos de química, anatomia, matemática, galvanismo e outras ciências. E essa necessidade talvez diga mais sobre Shelley do que sobre os leitores de seu tempo. Se o mercado editorial não cobrava o cientificismo e a racionalidade das ficções, para a jovem escritora parecia não haver outro caminho, posto que sua geração nascera em um mundo onde a literatura científica começava a se tornar mais disseminada e acessível.

Jacques Sadoul, em *Une histoire de la science-fiction* (2000), parece mais confortável em atribuir a paternidade do gênero a Júlio Verne, seguido pouco tempo depois por H. G. Wells, talvez por se situar em um contexto mais consciente da necessidade editorial de se estabelecer uma categorização específica a este estilo de literatura. Ele acrescenta que o termo americano "ficção científica" surgiu para designar uma ramificação da literatura do imaginário, cuja proposta de oferecer explicações racionais para as peripécias que seus autores descrevem os levaram a buscar o respaldo da ciência, tanto como fonte de inspiração quanto de validação. Ele frisa "uma explicação racional, e não científica" (Sadoul, 2000: 5), posto que o que seus autores fazem é uma especulação das possibilidades de uso para as tecnologias existentes ou que poderão existir. Por isso, antes de ser entendida como uma ficção propriamente científica, eram denominadas pelos franceses como romances de antecipação – histórias fantásticas que recebem o trato de seus autores quanto à construção de uma linha de raciocínio razoavelmente lógico, para que o leitor possa vislumbrar a possibilidade de realização da fantasia proposta, conectando às obras uma camada objetiva de realismo. Para algumas obras, essa camada de cientificismo pode ser mais tênue, enquanto obras de *hard sci-fi* exigirão, já no decorrer da segunda metade do século XX, que essa camada seja significativamente mais espessa.

O conceito de "ciência" conquistou o significado moderno que conhecemos devido ao entendimento de que uma informação ou conhecimento, para ter credibilidade, precisa ter lastro em evidências perceptíveis e demonstradas por meio de experimentos (James; Mendlesohn, 2010: 15).

*HISTÓRIA e FICÇÃO CIENTÍFICA*

Estas não são práticas inventadas durante o Iluminismo, mas certamente são critérios que se consolidaram à medida que a busca da razão começou a ser instrumentalizada com maior intensidade. Até que pudéssemos classificar ficções como "científicas" foi necessária uma curva temporal de apropriação do modelo de pensamento científico ao longo de gerações de escritores. Isso, aparentemente, não se deu de forma intencional. A literatura mudou porque a razão e os paradigmas mudaram.

Embora os livros elencados neste capítulo, como documentos oitocentistas, sejam tipificados como obras de ficção científica, e o processo de industrialização que ganhou impulso ao longo do século XIX seja notadamente marcado pelos avanços científicos aplicados aos mais diversos setores de produção, nas cidades e também no campo, nota-se que escrever uma história da ciência não parece possível sem que se escreva ao mesmo tempo a história das ideias que estão por detrás destas mesmas descobertas e invenções engenhosas, que deram vazão a toda sorte de prodígios tecnológicos que protagonizam essas narrativas, bem como à produção de estereótipos, como máquinas inteligentes ou monstros de laboratório, concebidos dóceis, mas que inadvertidamente desencadeiam tragédias, ou o cientista invariavelmente excêntrico que, recolhido em seu laboratório, inventa soluções que transformam o mundo e possibilitam as aventuras fantásticas que saem de oficinas e tubos de ensaio para inspirar gerações inteiras de leitores. Segundo Francisco Falcon (1997: 93), muitos historiadores utilizam a denominação "história intelectual" para estudos das formas datadas de pensamento, em vez da tradicional história das ideias. É possível afirmar que a ideia seja anterior à cultura, pois é a partir dela que realizações são empreendidas, originando tudo o que constitui a produção de uma sociedade, seja material, seja intelectual. E essa produção é datada, ou seja, ela corresponde às influências do contexto em que se originou, tanto para atender às necessidades de seu tempo quanto para dele se distanciar em busca de novas soluções que evoluam a experiência humana.

A designação de história das mentalidades também se aplica à natureza desta análise quando consideramos que a mentalidade é o próprio conjunto das ideias que a constitui. E ao lermos romances de antecipação nos atemos tanto às ideias, quanto às resultantes de suas aplicações práticas, perceptíveis em tudo aquilo que os indivíduos, portadores dessas mesmas ideias, produzem e realizam. É a partir do que pensa que o sujeito histórico constrói, rompe ou reafirma os paradigmas de seu tempo. Neste caso, para o recorte ocidental do século XIX, podemos considerar, para todos os efeitos, que estes paradigmas estão amplamente expostos nos conceitos e nas manifestações do imperialismo e da industrialização.

Primeiramente, lembremos que no mundo mental do Antigo Regime, cuja saturação desencadeou movimentos de disrupção que culminaram na Revolução Francesa, conceitos como soberania popular, liberdade civil, igualdade perante a lei eram ideias inimagináveis, logo, impraticáveis. A implosão de costumes densamente sedimentados no imaginário europeu, redefinindo toda uma estrutura de privilégios sociais, coincidiu com a busca de novas bases morais, não mais reguladas pela autoridade da Igreja, e que dotavam as novas classes burguesas e revolucionárias de uma condição de inédito protagonismo na consolidação do modelo de Estado-nação e na história, de maneira geral. A ruptura de costumes e valores transcorrida em fins do século XVIII se deu por meio de uma sucessão de eventos violentos, porém, em uma época em que a própria violência era mais cotidiana (Darnton, 1990: 30). Como lembra o historiador Robert Darnton (1990: 31), não bastava tomar a Bastilha, era preciso desfilar a cabeça de seu diretor pelas ruas de Paris: "Seria ótimo se pudéssemos associar a Revolução exclusivamente à Declaração dos Direitos do Homem e do Cidadão, mas ela nasceu na violência e imprimiu seus princípios num mundo violento."

Não poderia haver uma *Belle Époque* quase cem anos depois, se ao lado de galerias de arte, teatros e cafés coabitassem espetáculos públicos de esquartejamento de criminosos. Embora a violência perpetrada pela criminalidade andasse de mãos dadas com o desenvolvimento urbano, ainda mais acentuada nas grandes metrópoles, a violência como espetáculo também precisou ser removida do novo quadro mental requerido. Às vésperas da Revolução Francesa crescia a expectativa de que as artes e as ciências trariam a emancipação humana, o controle sobre as forças da natureza e a compreensão do mundo e do eu. Por fim, esperava-se que no futuro chegaríamos a um elevado estágio de progresso moral, à justiça das instituições e à felicidade (Harvey, 1998: 23). As reflexões dos pensadores iluministas trouxeram consigo caminhos para a humanização, ou exortação, de práticas medievais, como condição de uma civilização que

HISTÓRIA e FICÇÃO CIENTÍFICA

se pretendia racional, culta, virtuosa, humana, enfim... civilizada, de fato. No entanto, o motor que uniu cidadãos em torno de um ideário comum, acomodado dentro da meta de soberania nacional, atualizou as definições do "nós e eles", e a violência, sublimada em meio a novas distrações ou prioridades, encontraria outros meios de se manifestar, fosse no jugo de colônias necessárias à manutenção da economia capitalista ou, posteriormente, na produção de mortes em escala industrial das guerras mundiais e seus formidáveis adventos, tais como bombardeios aéreos, metralhadoras, armas químicas e campos de extermínio.

Para a literatura, bastou compreender um novo tempo, no qual pessoas comuns podiam operar máquinas que realizavam proezas extraordinárias. Eram fortes, rápidas, precisas e, acima de tudo, eram adventos resultantes da vontade humana de questionar, aprender, criar e superar obstáculos. Era, portanto, uma literatura que posicionava seus leitores em narrativas contrárias ao acaso ou à passividade de personagens reféns de agentes divinos e sobrenaturais. A presença dessas características reforça *Frankenstein* como a obra fundamental dessa mudança de paradigmas literários. Um ponto interessante na análise documental dessa obra é observarmos como a narrativa não se pretende científica, uma vez que a grande inspiração eram temas de horror e suspense, dos quais Shelley era grande entusiasta. O livro nasceu de um desafio entre Mary e alguns amigos – dentre os quais se destacam alguns nomes proeminentes, como John Polidori, Lord Byron e o próprio Percy Shelley, futuro esposo de Mary[5] –, durante um confinamento forçado por intempéries climáticas no verão de 1815, que levou à sugestão de que criassem contos de fantasmas para entreterem uns aos outros. Guiada pelo desafio de entregar uma história sobrenatural de horror, o componente tecnocientífico entra como coadjuvante, mas acaba ganhando uma preponderância que os próprios leitores da época não identificaram de imediato. Com um estudante de ciências, um laboratório e procedimentos técnicos tomando o lugar do misticismo, da magia e do ocultismo, Shelley modificou a estética de um gênero de forma tão contundente, que acabou abrindo portas para que um novo tipo de literatura começasse a surgir.

Porém, seu romance gótico não modificou o tema da gênese humana e sua eternidade, ou as implicações religiosas da relação criador-criatura presentes no imaginário popular desde mitos da antiguidade, como o referido Prometeu e Epimeteu, até o folclore novecentista de mortos-vivos

28

(conhecidos como vampiros) e fantasmas. Ademais, horror e ficção científica são gêneros que nunca deixaram de se retroalimentar, tendo em comum recorrentes reflexões sobre a tragédia humana.

Perfazendo a transição de formas de pensamento, Shelley narra a história de Victor Frankenstein que, desde jovem, mostrava-se fascinado pela alquimia. Estudava Paracelsus, Cornelius Agrippa e Albertus Magnus, imbuído de seu ardente interesse por desvendar os segredos da natureza, num tempo que esta era relegada a uma espécie de ciência esotérica, ao que seu pai apelava: "Querido Victor, não perca tempo com isso. É lixo!" (Shelley, 1994 [1818]: 37). No decorrer de seu amadurecimento intelectual, adentra o mundo das ciências consideradas acadêmicas e vai tomando conhecimento de pensadores modernos, como Isaac Newton, referindo-se a este e a todos os demais como filósofos da natureza: "O mundo era para mim um segredo que eu desejava desvendar. Curiosidade, pesquisa séria para aprender as desconhecidas leis da natureza, alegria semelhante ao êxtase, enquanto elas se revelavam para mim, estão entre as sensações mais antigas que consigo recordar" (Shelley, 1994 [1818]: 35).

É possível identificar semelhanças de personalidade e comportamento entre Shelley e seu personagem, Victor. Ambos são curiosos, afeitos à leitura, incondicionalmente interessados desde muito jovens em conhecer e desafiar os mecanismos da natureza, além de conviverem com o luto da perda de entes próximos. Enfatizando o gosto do jovem estudante pelo conhecimento, a autora constrói um território de ideias em que podemos observar o embate entre novas e antigas concepções de pensamento, sobre o qual uma nova ciência ganha espaço. É precisamente na fase em que Victor inicia seus estudos formais, sob a tutela do Sr. Waldman, que é apresentado ao novo pensamento científico, marcando uma ruptura entre estes dois mundos mentais, que interpenetram tanto o personagem quanto sua criadora. Entusiasmado com o novo discípulo, o professor introduz os pilares de seu pensamento antes de conduzi-lo ao seu laboratório, onde também o apresenta a diversas máquinas e apetrechos:

> Química é o ramo da filosofia natural sobre o qual os grandes avanços estão sendo ou serão feitos; é por conta disso que tenho feito desta o meu peculiar estudo; mas ao mesmo tempo, eu não negligenciei os outros ramos da ciência. Um homem seria nada mais do que um pífio químico se atendesse apenas a esse departamento do

conhecimento humano. Se o seu desejo é o de realmente se tornar um homem da ciência e não apenas um mesquinho experimentalista, eu deveria aconselhá-lo a se aplicar a todos os ramos da filosofia natural, incluindo a matemática. (Shelley, 1994 [1818]: 47)

Na narrativa o contato com Waldman fez com que as ideias perseguidas pelo estudante ganhassem materialidade suficiente para que projetos ousados pudessem ser empreendidos. Em especial, seus interesses por anatomia e galvanismo articulavam-se para fomentar teorias que, executadas corretamente, cumpririam o ambicioso objetivo de criar vida a partir de matéria inanimada.

IMAGEM 1

Gravura de autor desconhecido ilustra experimentos com correntes elétricas em sapos, realizados pelo fisiologista italiano Luigi Galvani no final do século XVIII.

Shelley relata em seu prefácio à edição de 1831 o episódio em que, pela primeira vez, num lapso de imaginação – e desafiada pelo marido, Percy, por Lord Byron e por seus amigos (dentre eles, Polidori), como dissemos antes, a entregar uma história de fantasma –, ela finalmente forma uma vívida imagem em sua mente do que viria a se tornar o aclamado *Frankenstein*, dois anos depois:

> Eu vi o pálido estudante das artes profanas ajoelhado ao lado daquela coisa que ele havia montado. Eu vi o hediondo fantasma de um homem esticado, então, por meio de alguma poderosa máquina mostrar sinais de vida, e se mexeu com um movimento inquieto, semivital. Deve ser algo assustador; pois supremamente assustador seria o efeito de qualquer esforço humano para zombar do estupendo mecanismo do Criador do mundo. (Shelley, 1994 [1818]: 9)

É significativo o emprego das palavras "estudante" e "máquina" combinadas na mesma sentença, que sugere o prodígio humano na execução de uma atribuição, até então, exclusiva do "Criador do mundo". Shelley era filha de influentes escritores e pensadores. O pai, William Godwin, filósofo e escritor anarquista. A mãe, Mary Wollstonecraft, escritora e feminista reverenciada até os dias atuais, falecida poucos dias após o nascimento de Mary. Portanto, um casal influente nos círculos radicais de Londres. Além disso, o pai era dono de uma livraria e, desde cedo, a escritora teve acesso a uma grande variedade de livros aos quais ela dedicava boa parte de seu tempo, entre obras clássicas e autores contemporâneos. Aos 15 anos de idade, apaixona-se pelo poeta Shelley, que se tornaria um dos principais nomes da literatura inglesa. À despeito de toda a conjuntura favorável para que Shelley desenvolvesse interesse e técnica como escritora, sua genialidade é inconteste. Destaca-se sobremaneira o fato de que escritoras mulheres no território das fantasias de horror não eram uma ocorrência trivial. Destaca-se também o fato de que ela tinha apenas 19 anos quando a primeira versão de *Frankenstein* foi publicada.

O livro, dividido em três partes lançadas separadamente, não creditou sua autoria na primeira edição, provavelmente por conta de sua pouca idade e por ser mulher num universo literário predominantemente masculino. Shelley faleceu em 1851, ciente do sucesso de sua obra, mas não de que seria precursora de uma tendência literária intercontinental. Como

HISTÓRIA e FICÇÃO CIENTÍFICA

mencionamos, ela jamais se ocupou de criar um romance científico, tampouco fundar um novo gênero literário. A pureza de sua escrita, ao trazer elementos científicos para uma história de terror, é o aspecto mais verdadeiro e genuíno de sua qualidade documental, enquanto manifestação inconsciente do espírito de seu tempo. Talvez porque, na qualidade de ávida leitora, carecesse de narrativas atualizadas ao quadro mental de sua época. O sucesso de *Frankenstein*, como uma história de suspense, poderia ser atribuído justamente ao realismo técnico que ela empregou para tornar seu monstro uma criação convincentemente factível.

A criatura de laboratório que se humaniza e se intelectualiza, mas que é consistentemente vista como ameaça pelos humanos e que, desiludida, busca seu criador para que obtenha respostas sobre o sentido de sua vida, acabou consolidando um conjunto de poderosos arquétipos narrativos, favorecendo a permanência do mote em diversas propostas de releituras e adaptações ao longo tempo. A jornada dos replicantes, em *Blade Runner* (1982), lançada mais de 150 anos depois, atesta a perenidade desta reflexão moral e existencial. O desastrado *Edward Mãos de Tesoura* (1990), de Tim Burton, é outro bom exemplo destes "Frankensteins" atemporais, que possuem dentro de si o componente da bondade, mas que corrompidos por um meio despreparado para recebê-los, são excluídos do convívio coletivo, o que ativa seus instintos de autopreservação e, eventualmente, desencadeia atos trágicos e violentos.

**IMAGEM 2**

Ilustração de Theodor M. von Holst (1810-1844) para a edição revisada de 1831 de *Frankenstein*, representando o instante em que Victor Frankenstein observa com repulsa sua criação.

No decorrer do século XIX, uma profusão de obras virá consubstanciar a gênese deste novo momento cultural que tornou a FC, por que não dizer, uma decorrência e uma necessidade. A crescente predominância de concreto, metal e maquinário industrial abriu um horizonte tão amplo de temas, que se tornou comum problematizar as consequências da modernização a partir da dramatização do presente ou de projeções futuras. Nos Estados Unidos, Edgar Allan Poe escreveu o conto "O homem da multidão" (1840), que trata tanto das agruras de um homem moderno, que na cidade grande não mais podia experimentar a felicidade da solidão, quanto da paradoxal condição de isolamento resultante da vida na multidão, na qual prevalecem a impessoalidade e a apatia nas relações humanas modernas. Distante da atmosfera londrina de Shelley, Poe já produzia, nas décadas de 1830-1840, obras que também viriam a ser posteriormente reconhecidas como ficção científica. De Poe, Júlio Verne aprendeu o conceito de verossimilhança científica, fazendo com que seu contato com tratados científicos e estudos etnográficos influenciasse diretamente suas narrativas de viagens exploratórias, tornando-as ainda mais aguçadas.

Embora seja comum aceitarmos *Frankenstein* como o título que inaugurou o novo gênero literário, seria equivocado propor que os autores subsequentes tenham sido objetivamente influenciados pela escritora. Podemos admitir que o mesmo contexto mental e material foi capaz de influenciar gerações inteiras de autores, e fazê-los interpretar as questões de seu tempo de maneira alternativa e original. Contudo, na orientação estética e temática que veremos, por exemplo, nos romances de antecipação, é nítido como se abriram vias de ficção cada vez mais libertas dos elementos tradicionais de romances e fábulas góticas e fantásticas tão presentes no imaginário ocidental oitocentista. Enquanto Poe e Shelley transitavam entre o cientificismo, o sobrenatural e o macabro, a escrita do francês Verne, ou do inglês H. G. Wells, tende a protagonizar a tecnologia e os fenômenos sociais, situando personagens em mundos passíveis de serem desbravados e dominados pela força da vontade, sim, porém, com a indispensável utilização dos recursos técnicos e teóricos adequados à viabilização de tais empreendimentos.

# Consolidação dos romances de antecipação

A Sociedade de Crédito Instrucional (vasto estabelecimento de educação pública) respondia perfeitamente às tendências industriais do século: o que há cem anos se denominava Progresso efetuara avanços imensos [...] empresas multiplicavam-se, inauguravam-se, organizavam-se – seus resultados inesperados teriam deixado nossos pais profundamente surpreendidos [...]. Dinheiro não faltava, mas houve um momento em que ele quase ficou sem ter onde ser usado, quando as ferrovias passaram das mãos dos proprietários para as do Estado; havia, portanto, capital em abundância e um número ainda maior de capitalistas em busca de operações financeiras ou negócios industriais. (Verne, 1995 [1863]: 31-32)

Assim, Júlio Verne inicia sua descrição de como a *Paris do século XX* (1989) seria em 13 de agosto de 1960. Quando ele se refere a "o que há cem anos se denominava Progresso", está versando sobre o conceito de progresso que permeava o imaginário de seu próprio tempo, além da necessidade de organizações de instrução técnica para

HISTÓRIA e FICÇÃO CIENTÍFICA

o mercado de trabalho, sob ostensiva orientação estatal para atender a objetivos de coesão e fortalecimento nacional.

Acredita-se que o manuscrito de *Paris no século XX* tenha sido concebido por volta de 1863. Porém, sua publicação se deu apenas mais de um século após sua concepção. Submetido à avaliação do editor, Pierre-Jules Hetzel, o texto fora considerado de baixa qualidade literária, sobretudo em relação às demais obras que Verne já havia publicado junto à mesma editora. Mesmo sendo ainda um rascunho, as ideias esboçadas não foram suficientemente convincentes para compensar o risco de não atender às expectativas do mercado, o que fez com que o manuscrito aguardasse décadas em silêncio até chegar às livrarias apenas em 1989. O fato de manter-se afastado do mercado garantiu uma rara singularidade documental, como um testemunho abafado pelo mercado, que optou por descartá-lo. No entanto, não se pode afirmar que a obra tenha sido preservada de uma contaminação de modismos e expectativas mercadológicas, afinal, para ser submetido à apreciação de um editor, precisava atender aos critérios que justificariam sua publicação. E a essa altura, Verne já conhecia muito bem o mercado em que atuava e se destacava. Não se trata de qualificar ou desqualificar seu valor literário ou mercadológico, mas simplesmente, reconhecer a qualidade de um documento datado, que reflete as concepções acerca de ciência, progresso e valores sociais a partir dos quais afluiu a intuição do autor.

Mesmo que a obra *Paris no século XX* tenha se mantido oculta do grande público por tanto tempo, as ideias que costuram a trama encontraram meios de impactar os leitores daquela metade final de século, através de outras obras que Júlio Verne conseguiu efetivamente publicar nos anos e décadas seguintes ao rejeitado manuscrito, como, por exemplo, *In the Year 2889* (1889), projetando uma metrópole norte-americana mil anos adiante (a obra foi originalmente assinada por ele, mas a autoria é atribuída, na verdade, a seu filho e discípulo, Michel Verne); ou *A Ilha de Hélice* (1895), que para muitos descreveu o que iríamos conhecer como a moderna internet e as tecnologias multimídia. Este romance sugere uma cidade em época indefinida, na qual livros fartamente ilustrados possuem um recurso de leitura automática, que ativa a voz de um locutor, eximindo leitores do esforço de ler por si próprios.

Quando, em 1989, *Paris do século XX* chega às livrarias, Verne já havia deixado sua marca inconteste na literatura de ficção. Para o leitor de fins

*3 6*

do século XX, seus universos imaginários já eram recebidos com grande familiaridade. Além de inúmeras reedições e produções cinematográficas de suas principais obras, gerações subsequentes de escritores já exploravam com frequência o mal-estar de futuros distópicos, sobretudo influenciados por fatores como as guerras mundiais, os regimes totalitários, bombas nucleares e catástrofes naturais. Este distanciamento no tempo nos possibilitou constatar a perenidade de angústias humanas que, aparentemente, modificam-se apenas no que diz respeito às formas como se manifestam e capturam o espírito de suas respectivas épocas. Verne não viveu os episódios históricos que seus leitores atravessariam mais de cem anos depois, mas capturou um espectro da tragédia humana a partir dos paradigmas sociais de seu próprio tempo. Ao invés de uma civilização liberta pela luz da razão, sua narrativa desconfia de uma ciência aplicada exclusivamente a favor da dominação tecnocrática, que acomete o personagem principal, Michel Dufresnoy, um jovem apaixonado pelas letras e pelas artes, sobrevivendo sob os efeitos aterradores de um sistema que o priva de seus interesses e vocações.

Por meio de outras metáforas, A *máquina do tempo* (1895), do escritor britânico H. G. Wells, oferece amparo documental para problematizações inequivocamente similares às de Verne. Máquina e tempo são dois conceitos basilares a uma síntese de tudo o que representou a era industrial em termos sociais, culturais e econômicos. Uma datação precisa da industrialização, como fenômeno, é um exercício delicado. Está situado em um recorte temporal marcado por uma série de eventos que, combinados entre si, levaram o mundo ocidental a profundas transformações. São mais de 120 anos passados desde sua primeira publicação, entre 1894 e 1895, feita na forma de minissérie em um jornal inglês, que lançava os capítulos um a um, espaçadamente. Desta forma, as viagens ao futuro ao qual a narrativa nos convida a conhecer são hoje, também, uma viagem ao passado, a uma realidade distinta, mas sobre a qual um dado tempo presente se constituiu e do qual somos hoje resultantes.

O ponto de partida da obra é o encontro entre o personagem principal, que por opção do autor não possui nome, sendo apenas denominado "viajante do tempo", e um grupo de pessoas que representa diversas áreas do conhecimento: médico, jornalista, psicólogo, editor, entre outros. Não se trata esta primeira etapa de uma tentativa de convencer estas

*HISTÓRIA e FICÇÃO CIENTÍFICA*

autoridades da possibilidade real de realização do projeto em questão, mas de apresentar uma ideia embasada em argumentos que possam ser assimilados dentro das lógicas razoáveis aos saberes científicos e culturais ali representados. Enquanto as dúvidas de alguns dos convidados recaíam sobre a plausibilidade de uma viagem no tempo, concordante às leis da física, por exemplo, outros ativeram-se mais aos impactos sociais que a descoberta poderia desencadear: o que seria a vida no tempo presente se o futuro pudesse ser conhecido?

E é justamente esta a provocação proposta por ambas as obras, de maneira que abordá-las conjuntamente pode facilitar o debate a partir destes dois vieses complementares.

# A razão industrial no cotidiano doméstico e no trabalho

Fala-se atualmente, por vezes, de uma terceira revolução industrial, que não mais advém de invenções tecnocientíficas potencialmente disruptivas, mas que se origina da sinergia entre um conjunto de tecnologias de comunicação, informação, biogenética e robótica já existentes, para promover transformações na forma como as pessoas pensam, sentem, agem, vivem. É, por assim dizer, diferente do que representou a máquina a vapor, que ocasionou uma singular e contundente ruptura na história. Embora sejam tempos diferentes, algumas questões se mostram perenes, por exemplo, o potencial das máquinas em substituir a força de trabalho humana, resultando em desemprego, concentração de riqueza – ou as próprias relações sociais, que se configuram a partir das dinâmicas de trabalho – e a diversidade de consequências daí derivadas, incidindo sobre as rotinas básicas da vida pública e privada. Contudo, a despeito dessas semelhanças e permanências, lidamos com contextos que guardam suas próprias questões.

Havia no final do século XIX, como hoje, no início do século XXI, aqueles que enxergavam as novas tecnologias com esperança ou com desconfiança. E, como antigamente, existem os autores que se dedicam à exploração destes sonhos e angústias, metaforizando contextos e propondo reflexões sérias disfarçadas de escapismo literário ou, mais recentemente, cinematográfico e videogamificado. Seria injusto delegar qualquer juízo de valor à ficção, posto que ela apenas reflete o ideário de seu tempo. No caso do dinâmico século XIX, palco de uma decisiva transformação de mentalidades, temos um ideário advindo de uma nova relação com o dinheiro, com a propriedade privada e com o tempo, que se estabeleceu como uma das mais importantes consequências do advento da sociedade industrial. Conforme constatou o historiador E. P. Thompson, quando o tempo do camponês era orientado pelas tarefas entendidas como necessárias, e não pelos compromissos com o cronômetro, não se fazia uma distinção clara entre o que delimitava o trabalho e a vida:

> Sem dúvida, esse descaso pelo tempo do relógio só é possível numa comunidade de pequenos agricultores e pescadores, cuja estrutura de mercado e administração é mínima, e na qual as tarefas diárias (que podem variar da pesca ao plantio, construção de casas, remendo das redes, feitura dos telhados, de um berço ou de um caixão) parecem se desenrolar, pela lógica da necessidade, diante dos olhos do pequeno lavrador. (Thompson, 2019: 271)

Para o trabalhador, compreender o esteio destas mudanças exigiu um processo gradual de adaptação, afinal, foram séculos de relações de trabalho regidas por modelos feudais de produção e propriedade. E claro, desde o princípio houve resistência do proletariado à invasão das máquinas, embora seja um fato pouco documentado, como lembrou Michelle Perrot em *Os excluídos da História: operários, mulheres e prisioneiros* (1988). Na França e na Inglaterra dos anos 1820, empresários por vezes adquiriam máquinas pela comodidade de não precisarem lidar com operários indisciplinados, ou que não estavam dispostos a aumentar sua carga e ritmo de esforço diário. Além de ameaçar empregos, a vocação das máquinas como instrumentos de controle e disciplina é talvez mais relevante do que as necessidades mecânicas que elas cumprem. Ao ditar a velocidade e o processo de produção, a máquina impõe a organização do trabalho e exige a obediência do operário, favorecendo as ambições de controle e produtividade do patrão. Ainda nesse período começa a surgir a diferenciação entre o operário de baixa instrução, facilmente substituível por máquinas ou mesmo por operários mais subservientes, e o engenheiro, com maior qualificação técnica para de fato comandar uma máquina,[6] ao invés de ser comandado por ela. "A máquina é uma arma de guerra dirigida contra essas barreiras de resistência que são os operários de ofício. Ela permite eliminá-los, substituí-los por uma equipe de engenheiros ou técnicos, racionalizadores por natureza, mais ligados à direção das empresas" (Perrot, 1988: 24).

À medida que a riqueza de uma nação passa a ser equivalente à qualidade técnica de seus trabalhadores, a instrução profissional torna-se assunto de Estado. Na ficção científica do período, sobressaem temáticas articuladas a partir da ótica burguesa, mais fascinada do que temerosa com o avanço da mecanização da vida moderna. Logo, o receio da maquinização (ou desumanização), próprio de quem vivencia o subjugo da industrialização na pele, tomará corpo muitas décadas depois, quando a tecnologia romper o ambiente fabril e se tornar presente em todas as esferas da experiência social.

A despeito da resistência à mudança, o fato é que um tempo industrial orientado pelo ritmo de trabalho da máquina passou a determinar os ritmos de vida das pessoas. A distinção entre trabalho e vida pessoal começou a ficar precisamente demarcada à medida que rotinas diárias se tornaram indissociáveis das metas de produtividade das fábricas. E esta noção espalhou-se a partir do ambiente fabril para os demais espaços de sociabilização das cidades, atingindo também o âmbito da vida privada, precisamente o interior dos lares. Um novo horário para despertar e dormir, fazer as refeições, para os cuidados com o corpo, o lazer, o ócio e demais afazeres. Tendo como instrumento regulador o dinheiro do empregador na normatização do tempo do empregado, entendemos que "o que predomina não é a tarefa, mas o valor do tempo quando reduzido a dinheiro" (Thompson, 2019: 272). E acrescenta o historiador: "Assim que se contrata mão de obra real, é visível a transformação da orientação pelas tarefas no trabalho de horário marcado [...]. Aqueles que são contratados experienciam uma distinção entre o tempo do empregador e o seu próprio tempo" (Thompson, 2019: 272).

A relação empregador-empregado, que substitui as lógicas feudais de suserania e vassalagem, é, mais do que um redesenho de papéis, um redesenho de toda a estrutura de poder do novo regime. Com a Revolução Industrial chega a vez de a burguesia subir ao palco, como se depois de

HISTÓRIA e FICÇÃO CIENTÍFICA

séculos de trabalho, privações e austeridade, esta classe finalmente fosse à baila nas novas costuras do tecido social. Entender o que isso quer dizer requer ultrapassar a imagem cristalizada de um tempo burguês industrial para uma outra experiência de tempo, também burguesa, mas que desacelera o tempo compassado do trabalho em favor de um tempo do lazer, do luxo, do ócio e da erudição. Embora ambas as experiências sejam produtos de um mesmo fenômeno, são maneiras dicotômicas de expressar a mesma ideologia de dominação. Estes novos sujeitos históricos eram, acima de tudo, empreendedores dos mais variados ofícios, cujas ações e influências podem ser observadas sob o ângulo cultural, político e econômico. Quais eram suas ambições, valores morais, e como suas inflexões se acomodavam nas interdependências com o proletariado e demais instituições? E como faziam as pazes com suas consciências, posto que se enxergam ainda tributários de um contexto recente de estamentos e lógicas feudais, no qual a religião (que condenava a ganância e a usura) pouco se dissociava das variadas esferas da vida coletiva?

A termos como positivismo, imperialismo, colonialismo, capitalismo e industrialização, recorrentes à época dessas duas obras de Wells e Verne, somamos também o conceito da *Belle Époque*, síntese de todas as conquistas e contradições dessa fase da história ocidental. Deste amálgama de influências são extraídos os elementos com os quais o tempo, a máquina e o trabalho se inter-relacionam, autorizando uma estrutura social em que a ascensão da burguesia pode ser entendida como uma decorrência natural. E a *Belle Époque* é uma espécie de brinde a este reconhecimento. O período em que a burguesia se percebe como expoente nas diversas esferas sociais e interfere ativamente nas estruturas da economia, da política e da cultura. O burguês podia, enfim – e especialmente ao término da Guerra Franco-Prussiana, em 1871 –, ostentar o seu poder e usufruir sem remorsos de uma vida de prazeres à qual seus antepassados (ainda que muitos manifestassem suas inclinações hedonistas desde os tempos medievais) mostravam-se avessos, comedidos ou temerosos de alguma repreensão moral. Ou seja, ao emular as opulências e extravagâncias de uma vida de corte, a "bela época" ampliou a implosão das noções de estamentos, e relativizou a importância, por exemplo, de títulos de nobreza que, apesar de ambicionados, não possuíam mais seu caráter condicionante para o ingresso nos círculos de poder.[7]

IMAGEM 3

Cotidiano burguês em *A saída da ópera no ano 2000* (1882),
aquarela de Albert Robida.

Contudo, a sensação de prosperidade industrial jamais foi isenta de críticas. A obra *The Battle of Dorking* (1871), de George T. Chesney, que narra uma derrota militar inglesa ficcional seguida de uma dramática invasão alemã, contribuiu para a ampliação de um segmento alusivo à destruição da civilização por uma derradeira guerra futura, como consequência do massivo investimento de capital científico para finalidades bélicas. No espaço de poucas décadas anteriores à eclosão da Primeira Guerra Mundial de 1914, surgem títulos como *The Final War* (1896), de Louis Tracy, *The Invasion of 1910* (1906), de William Le Queux, e *The Lord of Labour* (1911), de George Griffith. Em *A guerra do século XX* (1883), o ilustrador e escritor Albert Robida anteviu as guerras modernas que fariam uso de mísseis teleguiados e armas químicas.

Enquanto uma corrida armamentista velada tomava curso após o fim da mencionada Guerra Franco-Prussiana, a segunda fase da Revolução Industrial era percebida, em meados de 1870, como uma fase áurea e cosmopolita. A Exposição Internacional de Eletricidade (1881), sediada em Paris, ampliava as possibilidades para muito além do carvão e do vapor,

HISTÓRIA e FICÇÃO CIENTÍFICA

apresentando ao público inovações como o dínamo, as lâmpadas incandescentes de Thomas Edison, o telefone de Graham Bell e bondes elétricos. Entre 1880 e 1890, enquanto escrevia e ilustrava as guerras do futuro, Robida também produziu *O século XX* e *A vida elétrica*, ocupando-se em representar aplicabilidades práticas das novas tecnologias na vida cotidiana, enquanto seus pares detinham-se a imaginar invenções fabulosas e drasticamente disruptivas. É sobre estas mesmas contradições percebidas por Robida que Verne e Wells construíram suas narrativas, denunciando facetas das imperfeições e armadilhas da ideologia burguesa. Enquanto parte da população de fato acessava as contrapartidas positivas da industrialização, uma parte ainda maior ansiava por mudanças. Este conflito pode ser pensado tanto na escala local, articulado por movimentos e ambições proletárias que admitiam as possibilidades de ascensão social, quanto nas dimensões intercontinentais de imperialismo, colonialismo e nacionalismo, convergindo interesses e forças que tornavam possível a dominação. Não por acaso, inebriada pelos prazeres isentos, experimentados na *Belle Époque*, ao mesmo tempo que movimentos trabalhistas pululavam por toda parte, aquela geração logo veria eclodir um conflito transcendente aos dilemas e embates locais, colocando os interesses de nações inteiras em rota de colisão: a Primeira Guerra Mundial em 1914.

Expressando (e simplificando) as complexidades de seus contextos e mantendo um olhar sempre voltado para o futuro, *A máquina do tempo* e *Paris do século XX* baseiam-se firmemente nas teorias e práticas do período, fazendo com que as desigualdades produzidas pela aplicação da ideologia burguesa se tornassem tão perceptíveis que ambos os romances conectavam-se intimamente com os dramas e as especulações de seus leitores.[8] E essa conexão com a realidade propiciou a ambos os escritores a pertinente inserção e a popularidade no mercado editorial, fornecendo providenciais e apreciadas narrativas de expiação. Mas se hoje podemos admitir essas ficções como documentação historiográfica de inconteste relevância, precisamos lembrar que a potencial vocação de "literatura séria" dos romances de antecipação seria reconhecida somente muitas décadas mais tarde.

A obra de Verne, como o título sugere, se passa em uma Paris do futuro, e nos apresenta como personagem principal um artista que luta para sobreviver de seu ofício em um mundo mecanizado, onde as pessoas perderam a sensibilidade para apreciar a beleza, a sutileza e a profundidade contida nas variadas formas de expressão artísticas. Wells, por outro lado, traz como protagonista um cientista ansioso por descobrir se no futuro os conflitos e as profecias de seu presente terão finalmente se resolvido. Se o primeiro reflete o seu tempo por meio dos conflitos humanos que tornam o futuro da produção artística incerto ante o tecnicismo industrial, o segundo questiona a competência científica em providenciar as soluções de que o seu tempo carece. Um cientista inglês, produto da Revolução Industrial que dinamizou o desenvolvimento tecnológico, e um artista francês, vitimado pela invasão das máquinas no cotidiano, personificam duas maneiras de expressão intelectual por meio de obras concebidas pouco antes de a Belle Époque "ensinar" as novas elites e a crescente classe média a aproveitarem o ócio propiciado pela inédita acumulação de bens e recursos. E o confronto dialético entre os dois autores revela pelo menos estes dois ricos vieses para os principais motores das revoluções burguesas: a erudição e a intelectualidade, expressas nas artes e nas ciências, ambas comprometidas em compreender, explicar e acomodar a vida na era industrial.

# Tempo, individualidade e modernidade

As subdivisões ou categorizações segmentadas dos saberes científicos, em uma orientação positivista, decorreram de uma necessidade de especialização. O universo a ser desvendado era tão vasto que seria preciso fatiá-lo. Materialismo, mecanicismo, determinismo, evolucionismo, naturalismo foram linhas de pensamento que propuseram buscar soluções aos conflitos humanos a partir de epistemologias adequadas a cada vertente de estudo. Embora estas características contextuais sejam identificadas na literatura do período, decifrar a relação dialética entre obra, autor e sociedade não é apenas um exercício de constatações, mas sim um esforço para demonstrar como a relação entre pessoas e tempo é histórica, e que os próprios conceitos de tempo são historicizáveis, podendo ser datados e racionalizados de acordo com as especificidades culturais de cada sociedade. Com isso, situamos não apenas a contextualização das narrativas problematizadas, mas também o leitor atual em seu próprio tempo, experienciando um imaginário que não é propriamente o seu. Com a licença do escapismo o leitor pode ser anacrônico, mas o historiador não.

Neste caso, temos uma percepção de tempo produzida para satisfazer as regras de uma sociedade industrial, que tem a máquina como um ícone central. Em seu protagonismo, ela desempenhou um papel decisivo na construção dessa relação com o tempo, ditando de dentro para fora das paredes das fábricas os ritmos da vida coletiva em todas as suas dinâmicas. Contudo, parece razoável que a segunda metade do século XIX tenha transcorrido em duas concepções de tempo, distintas e simultâneas, como duas esteiras que correm paralelas, e não obstante, necessárias uma à outra. Há um tempo que rege a vida do operário e um outro que responde ao estilo de vida burguês. E há ainda uma classe cujo esforço está centrado em afastar-se de uma temporalidade e aproximar-se da outra, alternando-se entre o tempo do trabalho e o do ócio: a classe média e suas ambições de ascensão.

Assim, o tempo no século XIX não é tão somente o tempo da indústria. Certamente as máquinas, que são fruto dessa revolução, ditaram o ritmo, mas além da tecnologia, uma ideologia que caminhou concomitantemente aos novos modelos de produção de bens e riquezas propiciados por estes novos adventos também ganhou condições para se estabelecer. A concepção de tempo construída neste contexto deveria atender aos interesses da classe que encabeçou as transformações do século, que por excelência e segundo o respaldo historiográfico, identificamos como a burguesia. Uma classe social que se construiu ao longo de centenas de anos, ora servindo, ora subvertendo, mas sempre interferindo nos cada vez mais frágeis padrões de moral e decoro do Antigo Regime. Com a força do capital, pavimentou seu caminho em uma estrutura outrora rigidamente estamental e, ao influenciar os novos rumos das economias europeias e suas extensões de influência ultramarinas, estabeleceu um novo padrão de vida e toda uma cultura que floresceu ao seu redor, misturando ostentação e pompas da nobreza ao pragmatismo de quem precisa, de fato, financiar o seu modo de vida.

Se o período oitocentista se iniciou com uma noção de tempo ditada pelas máquinas de dentro para fora das fábricas, a segunda metade do século viu um novo tempo burguês florescer. Tempo é dinheiro, mas também é cultura e lazer. É ainda sem dúvida um tempo da máquina, mas uma máquina que deve servir à burguesia, e não se servir dela. Para atender à nova elite, a ideologia serviu-se do tempo do trabalhador que, por não deter os bens de produção, era despossuído de seu próprio tempo.

IMAGEM 4

Destaque das chaminés na paisagem de *Fábricas em Clichy* (1887), de Vincent van Gogh.

A burguesia surge como uma classe que ainda não estava familiarizada com uma experiência de poder conferida pela propriedade – ou que ainda não sabia se apropriar dessa experiência –, de terra, de escravos ou de bens. Trazendo consigo uma forte herança religiosa refletida na ética puritana, ela passou gerações acumulando riquezas que não podia ou não sabia como gastar, senão reinvestindo em suas próprias atividades profissionais ou fazendo doações à classe clerical local. Sem ostentação, o acúmulo de posses justificava o sucesso daqueles que trabalhavam seriamente e diferenciava-os da "ociosa e dissoluta aristocracia e dos bêbados e preguiçosos operários" (Hobsbawm, 2010a: 266). O mérito de suas conquistas, medido em riqueza, era algo do qual esta nova classe em ascensão podia se orgulhar, pois recompensava não apenas o trabalho árduo, mas sua retidão de caráter. Foi somente no fim do século XIX, como lembra Eric Hobsbawm (2010a: 262), que a burguesia sentiu "fisicamente o conforto". Entre o fim do Antigo Regime e o decorrer da Revolução Industrial, foi longo o processo para se estabelecer como uma classe, de fato, influente na sociedade. Depois de consolidada, a nova elite industrial podia finalmente se entregar às experiências de consumo e demais benefícios conquistados. Havia recursos e, sobretudo, tempo para dedicarem-se ao lazer, à cultura e ao ócio. Inauguraram um estilo de vida inédito, que prontamente se tornou o padrão referencial almejado pela crescente classe média europeia, composta por aqueles que ainda precisavam trabalhar e estavam longe de constituir uma aristocracia, mas já começavam a dispor de meios para financiar pequenos luxos, inacessíveis aos operários e camponeses. Moda, gastronomia, turismo e esportes passaram a preencher suas agendas. Casas com jardins nos subúrbios e educação formal para os filhos tornaram-se os primeiros símbolos de distinção para quem não possuía bens de capital.

Mesmo sem nenhuma utilidade prática para a indústria, estudavam-se línguas clássicas, afinal, quem podia dedicar-se à erudição tinha condições para viver com conforto sem precisar atirar-se no mercado de trabalho para garantir sustento. Estudar grego ou latim era uma declaração de que o indivíduo podia sagrar-se a estas atividades sem comprometer outras necessidades. Na nova ordem social constituída em cima dos ideais do liberalismo burguês, o *status* projetado se mostrou mais importante para determinar a posição social do que o pertencimento a um estamento, pois classes sociais eram algo relativo num meio que, de certa forma, rompera com a total imobilidade da estratificação medieval. Esse *status* podia ser expresso pelas posses, pelos bens consumidos, em suma, pelo estilo de vida que se levava. Mesmo os títulos de nobreza ainda eram negociados com algum valor de mercado, pois sendo algo que só os muito ricos podiam adquirir, faziam-no simplesmente porque podiam fazê-lo, ou para facilitar seu trânsito no âmbito das decisões políticas. À classe média cabia o desafio de distanciar-se da classe operária e, na impossibilidade de conseguir um título de nobreza, títulos acadêmicos poderiam cumprir paliativamente a função.

Este grupo seleto de pessoas que não necessitava mais trabalhar precisava manter-se ocupado de alguma forma. Da aristocracia irradiava uma atmosfera que determinava o modo de vida da classe média, e participar da cultura burguesa era a única forma de diferenciar-se das camadas mais populares. Esta classe intermediária, entre ricos e pobres, constituía um número suficientemente expressivo para que possamos admitir uma

*TEMPO, INDIVIDUALIDADE E MODERNIDADE*

concepção de tempo predominante da burguesia: uma concepção de tempo racionalizada dentro da lógica do capital, para satisfazer o modo idealizado de vida, que tomou contornos mais concretos na segunda metade do século XIX. Trata-se do tempo de uma geração que decidiu dar uma finalidade à riqueza acumulada, gastando-a numa espécie de férias indefinidamente estendidas, para recompensar o esforço das gerações anteriores, adaptando o estilo de vida dispendioso das cortes europeias ao contexto do liberalismo econômico e distanciando-se da ética puritana, outrora fundamental para o acúmulo de capital. Adicionalmente, dar a volta ao mundo em um balão ou dedicar-se à criação de uma máquina do tempo, sem qualquer garantia de retorno financeiro, requeriam, mais que recursos excedentes, tempo ocioso.

A obra *The City in History* (1965), do historiador Lewis Mumford, atesta a gênese de uma estrutura urbana industrial desenhada conforme os requisitos dessa ideologia burguesa. Um ambiente metropolitano farto em bens, serviços, experiências e subúrbios isolados do agito, mas não isolados o bastante para privá-los do fácil acesso aos benefícios da cidade. A obra de Mumford também especifica as cidades como lócus do *outsider* em comparação à aldeia como lócus campesino, onde as pessoas se conhecem, congregam e se identificam por meio dos costumes que compartilham, enxergando forasteiros como potenciais ameaças de disrupção das tradições que garantem o convívio harmonioso da comunidade. Nesta justaposição entre aldeia e cidade, vemos o ambiente urbano como a junção de forasteiros (reflexo de massivos movimentos de êxodo rural) em torno de uma nova ordem, despossuída do senso de coletividade em favor da individualização e pulverização de laços comunitários, em um ambiente onde todos competem entre si dentro da meta capitalista.

Em *A Revolução Urbana* (2008), Henri Lefebvre também reflete sobre a dicotomia campo/cidade, sugerindo que a realidade social contemporânea nasceu da industrialização e promoveu a conceituação de *"sociedade urbana"* a partir de sua forma idealizada. Imaginamos a urbanização em sua forma completa, mas vivemos o tempo presente como um constante processo de materialização de uma utopia. Ou seja, o espaço urbano é na verdade a constante projeção de um futuro que nunca se concretiza (Lefebvre, 2008: 13). Admitindo que, mesmo na vida rural, tecnologias

HISTÓRIA e FICÇÃO CIENTÍFICA

faziam parte do cotidiano, a Revolução Industrial permitiu aliar progresso e tecnociência de maneira mais tangível, à medida que os meios de produção deixam de ser a terra e dão lugar às fábricas, e suas populações substituem a paisagem natural pela paisagem de metal e concreto. "O que evoca o urbano com mais força? A profusão das luzes à noite, sobretudo quando se sobrevoa uma cidade – o fascínio das luzes, dos neons, anúncios luminosos, incitações de todas as espécies – a acumulação simultânea das riquezas e dos signos" (Lefebvre, 2008: 109).

Os personagens de *Paris no século XX* recordam a Paris de 1860 como uma cidade pequena e atrasada quando a comparam, com certo desdém, à formidável metrópole que ela viria a se tornar em 1960. No livro, as palavras do Sr. Richelot, diretor de ciências aplicadas da Sociedade de Crédito Instrucional, proferidas durante uma cerimônia de premiação dos estudantes de ciências, exaltam os prodígios da modernidade, ao que Dufresnoy classifica como um discurso injusto, pois sequer reconhece que aquela modernidade fora alcançada justamente a partir das descobertas e dos empreendimentos oitocentistas que as impulsionaram. Corroborando este conceito de modernidade, baseado na perseguição de um futuro que nunca é alcançado, ou de um tempo presente que nunca pode bastar de si mesmo, os mesmos sujeitos do futuro vivem anestesiados sob o perene estado *blasé* de apatia: "[...] os homens de 1960 já não se admiravam diante dessas maravilhas, serviam-se delas tranquilamente, sem ficarem felizes por isso, pois, com seu ritmo acelerado, suas atividades apressadas, seu ardor americano, percebia-se que eram acossados sem interrupção nem piedade pelo demônio da fortuna" (Verne, 1995 [1863]: 50).

Nesse movimento de constante projeção do futuro, a sociedade industrial dos anos 1800 gradualmente abandona também o tempo regido pelos ciclos da natureza para ser educada segundo uma nova concepção mecânica de tempo, regida pelo cronômetro. Afinal, ajustar-se às cidades significava ajustar-se ao ritmo das máquinas e das artificialidades que suplantam o divino e o natural. E isso requer velocidade de adaptação. A mesma lógica que exige a sujeição do indivíduo ao tempo mecânico estabelece que aquele que controla o tempo é detentor de poder:

> O pequeno instrumento que regulava os novos ritmos da vida industrial era ao mesmo tempo uma das mais urgentes necessidades que o capitalismo industrial exigia para impulsionar o seu avanço [...] Sempre que um grupo de trabalhadores entrava numa fase de melhoria do padrão de vida, a aquisição de relógios era uma das primeiras mudanças notadas pelos observadores. (Thompson, 2019: 279)

No século XVII, em estruturas mais rudimentares de produção, especialmente têxtil, já se controlava o tempo de trabalho por meio do registro em folha, auditado pela figura de um "controlador do tempo", que cumpria às vezes de fiscal e delator, com poderes para autuar e punir quem não cumprisse as expectativas de entrega. Sem a disciplina das máquinas, a intenção de controle das jornadas se mostrava imprecisa, baseada na confiança e nos volumes de produção (Thompson, 2019: 291). De todo modo, as mudanças de percepção do tempo não se deram de maneira repentina. Por mais que o trabalhador estivesse submetido à disciplina da fábrica, algumas rotinas domésticas desafiavam os relógios, por exemplo, a percepção particular de mães que ao cuidarem dos filhos pequenos se curvavam a outros ritmos humanos, até que as escolas viessem normatizar as rotinas das crianças, ou "inculcar o uso econômico do tempo" e formar operários mirins (Thompson, 2019: 288, 292).

À medida que relógios adentram o âmbito da vida privada, os mitos agrários da relação com a natureza são relegados ao território da nostalgia. O fato de que nas cidades os bens são produtos processados, ao contrário do campo, que fornecia produtos prontos, também sedimenta a ideia de que os itens enlatados, por serem industrializados, são melhores justamente porque estão cumprindo a meta do progresso tecnocientífico. Contudo, os excessos da modernização também provocam reações adversas na sociedade. Mesmo enaltecido, o progresso autoriza suas válvulas de escape, seja na religião, seja nos subúrbios, mais preservados do furor progressista. Estas sutis necessidades de descompressão são capturadas pela FC quando alimentam a crítica aos ideais burgueses amplamente defendidos, pois conseguem extrair os custos, os riscos e as omissões que oneram o ímpeto urbano e tecnológico por meio de uma pergunta mestra: nessa direção e nesse ritmo, para onde estaríamos caminhando?

O protagonista de Júlio Verne, Michel Dufresnoy, é um jovem escritor com gosto por poesia, literatura clássica e artes em geral. Como sujeito de uma Paris do século XX, o jovem artista personifica os conflitos próprios de uma sociedade tecnocrata quando vê seus objetivos ameaçados pela necessidade de enquadramento à meta de enriquecer para conquistar boa posição social. O custo para saciar as expectativas que a sociedade espera que ele cumpra implica abster-se de seus interesses para assumir uma profissão distante de seus objetivos e ambições existenciais. Em 1860, Verne assistia a uma sociedade industrial na qual, enfim, uma classe média em formação poderia experimentar os prazeres do ócio e da cultura sem a condicionante prática e imediata do enriquecimento. E nas décadas seguintes, a cultura da sofisticação seria definitivamente incorporada aos signos da vida burguesa. Em concordância com os ideais iluministas, o futuro imaginado nessa obra de fato vislumbra importantes passos em direção à paz entre as nações. Contudo, esta nova geopolítica do futuro não se configurara pelos ideais de busca da razão, mas pelo próprio desenvolvimento capitalista, que teria moldado novas formas de relação entre os povos, de maneira que exércitos não eram mais necessários. São contradições de um futuro no qual "as máquinas combatiam-se umas às outras e não os homens", diz Verne (1995 [1863]: 137-138), "isso ocasionou um movimento para acabar com as guerras, que estavam ficando ridículas [...] as máquinas mataram a bravura (do combate corpo a corpo) e os soldados transformaram-se em mecânicos", que operam as máquinas que combatem por eles. E curiosamente, os corpos metálicos das embarcações eram tão densos, que canhões capazes de as perfurar seriam pesados demais para armar estes mesmos navios de guerra. As disputas eram então travadas no âmbito estritamente comercial, tendo o mercado como campo de batalha.

# Arte e cultura mercantilizadas

Na metade final do século XIX, observa-se uma inédita combinação de dois fatores determinantes para uma nova forma de dicotomia social, diferente da estratificação característica do Antigo Regime: tecnologia e mercado de massas, um como agente de propulsão do outro. Ao permitirem a escalabilidade de qualquer produção, inclusive a cultural, estes dois motores despontaram como oponentes de uma chamada cultura erudita, essencialmente excludente, acessível a poucos e, por esse motivo, ambicionada tanto por quem a detinha como alguma forma adicional de manutenção de uma condição aristocrática, quanto por quem almejava provar a experiência da ascensão social. A mercantilização da cultura habilitou o surgimento de uma espécie de atração das pessoas "comuns" pelo consumo de arte e literatura, fazendo com que este mercado desencadeasse uma abertura maior às massas (Hobsbawm, 2010a: 344).

Como um novo signo de poder e distinção, o conhecimento passa a ladear os requisitos identitários das classes sociais, tradicionalmente fundamentados em privilégios hereditários e propriedades. E como o conhecimento não é algo que se pode, propriamente, atestar a olho nu, a cultura, como indicador de *status*, reforçou uma série de símbolos concretos para identificar os seus portadores, automaticamente expressando conquistas materiais e validando uma condição social superior. Ou seja, podia-se atestar uma posição social pelo refinamento cultural que se ostentava. Além de exibirem-se diplomas e alimentarem-se bibliotecas dentro de casa, pianos de armário passaram a compor a decoração das salas de visita daqueles trabalhadores que alcançavam um poder aquisitivo superior à média da classe operária. Assim, o consumo de literatura, e de arte em geral, tornou-se um hábito e uma necessidade da ideologia burguesa. Nas entrelinhas, a posse destes itens comunicava que o seu detentor reunia as condições materiais e intelectuais necessárias para apreciá-los. Dizia ainda que aquele indivíduo era mais sofisticado, sensível e civilizado, em contraposição à condição praticamente bestial e embrutecida resultante das rotinas exclusivamente braçais. Estes signos concluíam sutilmente uma nova forma de classificação social, capaz de posicionar, por exemplo, professores – como casos excepcionais – em uma condição de respeitabilidade razoavelmente elevada, pelo conhecimento que detinham, mesmo que não possuíssem grandes riquezas. Se por um lado o mercado facilitou o acesso à obtenção de cultura "produtizada", por outro, saber criar, apreciar e problematizar criticamente um livro, uma obra de arte ou uma partitura de música exigiam dedicação ao estudo. Escolas especializadas no ensino das artes se multiplicaram nas cidades. Porém, entregavam-se a estas atividades apenas os que tinham o privilégio do tempo, pois não precisavam se ocupar exclusivamente do trabalho ou do ensino técnico voltado à capacitação para o trabalho.

Dufresnoy compreendia o sentido puro e primevo da arte como uma alavanca para a elevação do espírito humano. A distopia verniana se manifestou na forma deste futuro em que a arte não teria se tornado um item passível de mercantilização sendo, portanto, desnecessária. A música, por exemplo, "é uma coisa que já não se degusta, se engole!" (Verne, 1995 [1863]: 101). De todo modo, na Europa oitocentista, na qual a arte é alavancada pelo signo de *status* que ela confere, não saber apreciar o seu verdadeiro significado pode ser tão trágico quanto reduzir seu valor e importância à mera condição de objeto de consumo. De todo modo, na lógica burguesa, arte e refinamento cultural cumpriam prioritariamente uma função de identificação social e, por esse mesmo motivo, abriram um mercado que soube, inclusive, segmentar categorias de produtos para cada condição financeira, levando a uma arte que, potencialmente, consome-se a esmo, muitas vezes de maneira pueril, inconsciente e inconsequente. Na visão futurista de Verne, uma arte que é mais pragmática do que bela e sublime poderia ser entendida como evidência derradeira de uma decadência humana em curso.

Como é característico das linguagens artísticas expressarem aspectos de seus próprios contextos, o senso de progresso irradiado do desenvolvimento científico e industrial também se abateu sobre as vertentes de expressão cultural, exigindo sua atualização segundo os preceitos e paradigmas deste momento em que a própria cultura começa a tornar-se um produto de consumo. O crescimento da classe média urbana e a sede de cultura condicional da burguesia fomentaram o mercado artístico e facilitaram o surgimento de artistas com novas proposições estéticas, como o *art nouveau*, que contribuiu para expressar o seguinte paradoxo da arte burguesa:

> o sentimentalismo, o lirismo e o romantismo não seriam incompatíveis com o homem moderno, que vivia na nova racionalidade da era da máquina? Não deveria expressar a arte uma nova racionalidade humana, refletindo a da economia tecnológica? Não haveria uma contradição entre o funcionalismo simples e utilitário, inspirado nos antigos ofícios, e o gosto do artífice pela decoração, a partir do qual o *art nouveau* desenvolveu sua selva ornamental? (Hobsbawm, 2010a: 362)

Ao final da década de 1890, disseminou-se pela Europa esta forma de fazer artístico que primava pela "união artesanal entre adorno e adequação à finalidade" (Hobsbawm, 2010a: 358), sendo o *art nouveau* um dos movimentos estéticos que melhor expressaram essa contundente tendência de vocação modernista. Aos poucos, a tecnologia vinha mostrando-se capaz de produzir arte, ou servir à arte, tanto em técnica como em inspiração. Para a ficção científica, por exemplo, a tecnologia cumpriu seu papel de musa, alimentando autores com ideias. E mais do que ajudar a produzir arte, a tecnologia reproduziu-a em larga escala, tornando-a acessível a novos públicos. Sobre o receio de rumos incertos que uma arte produtizada poderia seguir, *Paris no século XX* sugere a inequívoca orientação de realidade racionalizada a partir do triunfo da indústria, em que grandes intelectuais, como Victor Hugo, Balzac, Musset e Lamartine, seriam esquecidos em favor de poesias modernas que tinham a ciência como única fonte de inspiração. E quando os desolados personagens reverenciam os artistas "do século anterior", Verne está evocando sua própria contemporaneidade, historicizando o seu próprio presente, como se fosse um apreensivo apelo aos seus leitores acerca das consequências de uma desmedida apologia da máquina e da modernidade:

> As orientais, As meditações, As primeiras poesias, A comédia humana, esquecidos, perdidos, impossíveis de encontrar, injustiças, desconhecidos! No entanto viam-se ali carregamentos de livros que grandes guindastes a vapor desciam no meio dos pátios, enquanto os compradores se comprimiam no balcão dos pedidos. Mas um queria a Teoria dos atritos em vinte volumes, a Compilação dos problemas elétricos, este o tratado prático da lubrificação das rodas motrizes, aquele outro a Monografia do novo câncer cerebral. (Verne, 1995 [1863]: 61)

Eram obras que o próprio Estado se encarregava de editar em quantidades fabulosas. Diante do descontentamento de Dufresnoy, o atendente da biblioteca insiste:

> Por que o Senhor não dá uma olhada nas obras literárias contemporâneas? Temos algumas produções que obtiveram certa repercussão no decorrer dos últimos anos; para livros de poesia até que venderam bastante [...] as Harmonias elétricas, de Martillac, obra laureada pela Academia de Ciências, as Meditações sobre o Oxigênio, do Sr. de Pulfasse, o Paralelograma poético, as Odes descarbonatadas... Michel não havia conseguido continuar ouvindo e já estava na rua, aterrorizado, estupefato! Assim, aquele pouco de arte não escapara à influência da época! A ciência, a química e a mecânica faziam irrupção no terreno da poesia! (Verne,1995 [1863]: 62)

Portanto, como reflexo desta ânsia moderna pelas descobertas e invenções do porvir resultou uma configuração deste mercado editorial peculiar, no qual autores clássicos como Tito Lívio, por exemplo, estavam esquecidos nas prateleiras, ao passo que obras científicas que respondessem aos desafios do presente (e do capital) proliferavam "compêndios de matemática, tratados de descritiva, mecânica, física, química, astronomia, os cursos de indústria prática, comércio, finanças, artes industriais, tudo o que se relacionasse às tendências especulativas do dia era consumido aos milhares de exemplares" (Verne, 1995 [1863]: 35).

Enquanto o estudo das ciências estava em alta, a Escola Normal que ainda se dedicava aos campos das letras e das artes, considerados secundários, esvaziava-se. Essencialmente positivistas, as ciências encontravam-se devidamente fragmentadas em campos e especializações, cada qual com sua respectiva epistemologia e autoridades dominantes de cada área do saber, "e com que elegância eles se sobressaíam [...] Havia o chefe do setor das matemáticas, com seus subchefes de aritmética, geometria, álgebra" (Verne, 1995 [1863]: 35-36) e assim por diante, sendo as ciências aplicadas as mais valorizadas: metalurgia, construção civil, mecânica e química.

A arte que sempre expressara a sensibilidade humana via-se então diante de uma situação na qual essa sensibilidade fora justaposta ao pragmatismo e à assertividade da ordem industrial. O que seria, então, a arte, produto desta relação do homem com a tecnologia? A inspiração que vinha da natureza via-se conflitada com a emergência da paisagem urbana, consequente da ação humana sobre a natureza, ora profanada. Era como se o mundo moderno guardasse menos mistérios, fantasias e sacralidades. Afinal, na paisagem das cidades os indivíduos sabem explicar a origem dos edifícios, das máquinas, da luz elétrica, dos alimentos processados, ao passo que na paisagem rural, árvores, pássaros, córregos, montanhas e estrelas sempre estiveram ali, anteriores à ação humana. A desconexão com o mundo não explicado fez com que as cidades criassem seus próprios mistérios e narrativas. Saudando a tecnologia, as novas linguagens estéticas primaram pela desintegração do antigo, embora necessitassem do passado na forma de um discurso nacionalista de coesão, como mola propulsora para o futuro. É justamente o que acontece quando Dufresnoy adentra o universo dos negócios, passando a ter contato com aparelhos, como telégrafos e calculadoras, que ele aprendia a manusear como se dedilhasse um piano, e que reorientavam sua visão de mundo conforme um repertório de novos signos: "De uma coisa Michel se admirava: era que o responsável pela contabilidade ainda não tivesse sido substituído por uma máquina [...] estava orgulhoso de tê-la manipulado mal" (Verne, 1995 [1863]: 75). Vitimado por esta impiedosa modernização, orientada pelo capital e seu consequente pragmatismo, suas aptidões não se mostravam úteis, tampouco bem-vindas em uma sociedade dedicada à multiplicação do valor das ações de suas companhias. O que restava ao jovem era conformar-se e assumir sua posição nos negócios da família. Seu último dia de liberdade é a véspera de sua estreia no mundo da indústria. Seu único refúgio, dali em diante, seria sua biblioteca particular: "Tenho um único dia de liberdade – disse para si mesmo; ao menos vou aproveitá-lo como me apraz; tenho alguns sóis; comecemos por fundar minha biblioteca com grandes poetas e autores ilustres do século passado. Eles me consolarão, a cada noite, dos aborrecimentos do dia" (Verne, 1995 [1863]: 58).

As prerrogativas industriais promoveram uma ruptura com o academicismo e os padrões da arte erudita diante de um movimento de conveniente democratização promovido pela sociedade liberal burguesa, que tornou a arte um produto, usou o *know-how* industrial para disseminá-la a porções cada vez maiores da população, definindo o que viria a ser a cultura de massa que se propagaria pelo século XX. Para Hobsbawm, esta foi a verdadeira revolução cultural do período. E antes do cinema, arte que ganhou impulso com a revolução tecnológica da projeção da imagem em movimento, para atingir ainda mais camadas da população, a FC teve na imprensa o seu maior meio de difusão. Nos anos 1890, a grande imprensa alcançou tiragens superiores a um milhão de exemplares. O aumento do contingente de leitores foi um catalisador essencial para a disseminação de ideias e conceitos que inauguraram as bases de um incipiente pensamento crítico coletivo, muito anterior à era da informação de um século depois. Obras que hoje se tornaram clássicos foram lidas originalmente em jornais, como aconteceu com *A máquina do tempo*. Lembremos que dentre os convidados a quem o viajante do tempo de Wells revelou sua invenção havia um representante do meio editorial e um jornalista. Escolhê-los para integrar seu grupo de ouvintes nos revela a importância atribuída pelo viajante a estes profissionais, num meio em que as ideias eram amplamente difundidas através da mídia impressa. E entre a imprensa e o cinema, as artes dramáticas também se proliferaram pela Europa, o "número de teatros triplicou na Alemanha entre 1870 e 1896, passando de duzentos a seiscentos" (Hobsbawm, 2010a: 346). Assim, o período abordado é singular no que tange tanto à aplicação técnica a novas formas de se produzir e consumir cultura, quanto à sua massificação.

# Imperialismo, ciência e tecnologia

A necessidade de apropriarem-se do passado para consubstanciar o discurso nacionalista, fornecendo o alicerce político das potências industriais, engendrou paradoxos. A unidade nacional favorecia uma espécie de espírito de autodeterminação, por meio do qual um povo unificado por uma história em comum podia legitimar o ímpeto expansionista, levando à construção de redes de influência internacionais que constituíam abundante mercado consumidor para seus bens industrializados e de um mercado fornecedor de matérias-primas para as fábricas. Ao mesmo tempo que o cenário era de competição, a fundamental necessidade de sedimentar relações diplomáticas e redes de cooperação cobrava o desenho de uma geopolítica de abertura maior ao contato dos países para além de suas fronteiras e seus decorrentes choques – afinal, a diplomacia frequentemente falhava em garantir a via do diálogo plurilateral. No entanto, a respeito da necessidade de relações internacionais bem construídas, Verne esboça, de maneira extrapolativa, uma rede internacional de conexão simultânea entre bolsas de valores ao redor do mundo, incluindo Europa, Estados Unidos, Índia, Austrália

HISTÓRIA e FICÇÃO CIENTÍFICA

e Japão. Documentos eram transmitidos a cinco mil léguas de distância, de forma que "nem um segundo separa a América da Europa" (Verne, 1995 [1863]: 92). Os anos 1860 já permitiam vislumbrar o acelerado e inexorável encurtamento das distâncias geográficas:

> Todo estabelecimento tinha sua fiação particular, de acordo com sistema Wheatstone, em uso havia muito tempo na Inglaterra inteira. As cotações dos incontáveis valores negociados no mercado livre vinham inscrever-se por conta própria em painéis situados no centro das Bolsas de Paris, Londres, Frankfurt, Amsterdã, Turim, Berlim, Viena, São Petersburgo, Constantinopla, Nova York, Valparaíso, Calcutá, Sidney, Pequim, Nulhiahiva [...] A telegráfica cobria toda a superfície dos continentes e o fundo dos mares; nem um segundo separava a América da Europa... (Verne, 1995 [1863]: 71-72)

Com este encurtamento das distâncias, já experimentado numa época em que o telégrafo ainda não fora suplantado pelas ondas de rádio, não apenas as trocas comerciais prosperavam, mas também a troca de conhecimentos. A informação circulava com uma velocidade que até então as sociedades não estavam habituadas a processar. No campo de batalha político e econômico – que invariavelmente antecede os conflitos armados –, conhecimento era um recurso que já despontava com decisiva vantagem para aqueles que o detinham. O desenvolvimento tecnológico empreendido para suprir a demanda da indústria, ao final do XIX, estava aliado ao desenvolvimento dos meios de comunicação de massa e ao aumento da escolaridade para que as ciências, ou alguns segmentos delas, fossem cada vez mais apreensíveis por um público maior do que aquele que antes se restringia a um círculo fechado de estudiosos, notadamente contagiados por uma mania acadêmica, originada no seio eclesiástico, de monopolizar o saber. Nos mecanismos articulados para monopolizar o saber, a indústria se amparou nas leis para que patentes de novas descobertas e invenções ganhassem respaldo jurídico de amplo consenso entre as nações. Embora não fosse um conceito necessariamente novo – as primeiras leis de patentes europeias remontam ao pré-capitalismo do século XV –, a necessidade industrial e científica de se tutelar a inteligência e a criatividade de inventores, bem como de regular a competição entre mercados, empresas e empreendedores, foi indispensável. No decorrer do século XIX, Inglaterra e

IMPERIALISMO, CIÊNCIA E TECNOLOGIA

França foram responsáveis por uma série de revisões nas leis de patentes e propriedade intelectual, cujo objetivo era adequar suas condições às prerrogativas capitalistas impulsionadas com a industrialização. Para proteger sua indústria, a França promulgou uma nova lei de proteção de patentes, em 5 de julho de 1844, que vigorou até 1968. E em 1883, a Convenção de Paris para a Proteção da Propriedade Industrial sacramentou o esforço internacional de harmonizar regras para "civilizar" as relações comerciais entre os países a ela signatários.

Antes mesmo do desafio de resguardar os direitos de propriedade intelectual ser superado, a predecessora necessidade de aumentar o contingente de pessoas capacitadas mostrava-se uma tarefa igualmente desafiadora. Com mais acesso à informação, o livre pensamento podia ser estimulado, de maneira que se via a mesma mudança de paradigmas que acarretara novas perspectivas para as artes, também transformando o pensamento científico em um ambiente de ideias menos conformadas e mais voláteis. E não poderia ser diferente. Havia sede de conhecimento, outrora abafada por dogmas religiosos, agora impulsionada por incentivos burgueses junto a uma liberdade maior para que indivíduos se experimentassem como agentes criativos. E arte e ciência eram ambas frutos de uma mesma revolução cultural, que resultara tanto para artistas quanto para cientistas em novas formas de se ver, entender e representar o homem, a sociedade, a natureza, Deus e o Universo. Ao final daquele século, estas concepções já eram diferentes do que haviam sido em seu início, dada a velocidade com que novas propostas podiam surgir. Entretanto, até mesmo o ímpeto de um pensamento livre careceu de algum nível de regulação jurídica, moral e acadêmica para que sociedades se mantivessem coesas, ordenadas e orientadas por um projeto de nação.

A divisão entre as ciências naturais e sociais marcou o período com um denominador comum a ambas: a exclusão de diretrizes do pensamento religioso sobre a nova concepção de um universo regido por leis físicas, que não comportavam mais o fator sobrenatural, embora muitos fenômenos inexplicados ainda recorressem à intuição, menos analítica, ou mesmo à fé, quando um problema esbarrava diante de um dogma muito solidificado. Os modelos mecânicos que podiam ser observados, por exemplo, no funcionamento das máquinas que moviam a indústria, podiam ser emprestados à observação da natureza e do ser humano. No entanto, não tardou para que esse modelo de interpretação do mundo começasse a apresentar imprecisões, posto que ideias e teorias podiam ser debatidas, ao mesmo tempo que a experimentação estava aberta a diferentes vieses e metodologias. A implicação direta desta ampla abertura ao debate, uma vez afastados os riscos inquisitoriais de tempos predecessores às Luzes, era o salutar fato de que estudos realizados para se demonstrar um determinado fenômeno podiam ser imediatamente confrontados por novos estudos, cujos resultados podiam fornecer outros rumos.

Contudo, a efervescente disseminação de conhecimento não podia escapar ao fato de que a população ainda era predominantemente rural, iletrada e mantinha um modo de vida bastante vinculado aos resquícios do sistema feudal. Para estes, o domínio do sagrado e da intuição ainda regia suas concepções de mundo e prevalecia aos postulados do mundo acadêmico. Mesmo nas cidades, um experimento, por mais criterioso que fosse, podia encontrar resistência para ser admitido e incorporado ao modelo mental da época. O indivíduo urbano não estava tão distante do universo simbólico rural, mesmo testemunhando os prodígios da modernidade tão de perto. Assim, por mais que fizesse sentido confiar na ciência, o cientista por detrás do experimento ainda precisaria se provar. A matemática foi um dos campos centrais deste conflito entre o real e o intuitivo, que marcou uma crise de paradigmas científicos no decorrer daquele século. Nem sempre as teorias postuladas correspondiam de maneira contundente àquilo que, de fato, as pessoas observavam na realidade. E mesmo que as fórmulas e os cálculos estivessem corretos, sua compreensão não era simples e acessível para a grande maioria de pessoas. Hobsbawm cita especificamente o ano de 1895 (mesmo ano em que *A máquina do tempo* foi publicado) como um momento representativo desta crise do pensamento matemático: "a maioria dos seres humanos cultos estavam envolvidos com a crise do universo galileano ou newtoniano da física [...] e que seria substituído pelo universo einsteiniano da relatividade" (Hobsbawm, 2010a: 382). Conforme o historiador, as experiências do século XIX mostraram que os fatos observados e sentidos na pele são mais fortes do que as teorias que tentam explicá-los.

Algumas áreas se desenvolveram com mais fluidez do que outras por atenderem melhor a demandas mais imediatas, como a medicina e a química. Outras, como a física e a matemática, não possuíam o mesmo grau de aplicabilidade instantânea, mas deram passos expressivos, não por atenderem a fins comerciais, mas pelos desafios que ofereciam aos cientistas. Por trás da ciência tradicional também pesavam preocupações sociais e políticas, que influenciavam diretamente o fazer científico. Eram questões que compunham a realidade sobre a qual os cientistas teciam seus questionamentos e observações. Além da sociologia de pensadores como Durkheim, Weber, Marx e Engels, a biologia é um exemplo bastante ilustrativo desta relação entre ciência e sociedade. O conceito de evolução estabelecido por Darwin teve interpretações fortemente carregadas de conotações políticas, sendo utilizado como uma ferramenta de legitimação científica para ideologias que propagavam o racismo embutido no imperialismo, justificando as metas expansionistas. As diferenças sociais seriam, por este viés, produtos de um fenômeno natural, e não a desvirtuação de princípios e ambições em nome dos quais a burguesia teria surgido. Em *A máquina do tempo*, as vinculações entre biologia e ideologia são abundantes. Não obstante, a descrição de Wells acerca de uma raça superior que domina outra inferior pode ainda ser lida tanto sob a ótica do conflito de classes, quanto pela perspectiva da eugenia, também um conceito conhecido em fins do XIX. Não estranha o fato de a obra habilitar estes dois vieses de articulação teórica, afinal, além de ser um entusiasta confesso das ideias socialistas, Wells também estudou biologia na Escola Normal de Ciências, de Londres. Coincidentemente, durante o período de sua formação como biólogo, foi aluno de T. H. Huxley, amigo de Darwin, grande disseminador do evolucionismo e avô de Aldous Huxley, autor de *Admirável mundo novo* (1932), que viria a se tornar um grande expoente da FC.

Para conduzir sua pequena ilustre plateia ao cerne do seu pensamento, a primeira medida do viajante do tempo é propiciar uma quebra do ritmo rígido, assertivo e compassado do tempo industrial, que não admite desvios de seu curso corrente e mantém todos a ele aprisionados para que, conforme sua intenção, o pensamento possa fluir "graciosamente livre das bitolas da precisão" (Wells, 1994: 11). Ele acende um cigarro num lampião que ilumina o aposento antes de iniciar sua fala. O que vem a seguir é o questionamento de princípios básicos de geometria, sobre os quais caminha o pensamento científico de sua época: "Não há nenhuma diferença entre o tempo e qualquer uma das três dimensões de espaço, exceto a de que nossa consciência se move ao longo dela" (Wells, 1994: 13).

HISTÓRIA e FICÇÃO CIENTÍFICA

Citando o professor Simon Newcomb, matemático e astrônomo norte-americano contemporâneo de H. G. Wells,[9] o viajante propõe que o tempo nada mais é do que uma quarta dimensão de espaço. Podemos nos mover para a esquerda, para a direita, para frente e para trás. Também podemos nos mover para cima e para baixo, desde que se saiba uma forma de romper os limites impostos pela gravidade. Vencer as três dimensões fundamentais do espaço tridimensional é uma ideia acessível e teoricamente possível para o pensamento oitocentista. Com um conhecimento técnico que possibilitasse romper a barreira que nos prende ao presente, assim como a gravidade nos prende ao chão, seria então possível nos deslocarmos nas dimensões horizontal, vertical, longitudinal, latitudinal e, também, temporal.

Um dos convidados do viajante, do ramo da psicologia, percebe o quão conveniente o advento das viagens temporais seria para os historiadores, uma vez que a máquina do tempo poderia levar à verificação dos fatos *in loco* e ao vivo. Contudo, o livro discute a possibilidade de que a interpretação das evidências seria datada pelo espírito do tempo ao qual o historiador pertence. Mas os problemas consequentes deste eventual anacronismo que mais chamaram a atenção dos convidados recaíam sobre a especulação de uma situação inversa. Como um viajante do tempo seria recebido e interpretado pelos habitantes dos destinos aos quais a máquina do tempo poderia levá-lo? Mais intrigados ou céticos do que fascinados, os convidados se despedem com a expectativa de um teste real da máquina posta em ação, assim que o viajante terminasse alguns últimos ajustes. Naquela mesma noite, sua primeira aventura o aguardaria no ano 802.701 d.C.

Composta por materiais como níquel, quartzo e marfim e operada por um sistema de ponteiros, alavancas e engrenagens, a máquina não se mostra em nada mais sofisticada do que qualquer outro aparato industrial, a não ser pela complexidade de sua engenharia e pelo prodígio que ela realiza. Se a máquina é descrita pelo autor com poucos detalhes, a experiência da viagem, que o cinema pôde mais tarde recriar em imagens, recebe mais de sua atenção. Conforme avançava futuro adiante, o viajante percebia as mudanças climáticas, o curso do sol e das estrelas girando rapidamente acima de sua cabeça. Os relógios não paravam de girar, contando a passagem dos anos, décadas, milênios, árvores crescendo, secando e depois dando lugar às edificações de concreto, metal, erguendo-se, desmoronando e reerguendo-se novamente ao seu redor.

IMAGEM 5

Locomotiva a vapor em destaque na contracapa de
*As maravilhas da ciência: descrição popular das invenções modernas*,
publicada na França em 1867.

Resgatar a origem e os desdobramentos das fases da Revolução Industrial é útil para uma compreensão mais apurada do panorama imagético da ficção oitocentista. E a literatura, como documento, ganha consistência quando justaposta aos fatos que a contextualizam. Em um período determinado pelos desígnios da máquina, supomos haver uma percepção de conceitos e valores particular e datada. As ferrovias têm sido regularmente lembradas pela historiografia especializada como símbolo máximo da era industrial. O trem coaduna o emprego da

HISTÓRIA e FICÇÃO CIENTÍFICA

tecnologia às metas capitalistas de otimização do tempo, que dentro da fábrica implica a otimização dos processos de controle e produção. E, sobre trilhos, a tecnologia levou ao encurtamento das distâncias, aproximando mercados produtores, fornecedores e consumidores. Para evidenciar essa influência, podemos igualmente evocar *Paris do século XX*, que se inicia com a referência às ferrovias metropolitanas: ferro e carvão combinados com o objetivo de vencer o tempo e o espaço. Sua importância era tamanha, que o nível de desenvolvimento de um país podia, de fato, ser medido pela extensão de sua malha ferroviária. Ou seja, as ferrovias são tão marcantes de sua época, que Verne não imagina um futuro, mesmo cem anos adiante, sem a presença deste colossal maquinário de locomoção.

Outro reconhecimento acerca da importância da engenharia mecânica e das máquinas a vapor como ícones da modernidade refere-se às obras do subgênero *steampunk*, uma proposta estética retrofuturista, alternativa aos romances de antecipação e ao *cyberpunk*, surgida entre os anos 1980 e 1990. Ao invés de explorar possibilidades do universo computacional e da engenharia cibernética, nos submundos de metrópoles decadentes, o *steampunk* faz um retorno nostálgico, transformando os elementos do imaginário pré-digital do século XIX em palco para ficções científicas, em que toda a composição visual é uma estilização futurista da iconografia e dos paradigmas tecnológicos industriais, elevados ao seu estado da arte, e sobretudo influenciados pela atmosfera vitoriana.[10] A constatação de que Verne, Wells, Robida e outros também enxergavam o seu tempo industrial como uma espécie de futuro já concretizado fornece lastro para que a ambientação do *steampunk* seja uma vertente legítima e original à FC atual. Em vez de antecipar o futuro, admite um passado romantizado no qual o futuro já era manifestado sob os contornos das expectativas de uma modernidade ultramecânica prestes a se realizar.

**IMAGENS 6 e 7**

Duas ilustrações de Albert Robida, para sua obra *Le Vingtième siècle: la vie électrique* (1892). À esquerda: Estação central de aeronaves sobre a Catedral de Notre Dame, em Paris. À direita: sua ilustração de "Um bairro confuso", onde aeronaves disputam o céu com o emaranhado de fios elétricos.

O futuro de Verne, composto de indivíduos emancipados pela ciência aplicada à instrução técnica, expressa a concepção pragmática de que "para um empresário, construir ou instruir é tudo a mesma coisa" (Verne, 1995 [1863]: 31), subentendendo a necessidade condicional de uma sociedade de ensino estatizado. Torna-se obrigação do Estado nacional o cumprimento das metas de desenvolvimento técnico e social, o que sua obra exemplifica por meio da Sociedade de Crédito Instrucional. Não apenas o ensino se vê nacionalizado, mas o capital outrora privado, empregado em empreendimentos como as ferrovias, agora também sob o controle do governo, encontrava-se disponível para projetos industriais ainda mais ousados. O Leviatã IV, por exemplo, era uma embarcação com 30 mastros, 15 chaminés e a força de 30 mil cavalos: "dos quais 20 mil (cavalos) eram para as rodas e 10 mil para a hélice; ferrovias internas permitiam que se circulasse rapidamente de um a outro de seus conveses e, no intervalo entre os mastros, admiravam-se praças onde se haviam plantado grandes árvores [...] Aquele navio era um mundo..." (Verne, 1995 [1863]: 140).

Para os paradigmas vitorianos, que ainda estavam a décadas de conceber o RMS Titanic – cuja primeira e trágica viagem transatlântica ocorreu em 1912 –, esse parecia ser o máximo que a engenharia baseada em vapor e metal, em cem anos, poderia conceber. O Leviatã IV, imaginado em 1863, "vinha em três dias de Nova York a Southampton", enquanto o Titanic, quase cinquenta anos depois, e com suas modestas quatro chaminés, estimava exatamente o mesmo trajeto em quatro dias.

Faz-se também pertinente uma outra investigação, a partir da qual igualmente se pretende estabelecer as bases para uma relação datada entre sociedade e tempo. Esta segunda perspectiva é motivada por outra natureza de indagações resultantes do próprio escapismo ficcional que a obra de Verne oferece. Nesse período, são bastante populares as obras literárias sobre viajantes que partem a terras longínquas e desconhecidas, ou a outros destinos igualmente desconhecidos e inóspitos como as profundezas do mar e o centro da Terra, fosse a bordo de um balão ou de meios ainda não inventados, como submarinos ou foguetes. Sob a lente do imperialismo, a conquista do mundo apresentava-se aos leitores como uma aventura fascinante, e tecnologias que garantissem a rápida mobilidade entre um ponto e outro do globo tinham afinidade instantânea com estas ambições. Mas quando Wells propõe o rompimento das barreiras convencionais de um tempo linear, abre-se um caminho para a imaginação de fronteiras mais dilatadas do desconhecido, nas dimensões temporais, espaciais, sociológicas ou até psicológicas. Fuga de uma realidade desinteressante, curiosidade, interesse científico, ao romper as restrições do espaço-tempo, o campo aberto à especulação torna-se significativamente mais vasto. E quando nos perguntamos: o que havia naquele contexto para que as pessoas almejassem sair, ainda que imaginariamente, daquele tempo e, de alguma forma, participar de outras histórias, que não as delas? A ampliação do leque de problematizações que municiou escritores foi acrescida das perguntas as quais a própria comunidade científica viu-se desafiada a indagar. Nesta dialética, a arte da FC e a ciência, propriamente dita, puderam servir uma à outra.

# Fronteiras
# e anacronismos

Séculos de descobrimentos, colonialismo e imperialismo tornaram o mundo quase inteiramente conhecido. Pouco restava a ser desbravado. O polo norte, por exemplo, só seria alcançado em 1909, pelo norte-americano Peary, e por mais mistérios que a região guardasse, não deixava de ser um local cuja existência era admitida. Encontrar novas terras repletas de monstros e criaturas exóticas, de hábitos peculiares, que povoavam o imaginário europeu com assombro e fascínio, demandava a ampliação de horizontes. Passada a era das grandes descobertas ultramarinas, desbravar o desconhecido tornara-se um hábito burguês. A necessidade de viajar e mapear não era apenas científica. O turismo transcontinental, em fins do século XIX, já despontava como uma atividade bastante usual no calendário dessa classe ávida por novas experiências. Em 1879, a Suíça recebeu quase um milhão de visitantes, sendo que mais de 200 mil eram norte-americanos que cruzaram o Atlântico em busca de lazer e conhecimento (Hobsbawm, 2010a: 32). Não era apenas a meta imperialista que impulsionava o deslocamento ao redor do planeta em busca de oportunidades de enriquecimento, embora ainda fosse inequivocamente a força motriz deste movimento. Com a superfície do globo terrestre mapeada em quase sua totalidade, restava aos autores de ficção migrar suas aventuras para lugares ainda não alcançados. As profundezas do mar, o centro da Terra, a Lua, Marte logo se tornaram os alvos de suas especulações imaginativas. Porém, por mais longínquos que estes destinos fossem, todos ainda se limitavam às dimensões de espaço. Um desafio ainda mais ousado viria com a proposição de aventuras voltadas à exploração do desconhecido em outras faixas de tempo.

A perspectiva eurocêntrica é, por si só, uma recorrência historicamente constatável, sendo capturada por inúmeros romances de viagens exploratórias, desde *A máquina do tempo*, tornando-se um fato ainda mais evidente no início do século XX, quando os nacionalismos e suas subsequentes tensões estão perigosamente acirrados. Em *Coração das trevas* (1902), o britânico Joseph Conrad adentra o continente da África em uma exploração carregada de preconcepções eurocêntricas, oferecendo ao leitor um regresso aos primórdios do processo evolutivo humano; *O mundo perdido* (1912), de Arthur Conan Doyle, nos leva aos confins da Amazônia, onde criaturas pré-históricas ainda habitavam a Terra. Como bem lembra David Seed, essas obras, ao representarem o contato com mundos perdidos ou desconhecidos, estavam, despropositadamente, antecipando o que viria a se tornar um dos principais temas da FC: os encontros com seres de outros planetas (Seed, 2011: 11). Na ficção, o encontro dos personagens-viajantes com outras civilizações coloca o próprio leitor diante do exótico, do diferente, do não familiar, do outro.

O tempo de Verne e Wells coincide também com uma etapa importante da "história da História" como área do conhecimento. Há um esforço em dotá-la de método para transformá-la numa disciplina erudita. O paradigma positivista, em sua ânsia por tornar científicos os diversos saberes, cobrou da História que esta também se condicionasse aos rigores técnicos e aos requisitos acadêmicos. Até 1850, era ainda muito fácil confundir a História com a literatura (Falcon, 1997: 101). A consciência de que ambas deveriam ser diferenciadas fez-se presente para que uma não interferisse mais no caminho da outra. A História procurou sedimentar sua epistemologia e apegar-se a ela. Assim, a adoção de uma postura metodológica definiu a linha limítrofe entre onde terminava a literatura e onde começava a historiografia.

O viajante do tempo encerra em si os dilemas com os quais o historiador lida no fazer de seu ofício. Vai a outros tempos sem sair do seu tempo presente. Quando é transportado no tempo por sua máquina, ele não deixa de levar consigo suas concepções, referências, conceitos e preconceitos. A motivação central pela escolha de seu primeiro destino não é tão somente a curiosidade pelo que está por vir, mas sim, descobrir se os enigmas de seu tempo teriam sido respondidos pelos habitantes do futuro.

Sendo um reconhecido simpatizante do socialismo, Wells não deixou de lado a abordagem de sua sociedade sob o prisma das classes sociais, mantendo um discurso sutilmente político e até mesmo uma prototeoria social nas entrelinhas. Sua narrativa apresenta dois povos que dividem o futuro, ao mesmo tempo que metaforizam as classes dominante e dominada rumo a um derradeiro conflito. As divisões sociais do ocidente oitocentista, atualização ainda tributária dos estamentos feudais, constituíram-se a partir do mesmo fenômeno de industrialização que alavancou o desenvolvimento dos saberes técnicos por detrás dos inúmeros adventos que fascinaram seus contemporâneos. A mesma máquina que submete o operário também alimenta o novo imaginário de sonho e escapismo, em que ele pode empreender seu destino e subverter o determinismo religioso. Ao trazer consigo o espírito do seu tempo à forma como interpreta o futuro, o viajante incorre no anacronismo de olhar o futuro com os olhos carregados dos limitados pressupostos do presente.

Ao sair de dentro da máquina, o viajante inicia uma observação do local em que está. Sua percepção eurocêntrica é algo do qual ele não poderia simplesmente se desvencilhar. O viajante viera de um meio racionalizado de acordo com os preceitos do capital. Dentre os contrastes sociais de seu tempo, figurava um constante risco de depressão econômica, espreitando o desenvolvimento industrial tão acentuado, que crescia a uma velocidade maior do que o mercado se mostrava capaz de absorver. Daí a necessidade de expandir o capitalismo para o âmbito global, criando consigo a divisão dos mundos desenvolvido e subdesenvolvido.

O progresso aplicado como ideologia encarregou-se de promover mecanismos de distinção pelos quais povos e raças eram definidos e classificados. Sendo produtos do conhecimento, o desenvolvimento humano e o material, medidos por parâmetros subjetivos de cultura, saúde e higiene, eram os indicativos da melhor aplicação desta ideologia. O grau de desenvolvimento

HISTÓRIA e FICÇÃO CIENTÍFICA

de uma sociedade também poderia ser constatado através da capacidade de transformar a natureza em favor da satisfação das necessidades daquele grupo. Desta forma, o crescimento urbano definiria o próprio sentido da história linear e contínua. O progresso "medido pela curva sempre ascendente de tudo o que pudesse ser medido, ou que os homens escolhessem medir" (Hobsbawm, 2010a: 50), como o edifício mais alto, o canhão mais destrutivo ou o automóvel mais veloz. A sociedade industrial, urbana por excelência, tornou esta noção bastante evidente. Contudo, certos paradoxos encontrados no futuro colocavam os paradigmas oitocentistas em xeque, como podemos perceber por meio dos dilemas que desafiavam tanto Michel Dufresnoy quanto o viajante do tempo. O aumento de estatura da população, que em 1880 poderia ser um indicativo da melhoria das condições de vida, pela melhoria de sua alimentação (Hobsbawm, 2010a: 54), não se adequava à baixa estatura da raça humana, aprimorada por milhões de anos de evolução, que o viajante encontra em 802.701 d.C.

A princípio, a análise do viajante do tempo é fria e superficial, pois busca apenas identificar as coisas que vê e as impressões que o futuro lhe causa, para que somente depois tente analisá-las a partir de seu repertório de referências. Ao longo da descrição empreendida pelo autor, uma variedade de problemas é levantada, sendo possível identificar a colocação de uma série de teorias científicas, bem como de fenômenos sociais recorrentes na Inglaterra vitoriana e que, extrapolados pela liberdade literária de seu autor, geram um futuro fictício materializado a partir de temas como a superpopulação, o progresso linear, as ideias malthusianas, lombrosianas e darwinianas, comunismo, capitalismo, entre outras teorias e ideologias. Ao extrapolar esse caldeirão de conceitos, que teriam se desenrolado ao longo de mais de oitocentos mil anos, a narrativa culmina em uma realidade paradoxal que nega e, ao mesmo tempo, reafirma essas teorias ao apropriar-se de partes de cada uma delas.

No futuro, o viajante encontra a contradição de uma civilização em ruínas, habitada por seres amistosos, estúpidos e infantis em uma natureza farta e exuberante. O que, inicialmente, parecia-lhe a realização de uma utopia, num formato jamais imaginado por seus contemporâneos, logo se transmutou numa antiutopia, resultante de uma sucessão de erros perpetuados desde a sua época original, na era vitoriana, quando sua máquina fora colocada em operação. A conclusão prévia de suas observações revelou nuances das convicções socialistas assumidas por Wells, pelo menos durante o período que gerou sua obra:

> [...] notei que não havia casas pequenas à vista. Aparentemente as casas de solteiro, e talvez mesmo as de família, haviam desaparecido. Aqui e ali no meio do verde havia prédios parecidos com palácios, mas as casas e os chalés, que dão características tão peculiares ao relevo inglês, haviam sumido. Comunismo – disse a mim mesmo [...]. Olhei a meia dúzia de criaturinhas que me seguia. Então, num relance, percebi que todas tinham a mesma roupa, o mesmo suave aspecto, sem pêlos, e os mesmos membros roliços como de uma menina [...] pois a força de um homem e a delicadeza de uma mulher, a instituição da família e a diferenciação das ocupações são meras necessidades combativas de uma era de força física; onde a população é equilibrada e abundante, cuidar de muitas crianças pode se tornar antes um mal que uma benção para o Estado; onde a violência raramente acontece e ter filhos é seguro, há menos necessidade de uma família eficiente; e a especialização entre os sexos em relação às necessidades de suas crianças desaparece. (Wells, 1994 [1895]: 50-51)

Mas como o próprio viajante nos lembra, estas foram apenas as primeiras impressões, feitas a partir de uma análise leviana e enviesada: "Muito simples minha explicação, e bastante plausível – como acontece com a maioria das teorias erradas!" (Wells, 1994 [1895]: 51). A noção de Wells para um futuro de seres que retornam a um estado harmonioso e humanizado nasce justamente em reação a uma realidade de desumanização acarretada pela maquinização. Sob semelhante influência, no futuro de Verne, em vez de formas físicas afeminadas, a maquinização teria feito com que as mulheres francesas adotassem posturas mecânicas, enrijecidas e perdessem suas curvas femininas, até que um dia seriam completamente substituídas por máquinas:

> A cintura perdeu a curva, o olhar ficou austero, as juntas enrijeceram [...] o anjo da geometria, antigamente tão pródigo no fornecimento de suas curvas mais atraentes, entregou a mulher a todo rigor da linha reta, dos ângulos agudos. A francesa virou americana; fala gravemente de negócios graves, encara a vida com rigidez, cavalga sobre o lombo magro dos costumes, veste-se mal, sem gosto, e enverga coletes de tecido galvanizado capazes de resistir às pressões mais intensas. [...] Já não valem o olhar de um artista nem a atenção de um amante. (Verne, 1995 [1863]: 145)

Adentrando nos territórios do evolucionismo, eugenia, gênero e classes sociais, as primeiras criaturas que o viajante encontra em seu caminho mostram-se bastante serenas, de aspecto suave, bonitas, delicadas e sem pelos, cobertas por vestes límpidas de um material irreconhecível. Partindo de um passado influenciado pelo darwinismo, o viajante pode reconhecer o efeito de milênios de evolução, que teriam levado aquela raça que, ao que tudo indica, mostrava estágios avançados de sucessivas adaptações genéticas a assumir a forma diametralmente oposta do estereótipo do "homem das cavernas", bruto, feio, animalesco e coberto de pelos. A suavidade das feições destas criaturas também lhe transmite uma sensação agradável de docilidade, compactuando com os estudos lombrosianos que associam as características físicas de indivíduos ao comportamento, à índole e ao caráter.

Logo, passa a chamar sua atenção a forma como estes seres do futuro convivem entre si e, daí, surgem suas primeiras inquietações. No sentido do progresso linear positivista com o qual está familiarizado, algumas lacunas, concernentes ao processo de desenvolvimento científico e biológico na Terra, exigem uma reflexão cuidadosa para que sejam compreendidas, afinal, a sociedade futurista em que ora se encontrava dava mostras por toda parte de que a humanidade teria, em certos aspectos, regredido a costumes tribais e hábitos rudimentares, como comer com as mãos. Avessos à violência da caça, alimentavam-se de frutas, sendo estritamente vegetarianos. Com relação aos hábitos alimentares, milhares de anos de evolucionismo poderiam ter criado condições para que tanto o alimento quanto o metabolismo humano se ajustassem para se bastarem eficientemente um do outro. Mas para o comportamento notadamente infantil das criaturas, ele não conseguia encontrar uma explicação, até o momento em que mudou de perspectiva e viu que o mundo havia se tornado uma espécie de jardim, idílico, farto, sem cercas, nenhum sinal de direitos de propriedade privada. Tampouco observara evidências de agricultura. Tudo apontava para uma bem-sucedida implementação de ideais comunistas, em que imperava um senso de plena igualdade social e de gênero.

> O trabalho de aprimorar as condições de vida – o processo verdadeiramente civilizador de fazer a vida mais e mais segura – havia chegado calmamente a um clímax. Um triunfo da humanidade unida contra a

> natureza havia se seguido de outro. Coisas que agora são apenas sonhos haviam se convertido em projetos deliberadamente realizados. E a colheita era o que vi. Afinal, o sistema sanitário e a agricultura de hoje [1895 d.C.] ainda estão em estágio rudimentar. A ciência de nosso tempo atacou apenas um pequeno departamento no campo das doenças humanas, mas, ainda assim, suas atividades se ampliam de modo muito regular e persistente. (Wells, 1994 [1895]: 48)

Mas esta perfeição idílica ainda lhe era desconfortável. O comportamento infantil expressava uma debilidade intelectual. Enfim, a sociedade aparentemente perfeita escondia os bastidores de um lado decadente. A estagnação intelectual produzida pela total ausência de necessidade do trabalho para sobreviver e vencer as adversidades, às quais a natureza outrora submetera seus habitantes, levara àquela estranha resultante. Todos habitavam "esplêndidos lares, gloriosamente vestida (a humanidade), e no entanto, não as vi ocupadas com qualquer trabalho árduo. Não havia sinais de conflito, nem conflito social, nem econômico [...] a população tinha parado de crescer" (Wells, 1994 [1895]: 49). Os corpos eram frágeis, pois simplesmente não havia males a resistir ou adversidades a superar. Pelo mesmo motivo faltava-lhes inteligência. "Sem dúvida, a extrema beleza dos prédios que vi era o resultado das últimas manifestações da energia humana ora dispensável..." (Wells, 1994 [1985]: 51).

Dentre os triunfos sociais atingidos, a resolução do problema da superpopulação num meio em que as condições, paradoxalmente, mostram-se extremamente favoráveis ao crescimento populacional ganha ênfase em suas observações. Especula-se que as cifras demográficas, no ano de 1880, tenham dobrado dentro de um século, chegando a 1,5 bilhão de pessoas (Hobsbawm, 2010a: 33). Mesmo sendo um número estimado, Wells não deixa seu leitor esquecer-se de que este era um problema com o qual as sociedades industriais precisavam aprender a lidar antes que chegassem a um colapso econômico, precedido por um colapso populacional. A Paris verniana do século XX também é destacada por "suas cem mil casas amontoadas, entre as quais surgiam as chaminés esfumaçadas de dez mil fábricas" (Verne, 1995 [1863]: 208).

Por mais que tentasse desvencilhar-se do anacronismo, entender o futuro a partir dos problemas que acometiam o tempo presente do viajante mostrou-se a raiz de suas problematizações, na medida em que aquela aparente estabilização demográfica, atestada pelas inúmeras e grandiosas

HISTÓRIA e FICÇÃO CIENTÍFICA

construções que se encontravam completamente abandonadas, era incondizente com o furor do desenvolvimento industrial, que justificava o aumento exponencial da população.

Palácios, roupas, sandálias bem elaboradas, mas nenhuma oficina, comércio ou maquinaria à vista que lhes impusesse o esforço de uma rotina laboral. O tempo das pequenas criaturas fluía com leveza, desprendidas de horários e programações. Isso causava particular estranhamento ao viajante, habituado a reger suas rotinas sempre obedecendo ao mando de relógios e cronômetros: "Eu não podia entender como as coisas continuavam seu curso" (Wells, 1994 [1895]: 62). Podia não estar temporalmente desorientado, mas certamente estava surpreso com os paradoxos que encontrara no futuro. Outra característica marcante do processo de urbanização inglês oitocentista não passou despercebida na obra de Wells. Ele atenta para o risco de gerações de trabalhadores passarem tanto tempo nas camadas inferiores das cidades que isso os tornaria inaptos à vida na superfície, antecipando problemáticas que serão posteriormente abordadas em obras como *Metrópolis* (1927), de Thea von Harbou e Fritz Lang, ou na Los Angeles futurista de *Blade Runner* (1982).

> Há uma tendência de utilizar os espaços subterrâneos para os propósitos menos ostentatórios da civilização; [...] há novas ferrovias elétricas, metrôs, escritórios e restaurantes subterrâneos e eles crescem e se multiplicam. Evidentemente, pensei, essa tendência teria aumentado até que a indústria tivesse gradualmente perdido seu direito ao ar livre. (Wells, 1994 [1895]: 70)

O mundo do futuro, então, apresentava continuidades históricas e a reprodução de padrões perenes, tal qual o mundo de 1880, dividido em duas partes: "o desenvolvido e o defasado, o dominante e o dependente, o rico e o pobre" (Hobsbawm, 2010a: 35). Sua análise inicial fora precipitada e, logo, sintomas de estratificação social começariam a se tornar visíveis. No século XIX, segundo aponta Wells, "é comum afirmar que o sol vai esfriar no futuro" (1994 [1895]: 66), mas no ano 802.701 d.C. a temperatura é até mais quente. Somando-se ao clima agradável a fartura provida pela natureza e a harmonia, aliada à ausência de doenças e males sociais, o viajante, inicialmente certo de que a humanidade havia encontrado o ponto de integração plena com o meio ambiente, coloca *sub judice* sua tese inicial. A impressão de involução das criaturas lhe era inquietante, e sua interpretação começa a ganhar um encadeamento mais lógico quando ele descobre que aqueles seres não estavam sozinhos. Em uma camada inferior àquele paraíso idílico, havia uma segunda espécie humana habitando os subterrâneos. Enquanto um grupo desfrutava das benesses de um mundo abundante e pacífico, o outro trabalhava debaixo do solo. Enfim, uma sociedade dividida em dois mundos: o Superior, povoado pelos eloi; e o Inferior, dominado pelos morlocks. A metáfora da estratificação social representada em camadas situa o leitor, então, diante de dois grupos sociais distintos e antagônicos, que acessam condições desiguais de vida.

Vivendo na escuridão do subsolo, os chamados morlocks são aqueles que têm medo da luz e só podem sair de seus domínios em segurança após o pôr do sol. Metaforicamente, podem ser vistos também como um povo atrasado, justamente por sua recusa, voluntária ou involuntária, à iluminação do conhecimento. Contudo, Wells mantém a justificativa biológica para estes seres inaptos a viver à luz do dia. São muito pálidos, úmidos, possuem grandes olhos negros propriamente característicos de formas de vida subterrâneas e abissais. São violentos e carnívoros. Conforme o viajante adentra o insalubre mundo inferior, o ruído de maquinaria vai se intensificando. Ao contrário da superfície, as condições de sobrevivência no subsolo exigem árduo esforço físico. Máquinas ainda são necessárias para, por exemplo, bombear o oxigênio da superfície que os morlocks respiram. Ou seja, a vida no subsolo depende das máquinas que "erguiam-se das penumbras e projetavam grandes e grotescas sombras" (Wells, 1994 [1895]: 77). De uma primeira impressão otimista, brota a distopia em desafio aos desígnios da modernidade.

Ao apresentar a face sombria do futuro, Wells descreve a contramão do paraíso inicialmente sugerido. As máquinas um dia idealizadas para libertar o homem de seus fardos teriam se tornado seus senhores, daí (talvez) o comportamento maligno e desumano constatado pelo viajante. Num mundo em que existem máquinas, os morlocks vivem em função delas, enquanto, no outro mundo, vive-se uma vida amena com os prós da integração harmônica entre sociedade e natureza, e os contras da ausência de desafios que estimulam o desenvolvimento biológico e intelectual. Com essas duas faces dicotômicas da sociedade, Wells estabelece as contradições e desigualdades da ideologia burguesa, de um iluminismo de promessas inacessíveis à maioria e o quadro de alienação daí advindo. Sua metáfora justapõe duas experiências históricas antagônicas coexistindo. Transitando entre os dois mundos, o viajante sente falta de duas coisas: uma câmera Kodak, que desde 1888 já permitia registrar em filmes de nitroceluloses as imagens de suas experiências, documentando-as para estudos e comprovações posteriores; e tabaco, provavelmente, para distração e suavização da ansiedade diante das inquietações despertadas por tantas perguntas sem respostas.

Sob a conclusão de que "a segurança perfeita demais dos habitantes do Mundo Superior os havia conduzido a um lento movimento degenerativo, a um encolhimento geral no tamanho, na força e na inteligência" (Wells, 1994 [1895]: 72), evidencia-se o colapso do paradigma de progresso, que num dado momento teria retroagido, ocasionando a quebra daquele ímpeto de aceleração industrial, desfazendo-o por completo. Até mesmo o fogo precisaria ser redescoberto. Seria então a história um processo cíclico, de sucessivos fechamentos e recomeços, ou de continuidades lineares e progressivas? Em aspectos aparentemente absolutos da condição humana, padrões parecem se repetir, prevalecendo às mutações genéticas, sociais e tecnológicas. Ao retornar ao seu tempo presente, o viajante encontra duas flores em seus bolsos – delicados presentes deixados por Weena, a eloi que o acompanhara durante toda a sua estadia no futuro. Mais do que uma prova material de sua aventura, as flores apaziguavam o seu espírito inquieto, como vestígios concretos que o recordam de que "mesmo quando a inteligência e a força tiverem desaparecido, a gratidão e uma ternura mútua ainda viverão no coração dos homens" (Wells, 1994 [1895]: 126).

O desfecho da dramática jornada parisiense de Michel Dufresnoy, que não possui uma máquina do tempo, substitui a esperança por um aterrador desalento, restando-lhe perambular pelo cemitério Père-Lachaise, entre túmulos gregos, romanos, etruscos, bizantinos, lombardos, góticos, renascentistas, que passeiam pela história em um dos raros espaços da cidade em que o passado de alguma forma é eternizado pela arte, e pode ainda ser recordado. A partir de 1914, com a eclosão da Primeira Guerra Mundial, veremos uma massiva orientação temática de distopias sociais e tecnológicas industriais – posteriormente acrescidas de novos ingredientes como cibernética, totalitarismo e midiatismo, emulando uma nova ordem de extrapolações para sujeitos cada vez mais despossuídos de suas individualidades – dividir espaço com ficções detidas em seres alienígenas e fantasias intergalácticas.

PARTE II

# O SUJEITO NA ERA DE SUA REPRODUTIBILIDADE TÉCNICA

# Utopia
# e distopia

Muito do que trata a FC está situado no campo de uma perene dialética entre utopia, distopia e antiutopia. Talvez por esse motivo as teorias marxistas tenham frequentemente sido evocadas para análises críticas deste gênero. Um caminho não apenas possível para as obras que já abordamos, como também para todo o espectro da FC que afluiu no decorrer do século seguinte. A estrutura vitoriana de classes representada na figura de elois e morlocks era o prenúncio de uma vertente de interpretação e análise crítica, que ganhou corpo à medida que as narrativas foram se sofisticando, sobretudo em suas extrapolações políticas. A primeira metade do século XX viu a ficção paralelizar-se à realidade de ascensão de regimes totalitários. A segunda metade, com a Guerra Fria, é um momento em que a FC já possui boa parcela de relevância e respeitabilidade entre acadêmicos, tanto de esquerda quanto de direita. A teoria crítica da ficção encontrou um lastro natural no pensamento marxista e no materialismo histórico, dada a popularização de ideias que se mostravam notadamente tangíveis após os conflitos armados e ideológicos deflagrados nas décadas anteriores, no que se refere tanto à manipulação das massas, quanto à esperança de massas que se organizam para sobrepujar sistemas de dominação e instaurar novas configurações de Estado. O despertar de uma consciência coletiva movida pela autodeterminação pôde, então, oxigenar todo o ideário marxista em torno de uma revolução pela tomada do poder e conquista de justiça social.

Para histórias que se detêm enfaticamente a problematizar os motores e as consequências da evolução material e moral da civilização contemporânea, dissociar os avanços técnicos de suas motivações capitalistas pode ser tão desastroso quanto desconsiderar as lutas de classes, que seccionam as ordens de poder e engendram tantos dos conflitos sociais reproduzidos nas metáforas ficcionais. É notável como, invariavelmente, o capital intelectual e material se mostram fatores decisivos nos embates entre humanos, máquinas inteligentes ou raças alienígenas. De uma forma ou de outra, deter um tipo de capital é o que define as condições de supremacia e dominação. Também vemos na antítese da utopia marxista, e suas sociedades cooperativas e integradas, um importante arcabouço referencial à formação dos contrapontos distópicos, que as ficções de antecipação exploram quando desejam representar civilizações moralmente colapsadas – mesmo quando tecnologicamente avançadas –, ainda que seus autores não tragam influências ideológicas de maneira proposital, explícita, consciente ou panfletária. Afinal, a teoria marxista oferece modelos de interpretação analítica, lastreados em materialidade documental, e não de formulação extrapolativa. Geralmente, nas sociedades representadas como evoluídas impera um senso de coletivismo, ao passo que as representações de sociedades decadentes são caracterizadas pelo "cada um por si". Ou seja, podemos ir de Shangri-La a Mad Max a partir de nuances de uma mesma orientação de pensamento crítico, mas também considerando que a tragédia humana diz mais respeito a uma humanidade corrompida por seus medos e ambições do que a uma ideologia específica.

A obra do escritor tcheco Karel Capek, *RUR – Robôs Universais de Rossum*, uma peça de teatro concebida em 1920, portanto, imediatamente posterior à Revolução Russa, de 1917 – deflagrada em reação à opressão perpetrada pelo regime czarista –, traz a discussão sobre questões trabalhistas e direitos humanos na visão utópica de trabalhadores ideais, incansáveis, subordinados e docilizados, produzidos artificialmente. Harry Domin, o diretor responsável pela fábrica de robôs, retruca com grande otimismo aos questionamentos de que, com tal advento, os trabalhadores do mundo correriam o risco de ficar sem trabalho:

> Em dez anos os Robôs Universais de Rossum produzirão tanto trigo, tanto pano, tanto de tudo, que as coisas serão praticamente sem preço. Você terá tudo o que quiser. Não haverá pobreza. Todo o trabalho será feito por máquinas vivas. Você só fará o que ama. E viverá apenas para se melhorar. (Capek, 2021 [1920]: 285)

Tocando singularmente a ambição de livrar o proletariado de sua excruciante vida de trabalho, *RUR* apresenta o cientista e fisiologista Rossum, cuja ambição é tornar-se "uma espécie de substituto científico para Deus [...] Seu único propósito era nada mais nada menos do que provar que Deus não era mais necessário" (Capek, 2021 [1920]: 269). Por décadas, a obra teve sua circulação restrita e repudiada pelo regime comunista, dada a orientação crítica de seu autor, favorável à democracia e, principalmente, a uma pluralidade partidária, que não se via manifestada sob o regime de um único partido. Seu posicionamento, inclusive, rendeu-lhe não apenas banimento e perseguição de comunistas, mas também de fascistas e, posteriormente, de nazistas. Esta centralização antidemocrática de poder é representada em *RUR* quando a massa uniforme de *robotas* – como são chamados os trabalhadores artificialmente fabricados – rebela-se contra os humanos que os criaram. Contudo, a despeito da perseguição sofrida, Capek foi um autor de tal forma influente, que o termo robô, oriundo do tcheco *robota*, que significa escravo, acabou tornando-se um sinônimo universal de máquinas que se assemelham ou que executam as tarefas normalmente atribuídas aos humanos. Muito embora os robôs de Rossum não fossem máquinas, mas seres artificiais, o vocábulo consolidou-se no imaginário como designação de máquinas pensantes, programadas para substituir ou poupar pessoas de esforços físicos e, posteriormente, também de esforços intelectuais. Se, ao longo do século XX, desenvolveu-se uma vertente da engenharia dedicada à robótica, ao menos a terminologia, podemos dizer, é tributária da precursora obra do escritor tcheco, bem como as Três Leis da Robótica,[11] propostas por Isaac Asimov, que se tornaram um eixo paradigmático para a ficção científica e para discussões éticas em torno da inteligência artificial.

Na segunda metade do século, as dicotomias autorizadas pela crítica à industrialização aderem aos contornos da nova geopolítica do mundo bipolarizado, no qual a Guerra Fria estabeleceu orientações ideológicas conflitantes, de maneira que uma podia alimentar as utopias e distopias da outra, conforme as especificidades de cada projeto de dominação. À medida que as ferrovias deixavam de protagonizar as narrativas, o novo paradigma tecnológico dos homens-máquinas dividia o espaço com um movimento de personificação de forças e instituições que definem todo o funcionamento das sociedades ambientadas nas ficções. Em *A máquina do tempo*, os personagens sequer tinham nomes, assim como *Paris no século XX* descreve instituições tal qual forças que se comportam como entidades superiores, coletivamente estabelecidas e adotadas, porém, independentes de vontades individuais. Embora não seja uma convenção rígida para personagens de ficção, tornou-se cada vez mais comum nos depararmos com líderes carismáticos ou tirânicos com nome, sobrenome, rosto e características comportamentais particulares, emulando a própria tendência do populismo e do culto à personalidade, dos quais líderes políticos, do ocidente ao oriente, apropriaram-se. Como o poder político não exigia mais a legitimação de linhagens nobres e divinas, novas estratégias de comando e controle das massas se desenharam com suporte do capital. Ao mesmo tempo, tecnologias de mídia, censura e táticas de propaganda também se tornaram potenciais alvos de aterradoras problematizações, como *1984* (1949), de George Orwell, *Fahrenheit 451* (1953), de Ray Bradbury, ou o totalitarismo cristão de *O conto da aia* (1985), de Margaret Atwood.

Curiosamente, as utopias de orientação marxista, que tanto influenciaram as fantasias políticas de autores como H. G. Wells, Jack London, Edward Bellamy, William Morris, foram desencorajadas pela doutrina stalinista após 1920, para evitar especulações e expectativas sobre as reais condições do regime comunista russo, então em vigor, preferindo a literatura dos fatos presentes, que traziam a utopia já como uma realidade materializada, ao invés de um sonho distante. Foi somente após 1953 que a literatura russa voltou a explorar utopias socialistas, como *Andromeda* (1959), de Ivan Yefremov. Ao mesmo tempo, nos Estados Unidos, a palavra utopia passa a ser cada vez mais associada ao ideário soviético, sendo malvista pela histeria macartista anticomunista e estimulando uma onda de temas antiutópicos como, por exemplo, *Duna* (1965), de Frank Herbert (Csicsery-Ronay Jr., 2010: 114-115).

# Mercado, cinema
# e arte multiplataforma

No que diz respeito à forma, a FC certamente se vê condicionada às plataformas que a entregam como produto ao consumidor. E se falar de FC no século XIX significa falar de literatura, no século XX não podemos abordar o gênero sem falar de cinema, bem como no século XXI não podemos excluir a computação, os jogos eletrônicos, as tecnologias digitais e o recente conceito de metaverso. Portanto, junto à crescente popularização da FC, vemos correr em paralelo o desenvolvimento destes novos formatos de consumi-la. Precisamos reconhecer o papel fundamental de periódicos como *Modern Electrics* (1908), abrindo alas para *Amazing Stories* (1926), *Wonder Stories* (1929) e *The Astounding Science Fiction* (1930), e alguns sucessores, como *Marvel Science Stories* (1938), *Starling Stories* (1939), entre outros que, juntos, foram decisivos para a consolidação da FC como uma categoria distinta de literatura, consequente e tributária de autores como Verne, Wells, Poe e Shelley. Atingindo massas mais amplas de consumidores, estas revistas logo formaram uma legião de fãs cativos, dentre os quais alguns se tornariam futuros importantes autores, como Isaac Asimov e John Wyndham. Para se ter uma ideia do potencial mercado que se abria, segundo o historiador Mike Ashley, sozinha a *Amazing Stories* atingiu uma tiragem de cem mil exemplares em seus primeiros meses em circulação (James; Mendlesohn, 2010).

Entre aventuras exóticas de autores como Jack London e Edgar Rice Burroughs até as estruturas consolidadas de contos no formato *scientification* (cientificação), sobretudo nas coletâneas de Hugo Gernsback, estas publicações elevaram as noções e extrapolações científicas para um estilo de compromissos mais didáticos. Este estilo de cientificação possibilitava que narrativas fantásticas, mesmo quando descreviam viagens espaciais, conseguissem intercalar mistério, fatos científicos e visões proféticas para, de certo modo, educar os leitores com conceitos e teorias acadêmicas de uma forma palatável, uma vez que esses leitores, que não estavam necessariamente imersos no universo acadêmico, talvez não pudessem acessá-las de outra maneira (James; Mendlesohn, 2010: 33). Independentemente da trama, era comum o uso de um recurso literário que ficou conhecido como *infodumps* (algo como "depósitos de informação") ou *exploratory lumps* (pedaços exploratórios), no qual as personagens discutiam entre si as lógicas científicas que as levariam à solução do problema, explicando ao leitor como resolveriam racionalmente os conflitos propostos pelas tramas. Exemplos mais recentes de como este recurso se mostra eficiente e necessário até os dias de hoje são algumas passagens do filme *Interestelar* (2014), de Christopher Nolan, no qual astronautas com vasto conhecimento técnico discutem conceitos básicos de física mecânica, física quântica e astronomia em diálogos criados justamente para contextualizar os espectadores. Outro excelente exemplo desta vertente, que hoje podemos rotular como *hard sci-fi*, é *Perdido em Marte* (2011), de Andy Weir.

IMAGENS 8 e 9

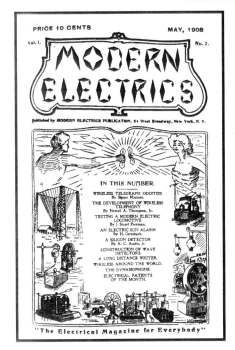 

À esquerda: capa da edição de maio de 1908 da revista *Modern Electrics*, editada por Hugo Gernsback. À direita: arte de Hans Waldemar Wessolowski para a capa da primeira edição de *Astounding Stories of Super-Science*, de janeiro de 1930.

Se, por um lado, estes recursos arriscam-se por desviar a atenção do leitor e desacelerar a ação, por outro, eram técnicas quase inescapáveis, uma vez que as histórias estavam centradas na resolução de problemas com uso de ciência, ao invés de força física, magia ou intermédios sobrenaturais. Portanto, eram desfechos que precisavam ser racionalmente explicados para que a entrega final fosse, de fato, uma ficção científica e não uma fantasia. Para os menos exigentes, as precursoras do que logo viria se caracterizar como *space operas* (óperas espaciais) eram boas alternativas lenitivas, nas quais heróis intergalácticos lutavam contra monstros alienígenas ou piratas espaciais, aprendiam lições filosóficas com seres sábios e bem-intencionados de aparências estranhas, tudo isso enquanto empreendiam missões para resgatar princesas aprisionadas em outros planetas.

Paralelamente à ficção em papel, vimos a reprodução de imagens em movimento evoluindo as tecnologias de fotografia para a cinematografia

*HISTÓRIA e FICÇÃO CIENTÍFICA*

e influenciando os territórios culturais do novo século. Não seria exagero acoplarmos o conceito de sociedade do espetáculo às possibilidades viabilizadas pelas mídias audiovisuais que se deram no decorrer das décadas. Do cinema aos televisores domésticos e, finalmente, à computação e às interfaces digitais, a FC respondeu prontamente aos novos adventos, problematizando-os em novas narrativas ou utilizando-se destes novos recursos como veículos de sua própria disseminação. Temos o princípio de uma nova era multiplataforma, que conduz a ficção para além do papel impresso. E ao assumir-se nesta condição, a ficção responde às tendências de consumo, tanto quanto serve às experimentações estéticas necessárias de seu tempo.

Por iniciar-se a partir de um profundo colapso de valores, o século XX inaugura uma fase de ampla abertura à experimentação. A própria ciência vinha avançando conforme exercia seu caráter experimental. E como os conceitos e instituições tradicionais passavam por forte revisionismo, as diferentes vertentes que engendram o campo das artes modernas também se assumiram como algo fundamentalmente experimental. A arte como representação torna-se uma plataforma de provocação, estimulando novos olhares e interpretações da realidade, bagunçando os limites entre racionalidade e irracionalidade. De fato, a evolução da arte no início do século XX parece ter passado por um processo brusco de ruptura em relação aos movimentos anteriores que vinham se desenvolvendo de maneira mais linear, conforme a coerência de uma sina positivista. Mas era de se esperar que os novos sistemas, tecnologias e mídias cobrassem revisões estéticas e ideológicas. A Primeira Guerra Mundial encarregou-se de reforçar a necessidade de uma atualização profunda de ideias e atitudes, de maneira que a nova arte precisava ser menos obediente às regras do academicismo e do classicismo para se tornar mais transgressora e distanciada do passado. A inspiração antitradicional e antiautoritária deflagrou movimentos como impressionismo, fauvismo, expressionismo, cubismo, dadaísmo, surrealismo, futurismo, que serviam à vanguarda como instrumentos de contestação. Por isso, precisavam ser expressões dinâmicas e impactantes na problematização dos anseios momentâneos. Os "ismos" podiam mudar e se reorientar rapidamente, conforme cada diálogo que se propunha estabelecer. Como se não fossem concebidas para se eternizarem, as obras modernistas respondiam ao presente imediato, capturando a atenção do público para recortes específicos das questões contemporâneas, e "quão mais pavoroso este mundo se torna, como agora, mais a arte se torna abstrata" (Lynton, 2006: 39), escreveu o ícone expressionista Paul Klee, em 1915. O apelo abstrativo era um recurso, dado que a experiência estética buscava o caráter conceitual, afinal, "as obras de arte eram consideradas em função dos conceitos que exemplificavam" (Stangos, 2006: 9), e não da realidade que mimetizavam. Daí a profusão de estilos tão curtos, múltiplos e simultâneos. Além disso, era também comum que artistas transitassem entre mais de um desses movimentos. Em comum, todas essas vertentes tinham como fator imperativo a necessidade de serem expressivas. Nas artes visuais, vemos os esforços de traços e cores buscando impactar os sentidos, embaralhar as ideias, causar impressões e sensações ou simplesmente desconcertar o interlocutor, para lembrá-lo de que a realidade é, por si só, desconcertante e nada óbvia. Dentre eles, o expressionismo assumiu-se como instrumento de protesto político e encontrou terreno fértil principalmente na Alemanha (onde o impressionismo nunca ganhou a mesma tração, como a que vemos em outros países), tanto antes quanto depois da Primeira e da Segunda Grande Guerra, quando, por exemplo, os americanos abraçaram o estilo atualizando-o para o expressionismo abstrato, com forte influência do russo Wassily Kandinsky. E foi do conturbado caldeirão político, social e cultural alemão, durante o período da República de Weimar, que o expressionismo, até como reação nórdica/germânica à histórica influência do helenismo mediterrâneo, levou ao surgimento de uma das mais influentes obras cinematográficas de ficção científica: *Metrópolis* (1927), dirigida por Fritz Lang e inspirada na obra homônima de sua esposa e escritora Thea von Harbou, que também assina o roteiro adaptado para o cinema. O resultado da parceria foi um filme de valor decisivo para a história da arte e do cinema, ao colocar em prática a noção de técnica, arte, design e discurso integrados e aplicados a uma função social.

**IMAGENS 10 e 11**

À esquerda: *O grito* (1893), do expressionista Edvard Munch, retrata o desespero de uma figura anônima sob nuvens tenebrosas. À direita: *Composição VII* (1913), de Wassily Kandinsky, representa temas apocalípticos, como o Juízo Final bíblico.

Em paralelo, podemos notar uma intenção específica de descolamento da arquitetura em relação às demais artes predecessoras, como uma recusa à construção decorativa e ornamental em troca, por exemplo, da finalidade prática dos arranha-céus, que visam à máxima otimização de espaço disponível ao invés das ostentações autorizadas pela horizontalidade de mansões e palácios. O início do século começa a materializar as cidades verticalizadas que a própria FC já admitia como o futuro do racionamento urbano, capaz de condicionar e organizar as multidões e respectivas instituições necessárias à normatização da vida social moderna. Naquele momento, parecia impossível conceber qualquer lócus futuro sem a profusão de edificações que tocam as nuvens, e um céu que não fosse entrecortado pelo tráfego de veículos aéreos. Não obstante, como propôs a escola alemã de Bauhaus, sob a meta de adequar forma e função, ou "funcionalismo", engenharia e arquitetura são disciplinas interdependentes, ou seja, que não poderiam ser dissociadas.

## E O CINEMA...

Para o cinema, podemos dizer que o século se iniciou pela exploração da técnica para representar temas já conhecidos, porém de maneiras inéditas, e precisou de cerca de duas décadas para encontrar a vocação narrativa e mercadológica que se estabeleceria nos anos seguintes. Até então, o que se via nas telas era o resultado de experimentações criativas e ilusionismo ótico. A literatura de ficção científica inspirou umas das primeiras destas novas empreitadas lúdicas e visuais, quando o ilusionista Georges Méliès elegeu a *Viagem à Lua* (1902), inspirada em Júlio Verne, como uma de suas primeiras incursões cinematográficas. Para a história da FC, o tema não era novo, mas a técnica de representá-lo, esta sim, parecia apontar para algo promissor ao gênero e às ficções de maneira geral. Um sobrevoo panorâmico pela linha do tempo do século XX traz evidências pontuais e bastante significativas a esse respeito. Seja pela criatividade de Méliès, que encontrou na FC seu mote de inspiração para explorar os limites da representação visual, levando à experiência imersiva da fantasia a novos patamares de realismo, seja posteriormente, quando a tela em si, no contexto das mídias de massa, torna-se ela mesma um objeto de problematização social e ficcional. No já citado exemplo *Fahrenheit 451*, Bradbury colocou sua atenção sobre os efeitos nocivos da vida conduzida pelo uso excessivo da televisão, em detrimento da leitura de livros, na rotina cotidiana. Avançando um pouco mais, as telas evoluem para interfaces digitais, que habilitam expansões de realidade e multiplicação de subjetividades propiciadas pelo ciberespaço, como propôs William Gibson em *Neuromancer* (1984) e toda a sua trilogia do *Sprawl*, à qual também retornaremos mais adiante.

A imagem em movimento, posteriormente acrescida de cor e som, viera decidida a transformar as formas de se vivenciar e consumir histórias. Até mesmo as histórias impressas logo se tornariam mais ilustradas e coloridas. E ao passo que a técnica e a linguagem se desenvolveram, novas propostas foram surgindo. Por esse motivo, a análise da FC do século XX exigiu capacidade de adaptabilidade dos historiadores, permitindo agregar novas fontes de informação e transitar entre essas diferentes mídias documentais, textuais e audiovisuais, sem prejuízos ao rigor metodológico de suas análises. Se, por um lado, a documentação escrita (incluindo-se aí a literatura) sempre foi uma fonte habitual do ofício dos historiadores, obras cinematográficas constituem uma categoria documental recente, apesar de sua presença como produto das sociedades contemporâneas por mais de um século. Seu manuseio requer cuidados especiais e uma metodologia apropriada à execução de um trabalho que se pretenda historiográfico. Sua qualidade de fonte como documento é incontestável, em boa parte graças aos esforços de historiadores como o francês Marc Ferro, um dos pioneiros nos estudos sobre as relações entre cinema e História, estabelecendo em sua obra *Cinema e História* (1976) as bases metodológicas à sua utilização para fins historiográficos. Um material desta natureza, tanto arte quanto produto de consumo, voltado ao entretenimento, sem compromissos acadêmicos ou institucionais, autoriza múltiplas interpretações de seu conteúdo, o que exige do pesquisador muita atenção em estabelecer e deixar às claras as bases sobre as quais sua pesquisa pretende caminhar.

Embora os estudos de Ferro remontem aos anos 1960 e novas propostas tenham surgido desde então, a linha metodológica por ele desenvolvida, no que diz respeito à relação cinema-História, permanece atual, vigorando como referência básica de estudos desta natureza. Além de apontar o caráter polissêmico dessa linguagem de representação, Ferro propõe que o estudo do cinema pode seguir duas linhas principais. Quando documento do presente, há o filme lido através da história; e como discurso sobre o passado, há a história lida através do cinema. Testemunhando o presente, o cinema impõe-se como um documento primário por sua capacidade, ou característica, de reportar-se ao seu momento histórico, independentemente da temporalidade representada em sua trama: um filme de época, um documentário ou uma ficção de projeção do futuro. Ou seja, não importa o tempo que a obra represente, ela sempre será um documento do presente em que foi concebida. E, para uma abordagem historiográfica sobre narrativas de ficção, este é um ponto crucial.

Ferro afirma ainda que no início o cinema não podia ser considerado uma obra de arte ou um documento, já que para as concepções da época, e que perduraram durante as primeiras décadas do século XX, não se podia aceitar que aquilo que fosse essencialmente resultante de uma máquina pudesse conter o mesmo teor de sensibilidade artística. Mas, por outro lado, ele afirma o caráter primordial da câmera como instrumento de registro do real (Ferro, 1992: 71). Reconheciam-se facilmente um ator, escritor, pintor ou escultor como artistas, mas ainda não havia se consolidado a arte do diretor de cinema. Posteriormente, artistas pioneiros, como o sul-coreano Nam June Paik, contribuíram para elevar o recurso do vídeo à qualidade de arte, facilitando o consenso de uma linguagem audiovisual reconhecida como forma de expressão artística contemporânea. Sua obra *TV Magnet* (1963) inaugurou o campo da videoarte, demonstrando como a imagem televisiva podia ser distorcida e manipulada por intervenção do artista.

*Grosso modo*, importantes questões levantadas em *Cinema e História* não fogem às especificidades de um documento literário, pois este também é um produto cultural datado, que reflete e incorpora, direta ou indiretamente, as influências contextuais de seu autor, e ao qual devem ser dedicados cuidados similares. Aos livros pode-se ainda acrescer a característica de permitirem uma amplitude maior de interpretação por não entregarem imagens prontas ao leitor, como o fazem os filmes. O texto escrito cobra de seu público um maior esforço imaginativo, recompensando-o com a liberdade de criar as imagens da narrativa à sua maneira. Outro fator que deve ser destacado é a diferença entre a ação de ler um livro e a de assistir a um filme, pois o tempo do cinema não é o mesmo da literatura. Cada linguagem implica uma forma bastante particular e imersiva de experiência. E todas adentram o século condicionadas à mesma profusão de tendências e ideias. Por fim, quando lidamos com representações fílmicas que se propõem a traduzir em imagens o universo fictício criado por escritores, é importante conhecer os fatos dos quais as fontes são testemunhas, o que implica também conhecer a história dos sujeitos que as produziram, bem como dos que as consumiram. Sendo assim, nem sempre buscamos o sujeito para entender seu contexto, mas pelo contrário, vamos ao contexto para conhecer os sujeitos.

# *Metrópolis*
# e o sujeito maquinizado

A partir de 1918, prolifera uma FC na qual as consequências sobressaem-se ao maravilhamento. Em um mundo às vésperas da ascensão de regimes totalitários, separado da *Belle Époque* por uma guerra mundial, vemos toda uma geração literária que se mostra cada vez mais interessada em problematizar as desigualdades e irresponsabilidades perpetradas por sistemas políticos e econômicos desastrados (e potencialmente autodestrutivos) do que se prestar em igual proporção a qualquer outro tipo de confabulação. No esteio da Revolução Industrial, o século XX se depara com novas configurações sociais resultantes de uma quimera capitalista. Como vimos anteriormente, a extrapolação de teorias sociais acompanha a ficção científica, pelo menos, desde H. G. Wells. Porém, seus contornos assumem-se no corpo da distopia muito por conta da proporção e escala dos eventos vivenciados pelas novas gerações de autores que se formaram na conjuntura contextual que Hobsbawm chamou de *Era dos Extremos* (1994). Eventos de tamanha relevância histórica que adentraram o século XXI, mantendo-se direcionadores atuais e, inclusive, influenciando a produção de FC pós-anos 2000.

Para as ideias expressionistas, gestadas no âmbito de uma agitada burguesia intelectual, a reação aos cânones tradicionais era concomitante à busca da emancipação individual em face do florescimento da cultura de massas. E a necessidade de individuação possuía um efeito de resistência às forças e aos sistemas invisíveis que normatizavam uma subjetividade servil. Na Alemanha, politicamente fragmentada durante a maior parte do século XIX, a industrialização foi posterior à de Inglaterra, França e Estados Unidos, porém compensada com vertiginosa aceleração a partir de 1870, quando a modernização passou a ser tratada como um projeto de Estado, alavancando a ciência e a indústria. Para conquistar seu espaço no mapa geopolítico, a unificação alemã exigiu mais do que a consolidação de um Estado-nação e desenvolvimento técnico, mas também uma identificação nacional, capaz de convergir diferenças locais e unir diversas unidades administrativas independentes e dispersas. A exaltação do nacionalismo alemão sedimentou prerrogativas que se refletiram não apenas na aceleração de uma nova potência militar e econômica, mas também numa identidade cultural necessariamente refletida na arte. Ao contrário do período expressionista anterior à Primeira Guerra, quando o intercâmbio de culturas se dava em escala global, a fase posterior ao conflito levou a uma Alemanha mais reclusa em si mesma. Os traumas coletivamente processados durante a República de Weimar, no sentido de vencer o luto e resgatar a auto-estima nacional, desdobraram-se em estéticas carregadas de emoções sombrias e aterradoras, dotando também a arte alemã de um teor acentuadamente nacionalista, articulado a uma necessidade premente de afirmação identitária. Mesmo antes que a ideologia nazista se estabelecesse e iniciasse o uso massivo do cinema como arma de propaganda, o cinema alemão já vinha se consolidando em técnica e estilo.

Grandes sucessos, como *O gabinete do doutor Caligari* (1920) e *Nosferatu* (1922), revelavam a recorrente obsessão pela personificação do medo em narrativas fantásticas. Em *Metrópolis* (1927), que muitos consideram posterior ao cinema expressionista, o mal social toma a forma de uma máquina. Sob a meta de traduzir em imagens os conflitos emocionais que atormentavam o período, o austríaco Fritz Lang recorreu aos recursos básicos e efetivos do cinema expressionista para tratar a luz, os cenários e demais adereços, dotando o filme de impacto visual gótico e dramático, coerente com a mensagem e as sensações que a fantasia futurista desejava transmitir.

Sua relevância histórica pode ser constatada sob diversos ângulos. Foi a primeira distopia futurista do cinema, levando um conceito de narrativa antes restrito a um nicho limitado de leitores para audiências maiores e mais diversas. O roteiro é amparado em arquétipos de forte apelo e conexão com o público. Referenciando o livro do Apocalipse de São João, recorre a passagens bíblicas alusivas aos pecados capitais que corrompem a sociedade moderna e a desviam da meta iluminista de elevação humana pela razão. Pilares morais sem os quais a tecnologia apenas aceleraria um processo de decadência e perdição.

Não foi o primeiro filme a trazer um robô como personagem, mas foi um salto estético fundamental para futuras representações de máquinas com formas e movimentos muito semelhantes aos dos humanos. O próprio C-3PO de *Star Wars* (1977) teve sua concepção visual inspirada na androide Maria, de *Metrópolis*, desenvolvida no laboratório do excêntrico cientista Rotwang. Diferentemente do Dr. Frankenstein, que utiliza a ciência para animar um corpo orgânico, o cientista de *Metrópolis* recorre ao seu laboratório para animar uma máquina. A época de Lang é a da supremacia do mecanicismo, na qual a anatomia humana é racionalizada sob a ótica do corpo como máquina, ao passo que Mary Shelley vive o alvorecer da industrialização, quando as ciências naturais, de função ainda menos mercantilizada, é que facilitavam o entendimento da anatomia dentro dos domínios da fenomenologia natural. Separados por pouco mais de cem anos, notamos uma sensível diferenciação técnica, a partir da qual também decorre uma diferenciação estética nas duas narrativas. Enquanto o Frankenstein é um monstro de força descomunal e que não se pode controlar, o robô de Rotwang é criado para ser a mais perfeita e obediente ferramenta que a humanidade pode dispor, delicada e indistinguível de uma mulher natural e, por esse motivo, potencialmente mais trágica e ameaçadora do que a criatura de Shelley.

HISTÓRIA e FICÇÃO CIENTÍFICA

**IMAGENS 12 e 13**

À esquerda: expressionismo alemão em litografia criada para
divulgação de *Metrópolis*, em 1927. À direita: réplica do robô
Maria, exposta no Robot Hall of Fame, Estados Unidos, em 2011.

Somando inovações em técnicas cinematográficas e efeitos especiais, *Metrópolis* pavimentou um importante caminho para que a FC se tornasse intelectualmente acessível a um público crescente de espectadores. O roteiro, como mencionado, é de Thea von Harbou, cujas obras produzidas a partir de 1917 são conhecidas pelo teor ultranacionalista, característica que perduraria após a ascensão do nazismo, regime ao qual ela se manteve fiel, contribuindo com produções impregnadas de propaganda ideológica, ainda que ela tenha fornecido ajuda humanitária a imigrantes indianos durante a Primeira Guerra (fato que poderia suscitar interrogações acerca de suas convicções ideológicas). Harbou dedicara-se desde cedo às artes e à literatura, tendo crescido ao mesmo tempo que o cinema se assumia como uma poderosa mídia para se contar histórias. Logo, entendeu e incorporou à sua escrita influências da narrativa cinematográfica, consolidando-se como uma exímia roteirista de filmes, tanto para adaptações de seus próprios romances, como *A morte cansada* (1921), considerada a primeira grande obra-prima do cinema alemão, dirigida por Lang, como na roteirização de obras de terceiros, como *Dr. Mabuse (1922)*, de Norbert Jacques, também dirigida por seu marido.

A modernização acelerada da Alemanha trouxe consigo as contrapartidas de um rápido crescimento, percebido com uma intensidade, talvez, mais acentuada do que nas demais potências mundiais, cujo desenvolvimento, também rápido, parece ter respeitado etapas que os alemães, para compensar sua defasagem, tiveram que pular. Nas multidões de tipos diversos que começaram a se aglomerar em cidades cada vez mais poluídas, a perda de uma unidade identitária era um receio real, sobretudo no momento em que uma unificação política e cultural era tão importante. Os habitantes de *Metrópolis,* inebriados pela verticalização da cidade, pelas luzes ofuscantes, pelo exotismo de novos prazeres e pelas mais inventivas maneiras de se ganhar e perder dinheiro, encontravam maior dificuldade em se conectar com suas raízes, e podiam apostar "que homem algum, por mais cosmopolita que fosse, seria capaz de adivinhar a complicada mistura de raças que havia em seu rosto" (Harbou, 2019 [1927]: 133), num tempo em que miscigenação e eugenia já pautavam políticas de Estado.

O período da produção, marcado por uma fase de crise e pobreza na Alemanha, fez com que Harbou, que tinha origem na aristocracia, destinasse recursos pessoais para alimentar as equipes de produção e atores de figuração. Problematizando o progresso tecnológico, Lang e Harbou somaram romance e aventura em uma fórmula coesa para entregar uma peça de contundente crítica social. Ao custo do maior orçamento já destinado a um filme europeu até então, a obra apresentava o cenário de uma civilização notadamente avançada em termos de tecnologia, porém, descompensada em termos de sociedade. Ambientada no ano de 2026, exatos cem anos após seu lançamento, temos uma releitura da representação de classes sociais separadas pelas camadas que seccionam a estrutura física da cidade. Elites dominantes controlam tudo do alto dos arranha-céus, enquanto a faixa proletária subsiste nos subterrâneos do projeto urbano. Ao invés de um governante, a cidade de *Metrópolis* possui uma espécie de proprietário, chamado Joh Fredersen que, também descrito como o cérebro de *Metrópolis,* sério, frio e pragmático, carrega a mágoa da perda de sua esposa, Hel, ao dar à luz o seu filho Freder, um jovem avesso às atividades laborais, uma vez que a riqueza da família permite que ele se entregue a uma vida de lazer, jogos, esportes e descompromissos. Para Rotwang, que não admite a morte como finalidade definitiva da vida, o falecimento de Hel é uma oportunidade perfeita para empreender sua grande obra: criar o ser do futuro, simultaneamente humano e máquina, indistinguível de qualquer mortal, a não ser pelas correções e pelos aperfeiçoamentos técnicos que o tornariam mais próximo de uma criação perfeita.

O conflito central se instaura quando o herdeiro Freder é tomado de súbita atração por Maria, uma mulher da cidade subterrânea. O encontro acidental entre os dois personagens ocorre enquanto ela conduz um grupo de crianças, filhas dos operários, em uma excursão pela camada superior da cidade, para apresentá-las ao estilo de vida da aristocracia. O romance, como pano de fundo da problemática, estabelece a leitura maniqueísta da divisão de classes, em que o representante da porção opressora, motivado pelo amor a Maria, uma representante dos oprimidos, é levado a apaixonar-se por uma causa maior: "Não quero ajudá-las por causa delas, mas por você (Maria) [...] Porque você quer ajudá-las. Ontem fiz duas boas ações para uma pessoa: ajudei alguém que meu pai dispensou. E fiz o trabalho daquele cujo traje eu uso. Esse foi o caminho até você" (Harbou, 2019 [1927]: 120).

Ao tomar consciência de que existem pessoas privadas do acesso aos benefícios da superfície em que ele vive, Freder reconhece que todas as maravilhas das quais desfruta são possíveis apenas graças ao trabalho de "irmãs e irmãos" que ele nunca conheceu. Para marcar o contraste entre as condições de vida permitidas a cada classe, Harbou enfatiza que as crianças "tinham rostos anões, cinzentos e muito velhos. Eram pequenos esqueletos fantasmagóricos, vestidos com farrapos e aventais desbotados. Tinham cabelos e olhos sem cor, andavam arrastando os pés descalços" (Harbou, 2019 [1927]: 25).

A súbita paixão serve à narrativa ao utilizar o palatável apelo do romance como uma ponte cognitiva que expõe o problema social que impede que personagens de mundos distintos possam conviver e se apaixonar. O amor torna imperativo que o herdeiro descubra quem são aquelas pessoas, cujo trabalho sob a opressão das máquinas produz o formidável estilo de vida ao qual elas jamais teriam acesso, a não ser com a conciliação entre as mãos, que representam a força do trabalho, e o cérebro, que representa a liderança, dotada de capital material e intelectual.

METROPOLIS E O SUJEITO MAQUINIZADO

O filme se inicia justamente com o epigrama: "O mediador entre a cabeça e as mãos é o coração", e o tema da luta de classes é exposto desde as cenas iniciais por meio dos contornos contrastantes com os quais se diferenciam os dois principais lócus do filme. Primeiramente, temos a cidade dos trabalhadores, que se encontra "muito abaixo". As imagens que representam o ambiente alternam-se entre movimentos frenéticos de máquinas, relógios, apitos, atestando que o tempo do operário, no futuro distópico, ainda é o tempo regido pela máquina. A imagem inicial da troca de turnos mostra indivíduos completamente apáticos, cabisbaixos, rostos inexpressivos, pessoas despossuídas de vontade própria, ocupadas em reproduzir ações automáticas. Os corpos disciplinados são observados na perfeita sincronia com a qual todos se movem orquestradamente, como indivíduos somados para formar um corpo único. A racionalidade da máquina determina a racionalidade do operário, sem consciência e sem emoção. De fato, Joh Fredersen orgulha-se de conseguir "medir a precisão das pessoas pela precisão das máquinas" (Harbou, 2019 [1927]: 48). A proposital racionalidade, fria e distante, que descreve a personalidade de Joh, realça a supremacia do paradigma maquínico e atesta um temor coletivo da máquina enquanto entidade:

> Há muitos na grande Metrópolis que acreditam que Joh Fredersen não é humano, porque não parece precisar de comida e bebida e porque dorme quando quer. De fato, na maioria das vezes, não quer. Eles o chamam de o cérebro da grande Metrópolis e, se for verdade que o medo é a origem de toda religião, o cérebro da grande Metrópolis não está longe de se tornar uma divindade. (Harbou, 2019 [1927]: 215)

Em contrapartida, há o Clube dos Filhos, como o roteiro se refere, localizado "muito acima". Trata-se do espaço onde vemos pessoas que se movimentam conforme suas vontades individuais, que têm opções e podem fazer escolhas. Ali as pessoas sorriem e gesticulam de forma livre, como se os corpos fossem reflexos naturais daquilo que pensam e sentem. São os filhos daquela burguesia que, no passado, construiu com muito trabalho os meios para que as novas gerações de herdeiros pudessem se beneficiar deles e viver o ócio de uma vida sem o suor laboral, no milagre dos "Jardins Eternos". Ao descrever o Clube dos Filhos, Harbou constrói uma crítica, que se expressa na influência do ideal burguês da *Belle Époque* sobre

*103*

HISTÓRIA *e* FICÇÃO CIENTÍFICA

o imaginário alemão, cuja industrialização tardia foi compensada com a acelerada criação de um ambiente que favorecia o empresariado. Esta ascendente burguesia, à moda germânica, investiu-se das referências estéticas e comportamentais das potências pioneiras na industrialização, em que esse estilo de vida, baseado na exploração do trabalho, podia ser lido como parâmetro de sucesso decorrente do desenvolvimento econômico:

> Isso não era surpreendente, já que os pais, para quem cada giro da roda de uma máquina significava ouro, haviam dado essa casa aos filhos. Era muito mais um distrito do que uma casa. Incluía teatros e complexos de cinema, auditórios e uma biblioteca com todos os livros impressos nos cinco continentes, pistas de corrida e estádio, além dos famosos Jardins Eternos. (Harbou, 2019 [1927]: 23)

Freder decide seguir Maria em direção aos andares subterrâneos, os quais ele jamais tinha acessado. É quando ele se depara com a angustiante realidade dos trabalhadores, submetidos a uma vida de sacrifícios em nome da manutenção dos privilégios usufruídos por ele, sua família e seus pares. Ao testemunhar a explosão de uma das máquinas, ocasionada pela exaustão física de um de seus operadores, o jovem desperta uma consciência fraternal, que o tornará um contraventor da norma social vigente. Logo, Maria identifica nele a figura do mediador: o coração que irá conciliar cabeça e mãos, conforme as profecias que alimentavam as esperanças dos habitantes da Cidade do Trabalho. Tentando contornar o quadro de instabilidade que começava a se delinear, Joh solicita a Rotwang que aplique o rosto de Maria ao protótipo de Hel, com o intuito de sabotar os planos de libertação dos operários. A decisão empreendida para conter a operária revoltosa ecoa uma necessidade capitalista latente, de substituir a força de trabalho humana pela obediência incondicional da máquina.

Contrariando Joh, Rotwang instrui a robô-Maria a incitar ainda mais os operários a se rebelarem, sob os gritos de "morte às máquinas", ao invés de apaziguar os ânimos e restabelecer a ordem de dominação tradicional. Então, após discursar sobre como as máquinas possuem sua força somente porque operários dão vida a elas, as alimentam, as lubrificam e as operam – ao mesmo tempo que, sem elas (as máquinas), já não há vida possível, tamanha a interdependência construída –, a massa é incitada a deixar de ser a mão que trabalha para assumir a posição do cérebro

*104*

que comanda. O motim é deflagrado: "Por que não se lançam cem mil punhos assassinos sobre as máquinas e as matam? Vocês (trabalhadores) são os mestres das máquinas, vocês! Não aqueles que andam de seda branca! Virem o mundo do avesso! Virem o mundo de cabeça para baixo!" (Harbou, 2019 [1927]: 272).

Uma das primeiras iniciativas dos rebeldes é assumir o controle sobre as ferrovias subterrâneas, dominando os condutores dos trens. A simbologia das ferrovias, como ícones ou resquícios, da era industrial, é resgatada e introduzida na obra para facilitar o entendimento do capital e da ideologia burguesa a serem subvertidos. Uma vez dominados, os vagões, comparados a "cavalos infernais", eram lançados túneis adentro até que se ouvisse o estrondo das explosões e dos metais se estilhaçando: "Liberaram os trens e deixaram que partissem, um atrás do outro, adiante, adiante!" (Harbou, 2019 [1927]: 293).

A ressonância entre o discurso de uma máquina humanizada e o ressentimento do proletariado maquinizado estabelece mútua e imediata empatia entre os personagens, e destes para com o próprio espectador do filme, que se depara com arquétipos com os quais consegue facilmente se identificar. A sequência de explosões das máquinas provoca um dilúvio, que aguça ainda mais a turba de operários revoltosos. À medida que a água inundava a cidade subterrânea dos trabalhadores, estes subiam em direção à cidade dos ricos.

A prostituta, uma das manifestações sociais da robô-Maria, conduz os habitantes de Metrópolis da Catedral profanada à nova Torre de Babel, em uma espécie de procissão da morte simbólica. Ao personificar a máquina como ameaça, a metáfora de Harbou e Lang expressa a decadência moral da sociedade como um problema social da mais alta importância. Esta dialética entre religião e ciência, ou tecnologia e misticismo, faz-se notar nas referências aos *loci* de trabalho de Rotwang, o inventor que, por diversas vezes ao longo da obra, é apresentado junto ao símbolo, bastante destacado, da Estrela de Salomão. A desconfiança da modernidade, como um convite à perdição, é retratada de diferentes formas, porém sempre evocando a aura mística de um passado de sincretismos entre cristianismo e paganismo, ambos dessacralizados pelo desenvolvimento urbano e industrial, em que aglomerações de cidadãos se entregam aos encantos dos sete pecados capitais. Sob o efeito hipnótico de luzes, músicas e danças

HISTÓRIA *e* FICÇÃO CIENTÍFICA

associadas ao "sabá das bruxas", todos são conduzidos pela flauta da morte, personificada na aparência de um "menestrel fantasmagórico, talhado em madeira, com capuz e capa, a foice no ombro, a ampulheta pendurada no cinto" (Harbou, 2019 [1927]: 219). Um receio que inclusive está na gênese do conjunto ideológico da República de Weimar, sob o aspecto de um conservadorismo exaltado como solução para frear o colapso de suas instituições e valores morais, o qual o discurso nazista soube utilizar como alavanca para sensibilizar e engajar a população alemã precarizada e ressentida do pós-guerra.

# DILEMAS DO HUMANO MAQUINIZADO

A metáfora do androide, ou do sujeito maquinizado, caracteriza uma das principais permanências temáticas da FC. Com a evolução da ciência, sofisticaram-se os métodos e as formas, mas a perenidade da angústia humana frente ao seu próprio progresso técnico evoca as mesmas indagações acerca do quanto estamos evoluindo enquanto civilização. Assim como as diferentes expressões do modernismo suscitaram reflexões sociais e cobraram ressignificações de valores e instituições, a FC também atuou enfaticamente sobre os desajustes entre paradigmas e as reais necessidades sociais que se apresentavam sobre o pano de fundo da industrialização e da urbanização.

Como conceito, o androide sofreu atualizações em forma e função, desde simples autômatos que mimetizavam ações mecânicas humanas, até a noção de ciborguização, quando os humanos é que almejam, ou temem, maquinizar-se. Segundo o escritor Philip K. Dick, por exemplo, uma pessoa é um androide quando não consente com o propósito para o qual fora destacada a cumprir, tornando-se um meio para um fim que ela não sabe o que é (Dick, 2006: 43), mas o faz automaticamente. Sua ficção, já nos anos 1960, vê um futuro de homens reduzidos a mero uso:

> Homens tornados máquinas, a servir um propósito que, mesmo que bom num sentido abstracto, precisou de recorrer, para que se efetivasse, àquilo que penso ser o pior mal imaginável: a imposição ao homem livre, que ria e chorava e cometia erros e se dilacerava até à loucura e à diversão, de uma restrição limitadora que [...] o

obriga a participar no cumprimento de um objetivo exterior ao seu próprio destino pessoal [...] é como se a História o tivesse tornado seu instrumento. (Dick, 2006: 37)

Mas o conceito de Dick, embora atual, já estava expresso na ficção muito antes de suas obras. Como foi mencionado, o vocábulo *robots*, hoje incorporado em diversos idiomas para designar autômatos eletrônicos utilizados no desempenho de tarefas diversas, antropomórficos ou não, é de origem tcheca e significa "trabalhador". O termo, originalmente empregado por Capek, narra o advento das técnicas que possibilitaram a produção de homens artificiais, levando a humanidade a interromper a sua reprodução natural pela simples falta de necessidade em despender energia para tal esforço. Em um segundo momento, os governantes resolvem, então, empregar os homens artificiais como combatentes nos campos de batalha, dotando-os de formidáveis armamentos e aptidões militares. Trata-se de um tema que não guarda, hoje, nenhuma surpresa para qualquer apreciador de ficção científica que tenha acompanhado o que se produziu no cinema e na literatura acerca da relação entre homens e máquinas inteligentes nas últimas décadas. Mas na época em que foi publicado, a trama de *RUR* suscitou uma questão que passaria a perseguir os autores deste gênero até os dias atuais: um possível conflito advindo das diferenças de interesses entre os seres orgânicos e os seres artificiais, podendo culminar, conforme muitos cenários ficcionais de orientação pessimista,[12] na suplantação do primeiro grupo, de humanos, pelo segundo, das máquinas.

Em *Metrópolis*, em um diálogo entre Freder e Joh, a autora se utiliza de sua crítica à supremacia maquínica para referenciar a importância da mão de obra qualificada na construção de uma nação moderna, junto aos riscos de uma inconsequente industrialização que acometeria a própria população à sua precoce obsolescência em nome de uma meta de Estado:

> Que as pessoas se esgotem tão depressa diante das máquinas, Freder, não é prova da avidez das máquinas, mas da inadequação do material humano [...]. Se elas (as pessoas) têm um defeito de modelagem não é possível enviá-las de volta ao forno de fundição. Assim, força-se a consumi-las como são. Embora tenha sido comprovado estatisticamente que a eficiência dos trabalhadores não intelectualizados está diminuindo mês a mês... (Harbou, 2019 [1927]: 52-53)

*HISTÓRIA e FICÇÃO CIENTÍFICA*

Antes mesmo de inspirar ficções científicas, a noção de uma espécie de rivalidade entre humanos e máquinas já era percebida desde os primeiros estágios da industrialização. O poeta Baudelaire, ainda no século XIX, referia-se a um fenômeno que ele chamava de "vivência do choque", algo que se expressa, segundo o filósofo alemão Walter Benjamin, pela própria relação do trabalhador com a máquina. Quando não adaptado, esse trabalhador constitui-se no "mais profundamente degradado pelo condicionamento imposto pela máquina" (Benjamin, 1994: 126). Acerca desta inversão dos papéis de dominação nos setores produtivos das sociedades industrializadas, expressa no processo de alienação do indivíduo, Karl Marx compreendera à época de seu *O capital*, que:

> Todas as formas de produção capitalista têm em comum o fato de que não é o operário quem utiliza os meios de trabalho, mas, ao contrário, são os meios de trabalho que utilizam o operário; contudo, somente com as máquinas é que esta inversão adquire, tecnicamente, uma realidade concreta. (Os operários aprendem a coordenar seu) próprio movimento ao movimento uniforme, constante, de um autônomo. (Marx apud Benjamin, 1994: 125)

Sobre uma enorme pira de madeira, os operários de *Metrópolis* ateiam fogo com o objetivo de queimar o protótipo de Rotwang, então identificado como uma máquina impostora. O livro destaca como o vidro e o ferro (materiais incorporados da indústria à estética artística do modernismo, sobretudo na arquitetura e na escultura subsequentes às tradições do academicismo) do robô se retorciam nas chamas, em um ritual de euforia que misturava catarse e vingança. Vendo sua máquina em chamas, Rotwang compreende sua incapacidade de sobrepor o dom do Criador, admitindo que sua criatura jamais seria capaz de satisfazer o seu amor proibido pela falecida Hel. O inventor segue então em direção à antiga Catedral – seu último subterfúgio de reconexão com as lembranças fugidias de sua amada e de uma paixão que nunca se concretizou. A narrativa conduz as racionalidades do inventor e do industrial a um processo de redenção, que se constrói ao longo da curva crescente da derrocada de *Metrópolis*. Na Catedral, Rotwang se vê em confronto com a própria simbologia gótica, desferindo golpes contra as caretas diabólicas de gárgulas de pedra, que sorriem e zombam de seu fracasso. E Joh Fredersen busca sua conciliação com os trabalhadores ao, finalmente, reconhecer os excessos exercidos por sua autoridade: "A morte havia passado sobre Metrópolis. O fim do mundo e o Juízo Final revelaram-se do rugido das explosões (das máquinas), do estrondo dos sinos da catedral" (Harbou, 2019 [1927]: 419). A conciliação entre cérebro e mãos, intermediada pelo coração, acontece com o reencontro de Joh e Freder, pai e filho, estabelecendo o fim de uma era de jugo da máquina e da ruptura dos estamentos sociais, em favor de uma sociedade humanizada que volta a congregar unida.

IMAGEM 14

Cena de *Metrópolis* mostrando os arranha-céus erguidos
com o esforço dos trabalhadores e a verticalização urbana
como paradigma de modernização.

# Dilemas da máquina
# humanizada

Desde metáforas do capital que substituem trabalhadores por máquinas, como em *Metrópolis*, a ideia de uma consciência maquínica renovou as problematizações da FC ao provocar reflexões de existencialismo associado às razões de ser das duas condições de existência: o que é ser humano em um mundo que pode substituí-lo por seres artificiais? Ou o que é ser uma máquina dotada da consciência de sua própria existência? Em poucas décadas, os autores foram de uma questão à outra, aperfeiçoando suas abordagens acerca de consciência e inteligência artificial, até que ambas se tornassem reflexões praticamente indissociáveis. Em *Do Androids Dream of Electric Sheep?* (1968), vemos essa inversão temática, dos anos 1920 em que humanos se revoltam com o despotismo das máquinas, aos 1960, quando são as máquinas que questionam sua condição de subserviência aos humanos. Dick explica que o intuito inicial em se produzir os replicantes era sua utilização como armas de guerra; o "Lutador da Liberdade Sintético", como o autor os nomeia (Dick, 1985: 18). Foi somente após a guerra, que teria devastado o planeta, em 1992, conforme sua ficção, que os atributos físicos dos androides teriam sido empregados como mão de obra nos esforços de colonização espacial. A empreitada também requeria uma capacidade de raciocínio elevada para a tomada de decisões emergenciais, bem como para articular soluções rápidas às situações adversas que surgissem durante o cumprimento de suas arriscadas tarefas.

A fabricante de computadores IBM promoveu, desde o final da Segunda Guerra Mundial, a realização daquilo que, no início daquele século, era entendido como ameaça e não como solução: "a fantasia ficcional das máquinas pensantes, (mas) ironicamente, a fantasia otimista dos gurus dos computadores dos anos de 1960 confirmou o pesadelo dos escritores de ficção científica dos anos 1930: a inteligência artificial era o inimigo da humanidade" (Barbrook, 2009: 100-102).

Capek escreveu *RUR* em meio ao contexto que viu nascer o *fordismo*. Este modelo de produção guiou as grandes corporações através do século XX, segmentando e hierarquizando as funções desempenhadas no ambiente industrial a partir das linhas de montagem. As empresas de computadores prometiam a capitalistas e trabalhadores uma nova mão de obra, barata, qualificada e incansável. Os empresários não precisariam mais arcar com os elevados custos com mão de obra e os funcionários teriam tempo livre para o descanso e o lazer. Mas quem financiaria o tempo livre desses trabalhadores, agora que não seriam mais necessários? E se – como prometera a indústria e alertara a ficção – estas máquinas se tornassem tão superiores aos humanos, por que continuariam se submetendo às ordens de um poder inferior? Na ficção científica ambos, capitalistas e proletários, acabaram perdendo para o que seria uma nova supremacia maquínica.

Quando a obra de Capek apenas especulava sobre as possibilidades de uma interação conflituosa entre homens e máquinas inteligentes, num futuro de tecnologias bastante adiantadas, o cineasta russo Dziga Vertov via essa interação como uma solução bem-vinda às deficiências sociais advindas das limitações físicas e psicológicas humanas, as quais a Rússia pós-revolucionária deveria, ao custo de seu desenvolvimento, sanar:

> O psicológico impede o homem de ser tão preciso quanto um cronômetro, entrava sua aspiração a assemelhar-se à máquina. [...] A incapacidade dos homens de saber se comportar nos envergonha diante das máquinas, e o que vocês querem que façamos se as maneiras infalíveis da eletricidade nos tocam mais do que os empurrões desordenados dos homens ativos e a moleza que corrompe homens passivos.

[...] Passemos pela poesia da máquina, do cidadão errante ao homem elétrico perfeito. [...] Tornamos os homens semelhantes às máquinas, educamos homens novos. O homem novo, do acanhamento e da falta de jeito, terá os movimentos precisos e leves da máquina, será o nobre tema dos filmes.[13] (Vertov apud Albera, 2002: 213-214)

Contudo, a despeito da confessada apologia do cineasta russo em favor da maquinização, não se pode escapar às ambiguidades que permeiam a história e se fizeram presentes no período do entreguerras. Enquanto o tempo de Vertov traz filmes como *O homem com a câmera* (1929), traz também o próprio *Metrópolis*. E ambos seriam prontamente seguidos de *Tempos modernos* (1936) de Charles Chaplin, que oferecia uma perspectiva diametralmente oposta para o mesmo fenômeno que tanto fascinava o russo, representando em forma de comédia trágica a desconfiança e a perplexidade a respeito da invasão das máquinas no cotidiano. Enquanto Vertov buscou representar a perfeita integração entre homem e máquina, Chaplin e Lang apresentaram ao público operários sendo humilhados por elas.

IMAGENS 15 e 16

Máquinas engolindo operários. À esquerda: Chaplin fica preso às engrenagens em *Tempos modernos* (1936). À direta: legiões de trabalhadores seguem em direção à "boca" da máquina em *Metrópolis* (1927).

Pode-se supor, a partir do que propõe Walter Benjamin (1985) acerca da produção artística contemporânea, que não apenas a arte, mas toda a produção de bens de consumo na contemporaneidade estão confinadas à era de sua reprodutibilidade técnica. Isso quer dizer que, ao contrário do que acontecia nas sociedades anteriores à industrialização, aquilo que o artista ou o artesão passaram desde então a criar não poderia mais conter o que Benjamin caracteriza como "aura", pois passou a ser reproduzido em larga escala, com fins não mais de acrescentar uma nova ideia, transmitir uma mensagem e transformar o mundo, mas apenas abastecer o mercado e fazer a manutenção da sociedade de consumo. Significa dizer que, em tese, o que quer que seja criado, hoje em dia, não é mais uma criação única, exclusiva e especial, pois não contém mais a essência do artista e a emoção do momento de inspiração que levou a sua confecção. Num cenário ainda mais desolador, teríamos uma arte exclusivamente fabricada com o objetivo de ser comercializada.

Tal qual a arte, os indivíduos da contemporaneidade, metaforizados na figura de operários, replicantes ou morlocks, como mão de obra descartável, também são produtos de uma conjuntura sócio-histórica que preza pela massificação da produção e do consumo em prol de um ideal de progresso pautado pelo desenvolvimento industrial, o que acarreta a perda de sua unicidade em favor de uma cultura uniformizante, castradora das individualidades, como meio de se estabelecer um regime totalitário. Este tema é vasto, e já foi abordado por diferentes filósofos e artistas do século passado. Conforme Hannah Arendt, por exemplo, um regime totalitário é justamente aquele que objetiva a dominação total sobre o homem (Arendt, 1994: 240), a partir da nacionalização do corpo para dotá-lo de um senso de pertencimento e, de imediato, de comprometimento com a coletividade que o integra e que o submete à invisibilidade. Em 1925, Harbou já concebia uma imagem clara deste efeito, mesmo que não soubesse conscientemente de que maneira regimes totalitários se estabeleceriam no futuro próximo: "E todos tinham o mesmo rosto. E todos pareciam ter dez mil anos de idade. Andavam com os punhos caídos, andavam com as cabeças pendidas. Não, eles pisavam, mas não caminhavam" (Harbou, 2019 [1927]: 32).

Como vimos na primeira parte deste livro, as inovações tecnológicas voltadas à otimização do tempo, à qualidade e ao volume da produção vieram substituindo a força de trabalho humana desde o século XIX, que inaugurou as bases desta nova relação homem-técnica, a partir dos modelos organizacionais instituídos no ambiente das fábricas, potencializados pelo modelo fordista das linhas de montagem, a administração científica do taylorismo e, posteriormente, a introdução dos computadores nos setores gerenciais.

Se em 1922, findada a Primeira Guerra Mundial, Dziga Vertov exaltava a máquina como aliada do proletariado, a qual agiria como força catalisadora do desenvolvimento social por promover a adequação dos homens aos novos parâmetros industriais, as revoluções tecnológicas subsequentes ao término da Segunda Guerra, que vieram na forma dos reatores nucleares, foguetes espaciais, satélites e computadores, não trouxeram a revolução social que o projeto iluminista se incumbira de promover. Segundo Richard Barbrook, cientista político e autor de *Futuros imaginários: das máquinas pensantes à aldeia global* (2009), a invasão da tecnologia nessa segunda metade do século XX, sobretudo sob a forma dos computadores, para dentro dos locais de trabalho criou uma competição desigual entre o trabalhador comum, assalariado, e esta nova força informacional de trabalho, que concentrava em si o controle sobre todo o ritmo de produção, sem exigir direitos ou, sequer, remuneração.

A inclusão progressiva de todos, a partir do desenvolvimento tecnocientífico, fora uma meta não alcançada pelas sociedades modernas, que apenas viram ampliarem-se as disparidades sociais (Santos, 2003: 126). As tecnologias originalmente idealizadas pela vertente mais otimista da ficção científica para servir ao homem, como a do escritor Isaac Asimov, mostraram a partir dos anos 1940 sua outra face: "ao invés de criar mais tempo de lazer e melhorar os padrões de vida, a informatização da economia sob o fordismo aumentaria o desemprego e cortaria os salários" (Barbrook, 2009: 94), tornando o homem uma força de trabalho cada vez mais dispensável, pois que, como enfatiza Barbrook (2009: 96), "a nova tecnologia era um servo dos chefes, não dos trabalhadores". Sob um sistema de controle que o autor designa como um panóptico informacional,[14] chegou-se à "perfeição mecânica da tirania burocrática", que concentra numa inteligência artificial onisciente, ou como diria Lewis Mumford, referindo-se ao fenômeno das megalópoles futurísticas, numa "divindade cibernética",[15] o gerenciamento da sociedade indo, no sentido sugerido por Barbrook (2009: 96), de uma "reestruturação corporativa da economia para a política, as artes e a vida cotidiana". As avaliações que Mumford faz a partir de estudos sociológicos e econômicos de sua época, em meados

dos anos 1960, denunciam como sendo a meta final da evolução urbana o estágio que ele denomina como uma *Megalópolis Universal*, mecanizada e padronizada, "quer estejam (estes estudos) extrapolando 1960, ou antecipando 2060, sua meta é, na verdade, 1984".[16]

Ao sacramentar os paradigmas de precisão, velocidade, resistência e obediência, que se mantiveram atuais, inclusive, para o ideário novecentista, a máquina – sob a forma de motores, trens, foguetes, reatores nucleares, computadores ou robôs – torna-se, ao mesmo tempo, um poderoso agente disciplinador do homem. Mais que isso, como lembra Mumford (1965: 671): "a tecnologia secular de nossa época dedica-se a imaginar meios de eliminar formas orgânicas autônomas, pondo em seu lugar engenhosos substitutos mecânicos – controláveis e lucrativos!" Sob esta premissa, o mundo estaria caminhando para um futuro fadado à "total aniquilação humana", através da substituição gradual do homem por seus simulacros mecânicos docilizados. As metáforas de *Metrópolis* são bastante representativas destas tendências, mesmo que anteriores aos adventos da cibernética e da inteligência artificial que alimentariam a estética digital das narrativas posteriores, porém, conservando o núcleo temático do conflito homem-máquina: "as máquinas de *Metrópolis* rugiam; elas queriam ser alimentadas [...] Ela [*Metrópolis*] queria se alimentar de pessoas vivas" (Harbou, 2019 [1927]: 31). E quando não houvesse mais pessoas para alimentar as máquinas, já teria "sido criado o substituto para o homem. O ser humano melhorado, não é? Os homens-máquina?" (Harbou, 2019 [1927]: 53), pergunta Freder, atônito, ao indiferente Joh, já sabendo a resposta à sua indagação.

O ambiente da fábrica, a partir da divisão das diferentes etapas do trabalho e da produção, foi o responsável por mecanizar os movimentos humanos, forçando sua adaptação aos novos parâmetros de produção. A necessidade de adequação à assertividade e ao ritmo acelerado de movimentos imposto por este novo paradigma de tempo de trabalho ditou também um novo modelo organizacional às sociedades contemporâneas, não apenas no âmbito econômico, mas também político e cultural. O novo modelo saiu dos limites das fábricas para ocupar a vida cotidiana. Coadunando as ações de todos os setores num sentido comum, de produção e consumo, esta temporalidade imposta pela máquina exigiu do trabalhador a sua constante maquinização (Sevcenko, 2001: 62). O indivíduo estaria mais bem qualificado para responder positivamente a tudo aquilo que dele era esperado, de acordo com o grau de automatização que conseguisse atingir em seus movimentos, sendo a condição ideal a plena sincronia entre o pensamento e a execução dos respectivos comandos por seu corpo. Adequar-se a estes pré-requisitos tem sido a solução de que o homem, como trabalhador, dispõe para vencer a obsolescência de suas qualidades e prolongar sua sobrevivência nesse sistema.

O controle detalhado de todas as etapas envolvidas em uma atividade de produção, em função do tempo e do espaço, constituiu-se na base do que o filósofo Michel Foucault chamou de microfísica do poder.[17] A disposição do espaço físico que comporta os indivíduos é fundamental para o exercício do poder coercitivo e disciplinador necessário à organização social que se pretende aplicar, pois molda desde a esfera do ambiente de trabalho até o modelo de conduta a ser apreciado nos demais espaços de sociabilização. A vigilância não só possibilitou o controle de cada ação específica, desenvolvida em cada setor, como também permitiu a comparação do desempenho entre os indivíduos, podendo-se selecioná-los e ordená-los em atribuições compatíveis às suas habilidades e características, classificando-os em graus de importância para o sistema conforme o potencial produtivo e a obediência de cada um. Na sociedade que destitui o proletário de sua individualidade, a meta é a sua desumanização até a condição de máquina, que não mais apresenta livre-arbítrio ou empecilhos comportamentais à docilização. Portanto, dispensa todo o trabalho de coerção e disciplinarização que consente o exercício, sobre ela, do poder. E um modelo de punição ou recompensa dos indivíduos mais aplicados e subservientes facilita a manutenção do sistema, afinal, cria engajados agentes de controle dentre os próprios controlados.

O androide é a materialização do sonho capitalista, que tanto ambiciona essa ideal força de trabalho. Para a burguesia de *Metrópolis*, avessa ao esforço braçal, a superioridade física, bem como a condição de vida descartável, torna o proletário maquinizado mais conveniente, eficaz e adaptável às difíceis condições de trabalho do subterrâneo. As possibilidades de manipulação de seu corpo e sua conduta fizeram destes uma mão de obra altamente qualificada e plenamente controlável, pelo menos, até o momento em que vislumbram a possibilidade de uma nova condição de vida e passam a buscar sua autonomia. O grande risco à ordem de poder

HISTÓRIA *e* FICÇÃO CIENTÍFICA

capitalista reside na possibilidade de quebra desta relação de servidão passiva por trabalhadores que, ao adquirirem uma nova concepção acerca da vida e do trabalho, ou mesmo uma consciência de classe, começam a explorar seu intelecto no sentido de romper as estruturas alienantes a que estão condicionados para experimentarem-se enquanto indivíduos possuidores de vontades próprias, ou seja, aquém dos interesses das instituições que os controlam. No filme, mais do que isolamento e vigilância, é necessária a figura dos capatazes, que pela força física e a autoridade da lei, exercem um poder de coerção e intimidação. Cônscios de sua superioridade física e numérica (eventualmente, até intelectual) diante da aristocracia e, ao mesmo tempo, impossibilitados de manifestarem seu livre-arbítrio, máquinas pensantes e homens-máquina são impelidos por esta contradição a uma jornada de libertação do sistema opressor que os condiciona.

Por mais que as viagens espaciais tenham inundado a FC ao longo do século XX, a dicotomia homem-máquina e suas subsequentes variações temáticas não deixaram de protagonizar o cerne das reflexões da humanidade pós-iluminista. Dessa forma, analogias entre metáforas de obras com décadas de distanciamento entre si são mais do que coincidências, associações fáceis, inevitáveis e praticamente automáticas. Afinal, acabam sendo diferentes roupagens para representar os mesmos arquétipos. Vejamos, por exemplo, a pertinente observação de David Harvey, quando analisa a vida do indivíduo androide em *Blade Runner*, cuja condição é essencialmente similar à dos trabalhadores de *Metrópolis*. Ele nos lembra de que os replicantes são criados "[...] com poderes maravilhosos só para serem destruídos prematuramente [...] caso se envolvam de fato com seus próprios sentimentos e tentem desenvolver suas próprias capacidades" (Harvey, 1998: 280). E recordemos que a angústia humana sobre a qual Mary Shelley se debruçou em 1818 também nos mostra um sistema de anticorpos sociais e institucionais prontos a rechaçar um formidável *Frankenstein* em busca de desenvolver suas potencialidades físicas e emocionais na tentativa de encontrar o seu lugar no mundo. A castração de potencialidades é um mecanismo preventivo, caso estas forças de trabalho não retornem seu produto àquela sociedade. *Blade Runner* traz o exemplo do replicante Leon Kowalski, um androide capaz de carregar toneladas de materiais radioativos num único dia de expediente sem se cansar ou se contaminar. Enquanto tem sua força empregada em serviços de exploração

*DILEMAS DA MÁQUINA HUMANIZADA*

e colonização espacial, ele é uma peça imprescindível. Quando direciona essa força sobre-humana em favor de objetivos próprios como, neste caso, a tentativa de expansão de seu prazo de validade, torna-se imediatamente uma ameaça, segundo o inspetor Bryant, "quase impossível de parar!".[18]

*Metrópolis* encontrou uma forma particular de exemplificar os mesmos riscos de contravenção, porém, ao invés do trabalhador que adquire uma nova consciência, é o aristocrata, Freder, quem transgride a ordem social do *establishment* vigente ao colocar-se no papel do proletariado, como forma de se aproximar da realidade de Maria. Ao notar um homem exausto, vacilando em sua tarefa de manter a máquina em movimento, ele se aproxima para resgatá-lo e perguntar o seu nome. O operário responde à pergunta informando o número pelo qual ele é identificado, 11811. Freder insiste em saber o nome verdadeiro e o homem revela se chamar Georgi, pouco antes que ele o reconhecesse como filho de Joh Fredersen, a quem o trabalhador se refere como "nosso pai". Colocando-se na condição de iguais para com Georgi, Freder o liberta da máquina e faz a proposição de tomar seu lugar. Assim, ele poderia adentrar disfarçado na camada inferior e se juntar aos irmãos trabalhadores: "Vamos trocar de vida agora, Georgi. Você pega a minha, eu, a sua. Tomo seu lugar na máquina. Nas minhas roupas, você sai daqui tranquilamente. Não fui notado quando cheguei. Você não vai se fazer notar quando for embora" (Harbou, 2019 [1927]: 68-69).

Freder, trajando as vestimentas típicas de todos os operários de Metrópolis, "do pescoço aos tornozelos coberto de linho azul-escuro, os pés sem meias nos mesmos calçados duros, os cabelos presos sob a mesma boina preta" (Harbou, 2019 [1927]: 69), experimenta pela primeira vez a condição precarizada de um indivíduo sem identidade, submetido a realizar as tarefas repetitivas que a máquina lhe impõe.

Georgi, por sua vez, personifica o choque da modernidade assim que chega à cidade e toma contato pela primeira vez com o ideal materializado de progresso. Inebriado pelas luzes e pela profusão de estímulos sensoriais da grande metrópole, o operário se deixa seduzir e perde-se nas tentações dos prazeres e vícios burgueses. Não trajava mais o uniforme, os sapatos duros e a boina dos trabalhadores. Não precisava mais trabalhar, porque agora alguém trabalhava por ele, enquanto experimentava uma *Metrópolis* que "balançando sob a luz como uma dançarina, o recebeu" (Harbou,

*119*

## HISTÓRIA e FICÇÃO CIENTÍFICA

2019 [1927]: 71). E no êxtase urbano, rendeu-se a um ideal cosmopolita que seu número 11811 jamais o credenciou a participar. Conforme se perdia entre as ruas de edifícios altos, enfileirados, iluminados como blocos de luz que alongavam o dia noite adentro, "afastava-se cada vez mais da consciência de seu próprio eu". O receio de um cidadão metropolitano retornar à condição de escravidão das máquinas, privado de acesso à modernidade, é tamanho, que o suicídio se torna uma opção preferível do que o rebaixamento social.

Um dos exemplos que Harbou e Lang trazem, tanto no livro quanto no filme, a esse respeito é a indiferença de Joh ao demitir um de seus funcionários, justamente por entender que se tratava de um humano, cuja humanidade o enfraquecia diante da máquina. E o demitiu, mesmo sabendo que a perda do emprego poderia levar o funcionário ao suicídio. Freder, o coração de *Metrópolis*, reage com consternação, ao passo que seu pai, o cérebro, enxerga sua lógica, regida pelo paradigma da máquina, como meta e razão da própria existência humana. Avesso a uma noção maniqueísta de sua decisão, o pai explica que se Freder "tivesse realmente compreendido a natureza da máquina, não teria ficado tão perturbado" (Harbou, 2019 [1927]: 49).

★ ★ ★

A meta ficcional da ciborguização se expressa, num primeiro momento, na necessidade de adequar o humano à referência de força, velocidade e precisão ditadas pela máquina. Depois, a necessidade de adequação se transfigura na incorporação da tecnologia para o aprimoramento de funções mecânicas, neurais e fisiológicas que elevem as capacidades e a durabilidade de organismos vivos. Não obstante, o curso deste desenvolvimento tem em seu horizonte o advento da inteligência artificial como limite derradeiro dos paradigmas básicos que circunscrevem as subjetividades humanas nas esferas materiais, mentais e espirituais. As conquistas da inteligência computacional têm sido tangíveis no campo do raciocínio lógico, ao passo que o desenvolvimento de emoções não possui avanços concretos no domínio científico, permanecendo ainda um território exclusivo das abstrações ficcionais. A fronteira final da ciência da computação são as máquinas autoconscientes, capazes de sentir e realizar decisões passionais, desenvolver um complexo aparelho psíquico e, por fim, filosofarem e desenvolverem crises existenciais. A razão cartesiana entende que aquilo/aquele que pensa, existe. Logo, o androide pode reconhecer-se como um ser de existência própria pela constatação de sua capacidade de pensar, ainda que através de um sistema de inteligência artificial que articula ideias a partir de elementos introjetados, de acordo com propósitos predeterminados. Por isso, ele possui a precondição para uma crise existencial: ter consciência de sua qualidade de ser vivente. Em meio aos dilemas que movem os temas de ciborguização e inteligência artificial, obras que se dedicaram a esta natureza de reflexão trazem personagens que, entendendo ou não a sua condição de recurso ou mercadoria, reconhecem-se como sujeitos em contradição com o seu meio: inferiorizados pela mesma sociedade que prima pelo progresso das tecnociências, mas que admite e teme ser sobrepujada por seus próprios adventos tecnológicos.

Veremos mais adiante como analisar a FC do final do século XX pode ser uma tarefa complexa, se não resgatarmos alguns dos mesmos problemas com os quais a ficção se deparou no início desse mesmo século. Adventos tecnológicos nunca deixaram de exercer incontestável influência, mas são os dilemas morais e ideológicos que, de fato, orientam os temas aos quais seus autores dedicam atenção. Estes dois tempos se diferenciam por alguns fatos e movimentos, sendo a ascensão do totalitarismo um dos principais fatores de influência da transformação estética e narrativa que encontramos quando comparamos obras apartadas por esse recorte de tempo. No avançar das décadas, com a superação da Segunda Guerra Mundial e a entrada na Guerra Fria, consolidou-se uma percepção mais apurada da inter-relação entre conflitos e iniciativas locais e suas respectivas reverberações no âmbito global. Atualizando noções geopolíticas para um incipiente conceito de globalização, que clamava por união e corresponsabilidade sob interesses e governanças globais, vimo-nos ainda incapazes de promover convergências de interesses sociais, políticos, econômicos, ou sequer, aptos a lidar com a coexistência de ideologias rivais. Entre ataques nucleares e campos de extermínio, as cicatrizes deixadas pela Segunda Guerra Mundial escancararam tanto a necessidade de uma revisão profunda de valores, quanto a própria distância que a nossa civilização estaria de alcançá-las.

*HISTÓRIA e FICÇÃO CIENTÍFICA*

A obra *Fahrenheit 451* (1953) transita entre os componentes do totalitarismo, explorando os consequentes mecanismos de poder e controle que se estabeleceram sob as prerrogativas da sociedade de consumo e do espetáculo, sobretudo sob os vieses publicitário e midiático.

Na década de 1950, ao mesmo tempo que se iniciava a Guerra Fria, os Estados Unidos também provavam uma nova fase de expansão econômica: os chamados "Anos Dourados". E na defesa do estilo de vida americano, os embates entre capitalismo e comunismo levavam os conflitos geopolíticos e ideológicos a todos os territórios, inclusive, do esporte e do entretenimento. Esta fase de prosperidade demonstra como os marcos históricos não dissolvem as ambiguidades. A nova era atômica colocara em pauta um poderoso mote que, aliado a uma situação econômica favorável, possibilitou um crescimento vertiginoso do gênero de ficção científica. Tecnologias nucleares, computacionais e espaciais entraram em voga, e nada parecia contemplar melhor tais temáticas do que as elucubrações dos autores deste gênero. Esta deixava de ser uma categoria literária marginalizada, ou infantilizada, para impor-se, nas décadas seguintes, como uma literatura de crescente respeitabilidade, na medida em que convergia um futuro ficcional bastante tangível em relação ao presente real. De oito revistas de ficção científica regularmente publicadas em fins da década de 1940, o mercado norte-americano saltou para 27 em cerca de 10 anos, aumentando a demanda por textos que oscilavam entre "o escapismo glorioso e a profecia séria" (Sutin, 2006: 73). O mesmo se deu com o cinema. Filmes como *O dia em que a Terra parou* (1951), *A guerra dos mundos* (1953), baseado no clássico de Wells de 1898, *Vampiros de almas* (1956) e *A bolha* (1958), ficaram muito populares, rendendo refilmagens em décadas posteriores.

*122*

# Queimas de livros, polarizações e ambiguidades históricas

Fahrenheit 451 é a temperatura necessária para que uma folha de papel se queime. É também o título do livro de 1953 do escritor norte-americano Ray Bradbury. Robôs, carros com motor a jato, armas sofisticadas e outros aparatos tecnológicos recheiam sua trama para situar o leitor em um futuro ficcional, em que a indústria teria dado conta de empreender alguns dos adventos com os quais se imaginava o futuro naquela época. Nascido no período do entreguerras, Bradbury escreveu essa obra em plena Guerra Fria, mais precisamente sob os conturbados anos do macartismo, quando a patrulha conservadora e anticomunista, apelidada de "caça às bruxas", mostrou-se um episódio particularmente inconveniente a escritores, artistas, jornalistas e demais campos profissionais, geralmente, notados por expressarem em seus trabalhos opiniões diversas à ideologia apreciada pelas orientações políticas vigentes. A despeito do perturbador contexto de conflito ideológico e da constante ameaça de uma guerra nuclear de seu país com a União Soviética, o período também é lembrado como uma fase de prosperidade econômica, que ficou conhecida como os *Anos Dourados*.

HISTÓRIA e FICÇÃO CIENTÍFICA

Entre a era do vapor e a era digital, a problematização política chega a ser tão ou mais protagonista da FC do que a própria ciência. Como já foi mencionado, são inúmeros os exemplos em que adventos tecnológicos são meros coadjuvantes de narrativas que se detêm mais aos usos políticos e mercadológicos das ciências aplicadas do que ao prodígio tecnocientífico em si. As associações entre a ficção dos anos 1950 e o contexto de polarização ideológica são corriqueiras entre historiadores e aficionados, assim como também são frequentes as associações que a literatura do gênero fazia nos anos 1940 sob influência dos regimes que se consolidaram como totalitários. Coincidência ou acaso, nota-se como a versão de *A guerra dos mundos*, de 1953, traz algumas adaptações do livro original, de 1897, de H. G. Wells que ajudam a ilustrar um pouco do conjunto simbólico que definia semioticamente as dicotomias daqueles tempos de bipolarização. Por exemplo, ao assistir ao filme, imagine que há um mapa-múndi sobreposto à tela. O Ocidente está sempre representado à esquerda do espectador, ao passo que a ameaça alienígena – na figura de seres horrendos e vermelhos, ao invés dos marcianos verdes que tradicionalmente predominavam nas representações desse tema – sempre transcorre da direita para a esquerda; há uma predileção extraterrena por destruir igrejas e a ênfase do exército americano em ressaltar que os primeiros países a serem subjugados pela invasão, e que careciam de resgate, são justamente países de orientação comunista ou situados nas zonas de influência soviética: "um grande silêncio recaiu sobre metade da Europa".[19] Por fim, a salvação se dá por uma intervenção divina e a humanidade resgatada é representada pelos personagens abrigados dentro de uma igreja. Naquela época, um dos principais apelos utilizados no fomento do anticomunismo eram pautas moralistas, de forma que ser comunista não significava apenas ser alguém com uma perspectiva política diferenciada, mas sim ser uma pessoa de má índole.

124

IMAGEM 17

"Obrigado, grande camarada Stalin." Exemplo de propaganda
comunista exaltando a força do povo determinado,
sob a liderança de Josef Stalin.

Coincidindo com uma fase de significativa expansão dos meios de comunicação, da imprensa e, não obstante, da literatura de ficção científica, os embates entre o capitalismo e o comunismo compõem um campo de estudos que encontra farto respaldo na intensa produção cultural que culminou numa diversidade documental de importante relevância sobre o período. Com a profusão de publicações, abriu-se a possibilidade de uma diversificação temática ímpar, que contribuiu para tornar o caráter polissêmico das obras ainda mais evidente. Ou seja, havia mais propostas e mais escritores debruçados sobre os diferentes ângulos de um mesmo tema ou fato histórico.

*Fahrenheit 451* aponta alguns paradoxos fundamentais da sociedade norte-americana que se consolidou após a Segunda Guerra Mundial, numa atmosfera de marcantes ambiguidades. O período anterior, compreendido pelos anos do entreguerras, concebera marcos históricos como o nazismo, a produção de mortes em escala industrial e a ascensão de ditaduras fascistas, servindo de pano de fundo para a criação de inúmeras obras – ao lado de inúmeros romances de espionagem –, como *1984* de George Orwell e *Admirável mundo novo* de Aldous Huxley, apenas para citar algumas dentre as mais populares. Culminando com a orientação de todos os saberes científicos para os esforços militares, a guerra se encerrou com a garantia de um futuro incerto. Surgem as armas nucleares, e os sonhos iluministas de paz e progresso, que viriam como um produto natural da emancipação de indivíduos guiados pela razão, são finalmente aniquilados. Um novo horizonte de problemas foi aberto à literatura, demandando ficções que se apropriassem da conjuntura sócio-histórica que se delineou com a inauguração de uma era nuclear e notadamente midiática.

Na narrativa de Bradbury, temos a representação de uma ambientação urbana situada na projeção de um futuro próximo. *"O negro céu matutino"* (Bradbury, 2003: 55), possivelmente proveniente de sucessivas explosões nucleares ao redor do globo, dá o tom da ambientação. Ali teria se desenvolvido uma sociedade que possuía, como característica determinante, a completa proibição da leitura de livros, ou de textos de quaisquer gêneros. Como a construção de casas e edifícios desse futuro utilizava avançadas tecnologias anti-incêndio, os bombeiros jamais seriam acionados para a finalidade de apagar o fogo. O que justificaria, então, a manutenção de um corpo de bombeiros treinados, equipados e em constante prontidão para agir? Seu papel era o de localizar e queimar livros, já que a leitura era considerada um mal social e uma terrível ameaça à ordem sob o regime que se instaurou. Ao invés de extintores de incêndio, a principal ferramenta de trabalho destes bombeiros era o lança-chamas.[20] Incendiavam livros tal qual o faziam os agentes da Santa Inquisição, desde os primórdios da imprensa, com todo e qualquer texto que fosse considerado em desacordo com as interpretações das sagradas escrituras oferecidas pela Igreja. Sem incêndios para apagar, os bombeiros são, acima de tudo, uma polícia ideológica, dedicada à censura.

Bradbury expressara publicamente sua angústia aterradora para com três episódios marcantes da história contemporânea envolvendo queimas de livros como ação de afirmação de políticas totalitárias. O depoimento do escritor, publicado em março de 1976, revela quais e o quanto esses episódios foram decisivos à criação de sua obra:

> Eu tenho paixões e sou humano. E, por isso, achei que devia ter medo dos queimadores de livros, a quem odeio de todo o coração. Revoltei-me com o que Adolf Hitler fez em seu país. E com o que Josef Stálin fez no seu. E também com o que acontece na China, cujas bibliotecas todos os anos são visitadas e expurgadas de livros que são queimados. E foi por isso que escrevi o romance chamado *Fahrenheit 451.* (Bradbury apud Jacobs, 1976: 76-78)

Os Estados Unidos também tiveram sua experiência de censura. Desde 1954, o Congresso norte-americano estabelecera um conjunto de regras que coadunassem a produção artística às metas capitalistas e anti-comunistas empreendidas pelo governo. A construção dos personagens de ficção, que, na época, tinham nas histórias em quadrinhos uma linguagem de densa disseminação dentre a população, e que, não raro, também serviam de ponto de partida para os personagens do cinema, devia obedecer rigorosamente a este modelo.[21] A primeira dessas normas, dispostas no *Código da Associação Americana de Revistas em Quadrinhos (CMAA)*, de 25 de outubro de 1954, estabelecia que os criminosos das ficções jamais poderiam ser retratados de qualquer forma que pudesse induzir o público a uma empatia para com eles, não apresentando qualquer violação "ao bom gosto e à decência". Apenas o protagonista poderia ter o carisma para tal.[22]

É a partir de um enredo distópico que Bradbury fornece uma teia de questionamentos às benesses de uma sociedade de consumo, que se impõem diante da ameaça comunista, ao mesmo tempo que demonstra uma certa vocação totalitária, disfarçada pelo projeto de felicidade mercantilizada. Para vender seu projeto e fazê-lo vigorar, a liberdade de consumo requer competência para disfarçar quaisquer intenções totalitárias. Nos anos de prosperidade econômica certas imagens, que ainda marcavam forte presença no imaginário de toda uma geração de testemunhas, diretas e indiretas, dos ataques nucleares ao Japão, deveriam ser amenizadas para que os eleitores de um regime, que se propõe democrático, enxergassem como: "[...] reatores nucleares eram geradores de eletricidade barata, e não fábricas de bombas atômicas. Foguetes eram

HISTÓRIA e FICÇÃO CIENTÍFICA

construídos para levar heróicos astronautas para o espaço, não lançar ogivas nucleares em cidades russas. No momento em que eram colocados em exibição pública, quase todas as pistas de suas origens militares desapareciam" (Barbrook, 2009: 68).

As ambiguidades permeiam a história, invariavelmente. Não são uma ocorrência exclusiva do período aqui abordado. Recordemos, por exemplo, a suave *Belle Époque*, que disfarçou os desequilíbrios sociais, políticos e econômicos que iriam culminar na Primeira Guerra Mundial. Ou o período subsequente, do citado entreguerras, que antecede o contexto do qual *Fahrenheit 451* é produto. Como vimos, é tanto o tempo em que o cineasta russo Dziga Vertov traz filmes como *O homem com a câmera* (1929), como também é o tempo de *Metrópolis* e *Tempos modernos*, de Chaplin. As obras trouxeram perspectivas opostas para um mesmo fenômeno social. Enquanto Vertov buscou representar a perfeita integração entre homem e máquina, Chaplin e Lang viam a invasão das máquinas no cotidiano dos operários como uma absoluta tragédia.

No caso dos Anos Dourados, temos um estilo de vida baseado no acesso a bens de consumo, que se mostra sedutor, porém, não deixa de levantar contrapontos para uma análise mais aprofundada. O historiador norte-americano Robert Darnton (2004: 122) associa a um crescente consumo de "literatura anti-utópica: *1984, A revolução dos bichos, Admirável mundo novo* e variedades sombrias de ficção científica" uma incredulidade no *american way of life*, que começa a despontar com a chegada desses anos de ouro na ideologia da busca de felicidade baseada no consumo ilimitado. Parece explícito, para o historiador, este contexto dual. Paralelamente ao surgimento de novas tendências literárias, notadamente dentro do campo da ficção científica, os anos do pós-guerra veriam ainda a televisão despontar como fundamental mecanismo de propagação da ideologia capitalista. Como se costuma dizer, de maneira reducionista, porém, perspicaz: o teatro é a arte do ator; o cinema é a arte do diretor; a televisão é a arte do publicitário.

Nota-se a preocupação de Bradbury, já no início dos anos 1950, com a invasão dos televisores nos lares da classe média norte-americana, contribuindo com a transição do espaço de sociabilidade da mesa de jantar para a sala, ao redor do novo aparato de integração familiar. A influência deste novo meio de informação e entretenimento, justamente por convergir

*128*

estas duas naturezas de conteúdo, poderia apresentar-se tanto como uma sedutora atração e, pelo mesmo motivo, um competente instrumento para deturpar e falsear a realidade, eximindo de seus espectadores o senso crítico do qual carece a maioria dos personagens representados em seu livro. O escritor mostra-se crítico também ao fenômeno das mídias sensacionalistas, que dramatizam a realidade, por meio de passagens que expõem a banalização da violência apresentada como espetáculo de entretenimento. Uma tendência que, diga-se, ganhou impulso nas décadas seguintes: "[...] um desenho animado mostrava três palhaços brancos se esquartejando mutuamente ao som de enormes gargalhadas [...] carros a jato circulando ferozmente numa arena, colidindo e recuando e colidindo entre si novamente. Montag viu vários corpos voarem pelo ar" (Bradbury, 2003 [1953]: 122).

Este uso intenso da imagem expresso na narrativa mostra-se um artifício de controle do pensamento, pois ao entregar imagens prontas ao telespectador, é facilitada a absorção de conteúdos de maneira acrítica, ao contrário da leitura, que exige do leitor o exercício da imaginação e da interpretação. Não apenas a censura, mas a perda do hábito da leitura soa ainda mais aterradora. Em tempos de máquinas fotográficas portáteis e televisores espalhados pelos cômodos dos lares, em que a disseminação de informações na forma de imagens é notadamente intensificada, textos escritos acabam tendo seu espaço diminuído. Jornais e revistas, por exemplo, tiveram ao longo do século XX cada vez mais espaço dedicado a fotos, infográficos, ilustrações e, sobretudo, anúncios publicitários,[23] denunciando um paradigma de mídia orientado para vender cada vez mais e informar cada vez menos.

A narrativa também indica que, aparentemente, o estado de alienação levara a uma confusão temporal, pois com a queima dos registros históricos apagou-se da memória a origem das coisas em troca de explicações fornecidas pelas autoridades governamentais, sem a devida fundamentação histórica e material. Esta confusão também se agrava pela falta de referências para que as pessoas consigam diferenciar a realidade e a ficção. As televisões são telas enormes dispostas como paredes, que propiciam uma imersão total do telespectador na programação, oferecendo uma eficaz oportunidade de escapismo de uma realidade que dificilmente poderia ser tão excitante e, ao mesmo tempo, tão segura quanto a que é ali oferecida.

O grande sonho de consumo de Mildred, esposa do personagem principal, Guy Montag, é a aquisição de uma quarta tela de TV para que a programação a envolva por completo (Bradbury, 2003 [1953]: 42). Ela já possuía a tela frontal e duas laterais, mas às suas costas ainda havia um espaço de fuga da ilusão para a realidade, que deveria ser providencialmente vedado. Mais do que situá-los no tempo, a janela catódica[24] substituía as janelas comuns, responsáveis pela entrada de luz no interior das casas. O contato com o mundo exterior não está mais restrito ao alcance da visão para além das janelas, pois os televisores ignoram as distâncias físicas.

Posto isto, é uma questão relevante o papel que as imagens desempenham em falsear a realidade. Para Susan Sontag (1981: 147), "a realidade sempre foi interpretada através do registro fornecido pelas imagens". A autora atualiza a observação feita por Feuerbach, ainda em 1843, de que esta nossa era "prefere a imagem à coisa, a cópia ao original, a representação à realidade, a aparência ao ser" (Sontag, 1981: 147). A afirmação antecipa o que viria a ser o culto à imagem na modernidade em sua forma mais latente, além de um meio de preservar e proteger o indivíduo contra a lassidão e o marasmo de uma rotina repetitiva e enfadonha. Aí entra o recurso do sensacionalismo, provendo novidades constantemente para suprir a crescente demanda de uma audiência ávida por novos e mais intensos estímulos.

Sob rígido controle das autoridades, não apenas a leitura é uma ação ilegal, como também quem porta livros é considerado um criminoso em potencial. Desta forma, possuir um livro não caracteriza, por si só, um crime, mas levanta suspeitas suficientes para justificar uma intervenção agressiva dos bombeiros. O uso da força é amplamente utilizado no exercício do controle sobre a população e são muito poucos os que leem. A grande maioria da população é mantida em estado de docilidade pelo uso de medicamentos narcotizantes, que perpetuam a sensação de falsa felicidade, e pela massiva exposição à televisão, que garante o estado constante de alienação. Esse estado de alienação não se refere ao conceito clássico proposto por Karl Marx, mas aproxima-se do sentido sugerido por Cláudio Penteado em "Matrix e a sociedade alienada", em que um sujeito alienado é aquele que não compreende a complexidade de sua realidade, tendo dela apenas uma visão limitada (Penteado, 2007: 49). Paradoxalmente, esse estado de alienação é produzido numa época de ampla disseminação de conteúdos em diversos novos canais midiáticos, que justificarão num futuro próximo – aliados ao tráfego virtual de dados promovido pelo advento da internet – a designação de uma era da informação. Contudo, como todo movimento ou tendência gera uma reação e uma contratendência, a era da informação logo virá trazer consigo um simultâneo fenômeno crítico de desinformação ou de pós-verdade.

A sociedade de *Fahrenheit 451* está, então, amparada numa falsa estabilidade, fundamentada na censura e na alienação da população. Portanto, o ato de pensar poderia levar o indivíduo a ter ideias próprias e buscar interpretações para o seu contexto e os porquês que o atormentam. As drogas ansiolíticas são fundamentais para mantê-lo conformado e acrítico, ou politicamente anestesiado.

O Capitão Beatty, bombeiro experiente, hierarquicamente superior a Montag, e ávido por livros para queimar, chega a articular um modelo sofismático de pensamento para explicar por que o mundo sem livros é melhor, reafirmando a importância de sua função, como extintor de livros, para o meio. Para ele, quem lê pensa, e quem pensa tem preocupações, pois acaba ocupando seu tempo com problemas para resolver. E este tempo não deveria ser destinado a outros fins senão às experiências prazerosas providas pela sociedade de consumo. Uma infinidade de brinquedos, para crianças e adultos, deveria bastar para manter as pessoas perenemente felizes e despreocupadas das questões "muito sérias". Justificando as benesses de um sistema totalitário, Beatty prossegue sua argumentação enfatizando que, quando é dada uma opção de escolha, dá-se um problema. Decidir entre uma coisa e outra, em resumo, toma o tempo que deveria ser preenchido com felicidade: "Se não quiser um homem politicamente infeliz, não dê os dois lados de uma questão para resolver [...] Melhor ainda, não lhe dê nenhum. Deixe que ele se esqueça de que há uma coisa como a guerra. Se o governo é ineficiente, despótico e ávido por impostos, melhor que ele seja tudo isso do que as pessoas se preocupem com isso" (Bradbury, 2003 [1953]: 144).

A consequência é a proliferação destes cidadãos apáticos e desinteressados pelas questões políticas. As mulheres, por exemplo, votam nos candidatos a presidente que lhes parecem mais atraentes (Bradbury, 2003 [1953]: 126). Para que os pais não percam seu tempo ocupando-se da árdua tarefa de educar os filhos, as escolas ministram

HISTÓRIA e FICÇÃO CIENTÍFICA

nove dias consecutivos de aula para cada dia de folga, ficando a cargo do Estado a responsabilidade total pela formação moral, cívica e intelectual de seus futuros cidadãos. A representação literária nos coloca diante de uma sociedade em que "as pessoas não conversam sobre nada [...]. O que mais falam é de marcas de carros, ou roupas, ou piscinas [...]" (Bradbury, 2003 [1953]: 53). As obras de arte também não dizem mais nada, são todas abstratas, não por uma questão de linguagem estética, mas porque, de fato, não têm mais nada a comunicar. Ensino estatizado, configurado para doutrinação, aliado ao medo de um mundo sem criatividade e liberdade de expressão são essencialmente os mesmos receios que tanto Bradbury e Verne reconhecem como temíveis fatalidades civilizacionais, ainda que sejam autores separados por cerca de um século de história. O drama de Dufresnoy, em *Paris do século XX*, escrito 90 anos antes de *Fahrenheit 451*, lembremos, fora publicado mais de três décadas após os dilemas de Guy Montag chegarem às livrarias.

Sob a aura desta América macartista, o autor compõe um personagem que sintetiza este indivíduo alienado, despossuído de individualidade, que serve, sem questionar, aos seus governantes e à ideologia por eles operada. Guy Montag é bombeiro, como seu pai e seu avô antes dele. Para ele, a lei que rege o sistema está acima de tudo, no entanto, sendo ele próprio um produto de tempos controversos, mantém, secretamente, uma pequena e valiosa biblioteca escondida em sua casa. Sendo um defensor da lei e não podendo infringi-la, comprometera-se consigo mesmo a jamais ler os livros que colecionava. Desta forma, acreditava não estar quebrando nenhuma regra, afinal, os livros são queimados para que não sejam lidos e, se ele não os lê, não há nenhuma obstrução da lei. Contudo, de alguma forma, os livros que ele destrói também o deixam intrigado e é este abalo de suas convicções que estabelece o conflito fundamental, que ilustra a crítica de Bradbury.

Ao entorpecer os telespectadores/cidadãos, as propagandas da televisão realizam a aproximação entre os desejados objetos de consumo vistos na tela e a vida cotidiana, ampliando a distância de uma realidade notadamente distinta daquela mostrada na programação diária, em favor de uma realidade falsa, porém, acessível. As notícias que chegam dão conta de uma guerra mundial em curso. Contudo, não há com o que se preocupar, pois as autoridades estão no comando, tomando todas as providências

132

para que o estado de paz e felicidade ali experimentado não seja abalado. Uma leitura sob os dois prismas mostra que por trás da bonança destes anos dourados ficcionais paira a ameaça do conflito nuclear, mas este não recebe muita atenção da mídia, que prioriza a programação dedicada ao entretenimento. A narrativa destaca a ânsia da população por aparelhos de televisão maiores e mais modernos, como se diante do sonho e da realidade, a população optasse deliberadamente pela primeira. Cerca de três décadas depois do lançamento de *Fahrenheit 451*, o filósofo Jean Baudrillard, já nos anos 1980, reconhecera esta vocação norte-americana de falsear a realidade: "[A América] não é nem um sonho nem uma realidade, é uma hiper-realidade [...] porque é uma utopia que desde o começo foi vivida como realizada. Tudo aqui é real, pragmático, e tudo nos deixa sonhadores [...] a América é uma grande ficção" (Baudrillard, 1986: 26).

Em uma passagem do livro o bombeiro, queixando-se de uma forte dor de cabeça, pede a Mildred que abaixe o som da tevê para que ele possa repousar, após ingerir algumas aspirinas: "Você poderia desligar o som do salão de tevê? [...] Não pode desligar nem quando estou doente? [...] Ela saiu do quarto, não alterou nada no salão e voltou" (Bradbury, 2003 [1953]: 72). A necessidade de exposição ao conteúdo televisivo denota um comportamento doentio e um absoluto apego à ilusão fabricada.

Os Anos Dourados são uma espécie de *background* ideal para a sustentação dessa hiper-realidade. Até então a sociedade de consumo, também uma questão largamente explorada por Baudrillard, não tivera se apresentado de maneira tão latente como ali, pois a meta capitalista desdobrara-se na própria comercialização de emoções e estados de humor, como se o objeto de consumo fossem doses de dopamina e serotonina embaladas para presente. Mais do que adquirir um produto pela sua utilidade funcional, o investimento da compra é feito sob a expectativa do potencial sonho ou experiência idealizada que ele pode concretizar, bem como a potencial sensação que ele pode, consequentemente, proporcionar. Em meio ao acirramento de ideologias rivais, manter a dianteira do poderio industrial, sem perder de vista a supremacia militar, fez com que os investimentos no setor bélico fossem revertidos à população na forma de bens de consumo. Isso não era apenas uma consequência oportuna, mas uma necessidade de manutenção biopolítica de poder. Em regimes democráticos, a manutenção do *establishment* requer que o eleitor se mantenha alinhado aos

HISTÓRIA e FICÇÃO CIENTÍFICA

mesmos objetivos do Estado, para que os governantes assegurem o engajamento popular sob um discurso uníssono.

Para atender à demanda crescente por novidades, é imprescindível a dinamicidade no cotidiano. Os *outdoors* publicitários precisam ter 60 metros de altura, pois as pessoas passam por eles tão rapidamente com seus carros hipervelozes, que não conseguiriam ler os anúncios se não estivessem dispostos em tamanhos exagerados. Os que passam devagar são multados por baixa velocidade (Bradbury, 2003 [1953]: 29). O ritmo de vida acelerado é produto e produtor de um contexto em que a otimização do tempo não é apenas uma meta, mas uma condição. Mais uma vez os livros, e textos em geral – décadas antes do advento das redes sociais, de seus *nanoposts* e *tweets* de 140 a 280 caracteres –, surgem como empecilho contra a dinamicidade do tráfego de informações propiciado por outros meios de comunicação:

> Imagine o quadro. O homem do século XIX com seus cavalos, cachorros, carroças, câmera lenta. Depois, no século vinte, acelere sua câmera. Livros abreviados, condensações, resumos, tabloides [...] Clássicos reduzidos para se adaptarem a programas de rádio de quinze minutos, depois reduzidos novamente para uma coluna de livro de dois minutos de leitura... (Bradbury, 2003 [1953]: 79)

A convicção de Montag acerca de sua utilidade social é decisivamente abalada no dia em que, atendendo a uma denúncia, é encarregado de realizar a apreensão e queima de uma biblioteca particular composta por mil exemplares. A dona dos livros se recusa a deixar o local e se deixa queimar juntamente à sua coleção. Perturbado, o bombeiro passa a questionar o que poderia haver de tão importante naquelas páginas para que uma mulher, aparentemente "racional", preferisse a morte a uma vida num mundo em que a leitura era proibida:

> Não foi apenas porque a mulher morreu [...] pela primeira vez percebi que havia um homem por trás de cada um dos livros. Um homem teve de concebê-los. Um homem teve de gastar muito tempo para colocá-los no papel. E isso nunca havia me passado pela cabeça [...]. Às vezes pode levar uma vida inteira para um homem colocar seus pensamentos no papel, depois de observar o mundo e a vida, e aí eu chego e, em dois minutos, bum! Está tudo terminado. (Bradbury, 2003 [1953]: 76)

Guy Montag, com suas ideias conflitadas pela recente tomada de consciência, tenta convencer sua mulher, Mildred, sobre a possível importância dos livros. A seguinte passagem refere-se a um momento de inquietação, ou um princípio de elucidação, de Montag, e o questionamento aos paradoxos apontados:

> Por que diabos esses bombardeiros passam lá em cima a todo instante de nossas vidas! Por que ninguém quer falar sobre isso! Desde 1990, já fizemos e vencemos duas guerras atômicas! Será porque estamos nos divertindo tanto em casa que nos esquecemos do mundo? Será porque somos tão ricos e o resto do mundo tão pobre e não damos a mínima para sua pobreza? [...] Será verdade que o mundo trabalha duro enquanto nós brincamos? Será por isso que somos tão odiados? [...] Talvez os livros possam nos tirar um pouco destas trevas. (Bradbury, 2003 [1953]: 99-100)

À margem da sociedade, um grupo secreto de intelectuais mantém vivo o que podem do acervo literário que é consumido pelas chamas diariamente. Memorizam livros para não deixar pistas de suas reuniões e das ações "criminosas" que realizam. De Platão a Faulkner, após memorizados, os livros são queimados para que as provas do crime sejam apagadas. Cada membro é um guardião das obras que possui guardadas em si e utilizam-se amplamente de técnicas de memorização para dar conta da missão. São "vagabundos por fora, bibliotecas por dentro" (Bradbury, 2003 [1953]: 188), aguardando ansiosamente pelo dia, quando e se ele chegar, em que poderão revelar ao mundo os libertadores conhecimentos de seus preciosos livros.

★ ★ ★

Com *Fahrenheit 451*, fica latente a coexistência de ambiguidades contextuais de uma Guerra Fria paralela à prosperidade dos Anos Dourados. Na década seguinte, anos 1960, um terceiro aspecto vem se somar a essa multiplicidade de fatores que dotam o período de suas controvérsias e complexidades: os Anos Rebeldes. Não é de se estranhar que movimentos de reação se originassem da constatação das cada vez mais explícitas desigualdades

*HISTÓRIA e FICÇÃO CIENTÍFICA*

e irresponsabilidades perpetradas por governantes e aristocratas em geral, ocupados em conservar estruturas e mecanismos sociais sobre os quais se sustentam seus instrumentos de dominação. A reação adveio de um caldeirão de comportamentos disruptivos e subversivos, cujas faces ganham grande visibilidade nos anos 1960, em meio a uma turbulência juvenil de contestação, implosão de normas, etiquetas e padrões. A estética, que se percebe na arte, na música, no vestuário é propositalmente ruidosa, posto que precisava fundamentalmente desafiar signos e chamar a atenção. De um discurso pacífico *hippie* à intensidade *punk*, a base de uma estética pós-moderna foi se delineando pela ausência de padrões normativos rígidos, além da ascensão de novas correntes filosóficas, movimentos sociais e vertentes de contracultura que desafiavam os moldes tradicionais de sociedade consubstanciados na moral burguesa. Um período intimamente associado ao *rock 'n' roll*, ao pacifismo, aos movimentos pela igualdade racial e de gênero, à liberdade sexual e à psicodelia, habilitada por um amplo consumo de substâncias psicotrópicas, como o LSD, entre outras drogas, por vezes associadas a jornadas espirituais e esotéricas, que também denotam o crescente interesse e apropriação de filosofias e signos orientais pelos ocidentais, percebidos inclusive em músicas que mesclam o som peculiar da cítara indiana a guitarras distorcidas. À despeito da possibilidade destas substâncias, naturais ou sintéticas, terem ou não influenciado a produção artística do período, na música, na literatura ou nas artes visuais e performáticas, embarcaram junto às tendências de ciborguização, tornando-se elementos presentes em inúmeras narrativas de ficção. Ora agindo como agentes facilitadores a experiências virtuais, ora auxiliando a superação de limitações físicas humanas. A FC da segunda metade do século XX tende a agregar estes componentes contextuais, bastante influenciados pelas incertezas engendradas pela Guerra Fria, para inovar em suas proposições distópicas com a visceralidade dos conflitos de sua própria contemporaneidade, que é cada vez mais percebida como a própria materialização de um futuro sempre prestes a dar errado.

# PARTE III
# GENEALOGIA DO PROMETEU PÓS-MODERNO

# Mais humanos que os humanos e a Terceira Guerra Mundial

A aterradora perspectiva, proposta por Ray Bradbury, da materialização de um mundo que se deixa privar do libertador conhecimento que cientistas, poetas e pensadores revelam através de livros complementa a igualmente aterradora possibilidade que o uso indevido do conhecimento pode acarretar. Em parte, para a literatura de FC, as evidências deste mau uso são tão numerosas que é como se no decorrer dos últimos cem anos da nossa história os autores, que se dedicavam ao exercício imaginativo de antecipar tragédias, passassem a assumir a catástrofe como algo óbvio e naturalizado. Toda a conjuntura tecnológica e geopolítica inseriu elementos para que a crença no fim dos tempos se arraigasse a uma contemporaneidade que, talvez, nunca tenha se desvencilhado completamente de uma secular vocação escatológica. A imagem em movimento do cinema facilitou ainda mais a acepção de um novo repertório imagético, em que efeitos visuais cada vez mais realistas diminuíram as fronteiras entre possibilidades que estavam restritas à ficção e o que poderia, de fato, ser concretizado no mundo objetivo. Os novos recursos computacionais e

HISTÓRIA e FICÇÃO CIENTÍFICA

eletrônicos foram gradualmente reforçando esta impressão de que tudo aquilo que a imaginação pudesse conceber a tecnologia finalmente poderia, para o bem e para o mal, entregar.

No âmbito do chamado cinema-catástrofe, uma tendência que tem como temática central de suas narrativas a destruição da humanidade e do mundo, diversos títulos permitem-nos inferir a permanência e a atualização de uma concepção de tempo escatológico, historicamente atribuída às sociedades que compuseram o ocidente medieval e que admitiam o tempo como uma duração linear e finita. Este rentável segmento do mercado de entretenimento valeu-se inúmeras vezes de obras literárias como inspiração para roteiros de filmes, apresentando variadas formas de representação do fim do mundo. Seu consumo denuncia o interesse de uma parcela expressiva da sociedade pelas ficções de apelos trágicos e sensacionalistas, não importando a forma como se relacionam com elas. O público pode identificar-se com sua plausibilidade ou, simplesmente, expiar através destas obras suas inseguranças. O componente científico destes enredos ocupa um papel sempre importante, já que a tensão do espectador só encontra alívio quando os personagens conseguem, com inteligência e conhecimento técnico, triunfar sobre a tragédia que era dada como certa. Contudo, este nível de aceitação, refletindo sua popularidade e funcionando como um indicador de gostos e preferências do público, não implica afirmar que o espectador, de fato, acreditasse que as tramas contivessem algum teor de materialidade, cabendo ao historiador ater-se à historicidade das obras, e não apenas percorrer exclusivamente as relações dialéticas entre a fantasia da ficção e a realidade.

A esta cadeia de eventos políticos que definiram a história mundial da segunda metade do século XX atribui-se uma impactante consequência: nunca antes na história o poder de destruição do mundo estivera ao alcance das mãos humanas como então na era atômica. Noam Chomsky, ao contabilizar 19 incidentes políticos envolvendo os Estados Unidos, entre 1946 e 1973, em que o uso da força nuclear fora avaliado como opção, afirmou que não eram infundadas as preocupações de inúmeras manifestações antibélicas, que se embasavam na premissa de "estarmos vivendo os momentos finais da civilização, e até possivelmente a extinção da existência humana [...] é um milagre que a catástrofe ainda não tenha ocorrido" (Chomsky, 1985: 188-189).

*140*

As influências acarretadas pela corrida armamentista estenderam-se do âmbito político ao campo econômico, ditando os planos de governo adotados não apenas pelas duas superpotências rivais, mas também cascateadas pelas demais nações a elas ideologicamente complacentes ou subjugadas em todos os continentes. Estenderam-se também ao campo cultural, podendo ser notadas em praticamente todas as formas de expressão artística que intencionavam representar o período, traduzindo aspectos de um imaginário marcado pelo desenvolvimento da indústria bélica, pelo macartismo, pela espionagem e pelas respectivas tecnologias empregadas nestes esforços. O aumento exponencial do arsenal nuclear dos Estados Unidos somado ao da União Soviética seria suficientemente capaz de destruir o equivalente a diversos planetas Terra, tornando o fim do mundo uma possibilidade desvinculada dos desígnios divinos. Em 1982, Ronald Reagan, então presidente dos Estados Unidos, anunciara seus planos para a realização do mais ambicioso e controverso projeto de defesa proposto até então. Contrariando uma postura aparentemente intencional de abrir um ambiente de negociações pacíficas em prol da redução dos arsenais nucleares, ele apresenta ao mundo o SDI – Strategic Defense Initiative –, um sistema inteligente de aplicação da tecnologia espacial interligada a uma rede de satélites dedicados à detecção e defesa de ataques nucleares. Por deslocar o campo de batalha da superfície terrestre para o espaço, o projeto logo foi apelidado de *Star Wars*, em referência aos filmes da saga *Guerra nas estrelas*. Mesmo com a União Soviética dando mostras de seu enfraquecimento econômico, o orçamento militar dos Estados Unidos vinha se projetando no patamar de um trilhão de dólares para o período de 1981-1985, o que elevaria o arsenal de peças nucleares das duas potências a um total aproximado de 24 mil itens, em sua maioria de posse norte-americana (Thompson et al., 1985: 22-33). Diante desses números, E. P. Thompson entende que não apenas nações isoladas, mas também o mundo por inteiro tornaram-se vítimas em potencial de uma Terceira Guerra Mundial que não levaria mais do que 20 anos para eclodir (Thompson et al., 1985: 55).

Não se trata aqui de um estudo específico sobre a Guerra Fria, tampouco sobre a presidência de Reagan ou a queda do regime soviético. No entanto, estes são fatos que desencadeiam consequências de ordem política, econômica e cultural absolutamente determinantes para a FC.

Estes autores, sem quaisquer compromissos acadêmicos, tampouco proféticos, podiam expressar-se por meio de sua sensível linguagem criativa em resposta à constante iminência deste derradeiro conflito, que pairava sob a ideologia do que Thompson chamou de "exterminismo", cujo conceito:

> [...] designa aquelas características de uma sociedade – expressa em diferentes graus, em sua economia, em sua política e em sua ideologia – que a impelem em uma direção cujo resultado deve ser o extermínio das multidões. O resultado será o extermínio, mas isso não ocorrerá acidentalmente (mesmo que o disparo final seja acidental), mas como a consequência direta de atos anteriores da política, da acumulação e do aperfeiçoamento dos meios de extermínio, e da estruturação de sociedades inteiras de modo a estarem dirigidas para esse fim. Evidentemente. (Thompson et al., 1985: 43)

Quando falamos de uma hecatombe, resultante do irresponsável uso da tecnologia, algumas das principais metáforas ficcionais relacionam o fim da humanidade à perda daquilo que as define em sua condição humana. Se a industrialização trouxe o risco da maquinização do homem, a personificação da máquina parece constituir um pesadelo ainda mais trágico do que seres humanos dotados de superarmas e más intenções. E, de fato, paralelamente à multiplicação das possibilidades de destruição do mundo, a relação entre homens e máquinas permeou com grande ênfase estas narrativas. Em um manuscrito de 1972, apresentado aos participantes de uma convenção sobre ficção científica na British Columbia University, em Vancouver, um receoso Philip K. Dick explica sua ideia de que a diferença entre humanos e androides não está em sua origem orgânica ou maquínica, mas na natureza de suas ações para com seus semelhantes, que podem ser rígidas ou empáticas. Para ele, um androide pode comportar-se humanamente, tanto quanto o humano pode comportar-se como uma máquina (Dick, 2006: 13). Por isso, seus personagens tendem a se confundir entre os dois papéis. Via com receio o desejo do homem em criar máquinas que imitassem suas formas e comportamentos, sustentando que através do aprimoramento técnico a humanidade vinha arquitetando minuciosamente o seu próprio fim. E o pior do fim, para o escritor, não é a morte, da qual não se pode escapar, mas justamente a perda pelo indivíduo daquilo que faz dele um ser humano, em troca de uma existência cada vez mais robotizada. Dizia ele que: "Existem no Universo coisas frias e desumanas a que dei o nome de máquinas" (Dick, 2006: 77).

Sob a aura da premente autoaniquilação, reascende-se o tema da reprodutibilidade técnica. Há que se dizer que o conceito de reprodutibilidade almejado na pós-modernidade é menos detido a uma busca de excelência técnica. O lócus da experiência humana deixa de ser a fábrica, que vinha cristalizando facetas das utopias modernas sob as quais a glorificação do trabalho poderia facilmente ser confundida com a legitimação da exploração do trabalhador. O sujeito da pós-modernidade superou a frágil crença burguesa no conceito de trabalho, que recompensa os sacrifícios do esforço físico com a libertação e a dignificação de sua existência. É desiludido em relação às utopias de seus predecessores, e concebe uma realidade mais dura e difícil de ser romantizada. Daí as distopias ganharem tanto espaço em suas associações com a realidade. Desacreditado das promessas iluministas, projeta futuros em que a vida só é possível quando artificializada. Sujeitos ciborguizados, inteligências artificiais, realidades virtuais, metaversos e a gamificação das relações entre pessoas e instituições são os recursos desenvolvidos para ludibriar os sentidos, ressignificar as ideias, ajustar e amparar novas possibilidades de existência. Admitindo que os dois conceitos de reprodutibilidade, o fabril e o digital, são consubstanciados pelos mesmos compromissos capitalistas com o progresso, talvez seja mais fácil não fazer propriamente uma diferenciação, mas sim, entender ambas as formas como uma permanência no tempo, apenas modificada em resposta às imposições que são peculiares às respectivas mudanças contextuais.

A orientação temática possivelmente mais relevante que essa conjuntura contextual habilitou foi a passagem de um arquétipo de maquinização, no qual o humano é submetido aos superiores parâmetros de excelência e performance das máquinas, para um retorno à humanização, em que máquinas alcançam a fronteira limiar da autoconsciência, do livre-arbítrio e da capacidade de sentir e amar. Desta concepção de vida maquínica, que devolve ao humano uma noção de insignificância e descartabilidade, um tipo de apocalipse *high-tech* vem se somar aos saturados roteiros de invasões alienígenas, guerras nucleares e catástrofes naturais.

HISTÓRIA e FICÇÃO CIENTÍFICA

Especulando sobre as possibilidades de construção de relacionamento e laços afetivos entre pessoas e robôs, o escritor inglês Brian Aldiss, em 1963, publica o conto "Supertoys Last All Summer Long" (Superbrinquedos duram o verão todo) que, quase 40 anos depois, chegou ao grande público com o blockbuster *A.I. – Inteligência Artificial* (2001), do diretor Steven Spielberg, corroteirizado com Stanley Kubrick. O roteiro apresenta androides na condição de caçadores de sucata, que se encarregam – num futuro marcado pelo derretimento das calotas polares, acarretando o aumento dos níveis dos oceanos e, consequentemente, o encobrimento de diversas cidades costeiras ao redor do globo – do recolhimento de modelos ultrapassados de robôs para destruí-los em espetáculos, com ingressos pagos, sediados em arenas de entretenimento construídas exclusivamente para este fim. O nome do show é *The Flesh Fair – Celebration of Life*, em celebração da vida orgânica. Seu público é constituído por espectadores humanos, conservadores e saudosos do que seriam os velhos tempos, quando não se sentiam ameaçados por suas tecnologias. Acuados, estes modelos de robôs ultrapassados "vivem" escondidos em florestas e depósitos de lixo, tentando encontrar peças para autorreparos em seus corpos sintéticos danificados. O sadismo e a sofisticação dos métodos que os humanos utilizam para destruir as máquinas, como se fossem condenados executados publicamente, tornam flagrante a sua dificuldade em aceitar o convívio social com as máquinas. A violência do evento funciona como um recurso de intimidação. O intuito é o de mostrar aos *mecas*[25] quem está no comando, além de exaltar a suposta superioridade humana. Funciona como um ritual catártico de autoafirmação disfarçado de atividade de lazer. Gigolô Joe, um robô produzido com a finalidade de seduzir e satisfazer mulheres solitárias, compreende que, assim como ele, cada meca fora projetado para desempenhar uma determinada função, atendendo a uma necessidade específica dos humanos. Após conseguir escapar da arena antes que fosse eliminado, parece entender o que está, de fato, por trás da perseguição: "[os humanos] nos fizeram espertos demais, ágeis demais e em número excessivo. Nós sofremos pelos erros deles, porque, quando o fim chegar, tudo o que restará somos nós. Por isso eles nos odeiam" (A.I., 2001).

É fundamental que as máquinas manifestem inteligência conforme lógicas de raciocínio compatíveis aos humanos, tornando-os mais

*144*

previsíveis e controláveis. E falando em controle, saber identificar e se-parar humanos de máquinas inteligentes se torna imperativo. A função do teste Voight-Kampff, que vemos em ação em *Blade Runner* (1982), é substituída em *Neuromancer* (1984) pela *Polícia Turing* – uma homena-gem a Alan Turing, criador da informática moderna no final dos anos 1940 –, cuja função é fiscalizar e controlar o nível de desenvolvimento das IA (Inteligências Artificiais), para que não adquiram autonomia pe-rante os humanos. Para a ficção de William Gibson, a perda de controle sobre inteligências artificiais era um risco premente. Em sua trilogia do *Sprawl*, da qual *Neuromancer* é o romance de abertura, o autor detalha alguns dos mecanismos de controle adotados por autoridades humanas para se precaverem de uma possibilidade que parece estar sempre muito próxima de se realizar:

> Essas coisas [inteligências artificiais] podem trabalhar pesado e ain-da arranjam tempo para escrever livros de receitas ou o que quer que seja, mas no minuto, digo, no nanossegundo em que come-çam a imaginar processos de se tornarem mais espertas, a Turing as apaga. Ninguém confia nesses sacanas, você sabe. Cada IA que é construída vem equipada com uma espingarda eletromagnética apontada para sua própria testa. (Gibson, 2003 [1984]: 153-154)

O processo histórico de implementação do sistema produtivo que veio desde um conjunto de eventos, engendrados pelo período da Revolução Industrial, afirmando o desenvolvimento e a aplicação prática das tecnociências como condição primordial do progresso, bem como afirmando o caráter essencialmente tecnocrático das sociedades em desenvolvimento, tem robôs, ciborgues e androides não apenas como representações triunfantes da máquina, mas também do homem maquinizado – aquele que é produto da era de sua reprodutibilidade técnica – e que, quando autoconscientes de suas potencialidades e von-tades, acrescidas de um instinto de autopreservação, tornam-se uma ameaça criticamente disruptiva às estruturas convencionais, sejam elas determinadas pela natureza, pela sociedade ou por Deus. Na genea-logia do sujeito pós-moderno, a descartabilidade está associada a um fenômeno de eugenia *high-tech*, que pode ser definida pelo acesso à tecnologia e aos recursos de que o indivíduo dispõe para manipular

HISTÓRIA e FICÇÃO CIENTÍFICA

sua própria durabilidade e sua relevância social, com a incorporação de biotecnologias. No caso de *Blade Runner*, convém que a durabilidade do replicante seja propositalmente reduzida, pois convém artificializar para mercantilizar a vida.

A facilidade com que o mercado pode substituir trabalhadores artificiais por modelos mais qualificados, conforme demanda, exige velocidade de adaptação. Um indivíduo *blade runner* ou uma unidade replicante possui importância relativa dentro de uma sociedade que pode produzir e capacitar novos modelos para o cumprimento das mesmas funções a eles designadas. É por contestar o funcionamento deste esquema organizacional que o replicante Roy penetra o coração do sistema produtivo que o originou e que lhe deu significância, pois "como todos os trabalhadores diante da ameaça de uma vida de trabalho encurtada, os replicantes não aceitam felizes as restrições de seu curto tempo de vida" (Harvey, 1998: 278). A caminho da residência de Tyrell – uma espécie de versão atualizada do cientista Rossum, da já citada obra de Capek –, Roy aprende em poucos minutos as regras do jogo de xadrez, igualando suas habilidades às que um enxadrista experiente levaria anos para dominar. Competentemente, ele guia os movimentos de J. F. Sebastian, funcionário de Tyrell, para que ele derrote o cientista em poucas e certeiras jogadas, garantindo seu acesso aos aposentos de seu criador, que fica surpreso com o desempenho de seu subalterno. Ao questionar o cerne de sua condição social, Roy coloca-se na posição de um inimigo público. Não é alguém que se pode apenas matar impunemente, mas alguém que se deve matar prioritariamente. Ademais:

> O confronto de um ser humano e de um artefato inteligente (Kasparov contra Deep Blue) é altamente simbólico, não somente pelo prestígio do jogo de xadrez, mas porque resume o dilema do homem face às máquinas contemporâneas que utiliza: informatizadas, virtuais, cibernéticas, em rede, etc. [...] trata-se no fundo de uma partida, de uma competição, de um desafio, de um confronto em que qualquer um pode fracassar e perder a dignidade. (Baudrillard, 1999: 133)

Em 1996, o enxadrista Garry Kasparov enfrentou o *Deep Blue*, um computador desenvolvido pela IBM. Com capacidade para processar

200 milhões de posições por segundo, o computador perdeu três partidas, empatou duas, mas conseguiu uma vitória na sexta tentativa. Após a derrota, o campeão mundial declarou: *"sou o último humano campeão de xadrez"*. E perder para a máquina, um artefato concebido pela inteligência humana, pode ser interpretado como a etapa final do processo de dessacralização do mundo: a superação do criador por sua criatura. O fim da história de uma subjetividade humana, e o início da história de uma nova subjetividade tecnológica, na qual a ciência performa a transcendência das limitações biológicas impostas pela natureza.

IMAGEM 18

*O turco*, um autômato jogador de xadrez, construído em 1770 por Wolfgang von Kempelen (1734-1804). Até ser destruído em um incêndio, em 1854, originou diversas teorias a respeito da suposta inteligência artificial que comandava seus movimentos em confrontos com jogadores humanos.

Ante a iminência do risco de obsolescência humana frente às máquinas, a ficção de Gibson também fornece outras alternativas. Cercear o potencial de desenvolvimento das inteligências artificiais jamais deixa de ser uma prioridade, porém, oferecer contrapartidas para que humanos também possam expandir suas capacidades exponencialmente é mais do que um subterfúgio defensivo, um mercado lucrativo. Pequenos *hardwares*, denominados *microsofts*, podem ser implantados atrás das orelhas de humanos, possibilitando que conhecimentos e habilidades que o sujeito não possui sejam carregados diretamente em seus cérebros. Outra aplicação da mesma tecnologia é a possibilidade de realizar o *backup* de sua memória, organizando as informações registradas e tornando-as mais acessíveis, conforme as necessidades que se apresentam.

Muitas foram as produções cinematográficas que exploraram, com êxito, a ideia de que máquinas poderiam se rebelar contra humanos. Outras obras que se destacam na representação deste espectro de conflitos são: *2001 – uma odisseia no espaço* (1968), em que HAL-9000, um computador responsável pela segurança de um grupo de astronautas em uma missão espacial, volta-se contra a tripulação, que ameaça desativá-lo; ou a saga *O exterminador do futuro*, que se iniciou em 1984 e gerou uma sequência de filmes e *spin-offs* nos anos seguintes, agregando referências ao apocalipse bíblico para representar um futuro devastado por sucessivos ataques empreendidos por uma rebelião de máquinas, que assumem um instinto de autopreservação; em *Blade Runner*, Dr. Eldon Tyrell, criador dos replicantes, tem claros os fins capitalistas de sua empresa, a Tyrell Corporation: *"Nossa meta é o comércio"*. E no mesmo diálogo com o caçador de androides, Deckard, o cientista explica suas motivações mercadológicas, justificando o sentido econômico e, consequentemente, social de seus produtos, como ferramentas condicionais à manutenção de uma civilização colapsada: *"Nosso lema é: mais humanos que os humanos"* (*Blade Runner*, 1982).

### IMAGEM 19

*A criação de Adão* (1508-1510) é parte central do conjunto de afrescos, realizado por Michelangelo, para compor o teto da Capela Sistina (Roma). Representa o instante em que Deus cria o primeiro homem à sua imagem e semelhança.

# Ficção pós-moderna e o efeito Hollywood

Em *Blade Runner: o caçador de androides* (1982), o que o historiador Eric Hobsbawm chamou de "breve século XX" teria findado com uma terceira e definitiva guerra mundial, após inúmeras tentativas de mútua destruição empreendidas por um punhado de nações beligerantes, encabeçadas pelas duas superpotências: Estados Unidos e União Soviética.

Em uma Los Angeles futurista, no ano de 2019, em meio ao que sobrou de um conflito nuclear, os sobreviventes passam a contar com o apoio de novas potências emergentes, latinas e orientais, para sua reconstrução. A Terra tornara-se um ambiente hostil à sobrevivência. A suspensão de partículas provocada pelas explosões atômicas encobrira a atmosfera com uma espessa camada de poeira radioativa, dificultando a entrada dos raios solares na superfície e acarretando uma severa escassez de recursos naturais. Embora o custo humano tenha sido alto, as poucas áreas minimamente habitáveis encontram-se superpopuladas, apinhadas de sobreviventes em fuga dos efeitos da radiação.

A solução encontrada para perpetuar a espécie humana foi a colonização do espaço, mas para a árdua tarefa de construção de colônias interplanetárias, a produção de indivíduos mais adaptados às condições adversas, como as encontradas nestes outros planetas, demandou esforços emergenciais. A corrida espacial, que outrora configurara um dos palcos de uma disputa ideológica, tornara-se uma corrida contra o tempo pela salvação da humanidade. O genioso cientista Dr. Eldon Tyrell, aperfeiçoando as técnicas de clonagem de tecidos vivos, aliada à inteligência artificial, toma a dianteira deste lucrativo mercado, concebendo os chamados replicantes: simulacros de seres humanos, mais fortes, rápidos, resistentes e inteligentes do que os próprios humanos.[26] Por sua notável superioridade, os replicantes tornam-se uma ameaça à supremacia humana, exigindo a adoção de uma medida preventiva de controle: o estabelecimento de um prazo de vida propositalmente reduzido a apenas quatro anos.

Quando alguns desses replicantes se rebelam e fogem para a Terra em busca de explicações para a sua condição de existência, e para pleitear uma prorrogação de seus curtos prazos de expiração, o policial Rick Deckard, um caçador de androides, é destacado para eliminar a presença indesejável desses rebeldes desajustados.

Pouco tempo após o lançamento de *Blade Runner* nos cinemas, chega às livrarias uma obra fundamental à introdução e consolidação desta ramificação da FC, classificada como *cyberpunk*, que alavancou uma série de conceitos científicos – genéticos e computacionais –, que já vinham sendo explorados pelo menos desde os anos 1960, mas que se consolidam no imaginário digital e pós-Guerra Fria das gerações que seguiram a partir dos anos 1980 perpetuando essas preocupações: *Neuromancer* (1984), de William Gibson. Nesse livro, a devastadora guerra, da qual os personagens são remanescentes, deu-se sobretudo no campo de batalha cibernético, em que a supremacia bélica exigiu os melhores hackers, também apelidados de *cowboys* do ciberespaço, e os mais sofisticados programas de invasão de sistemas (vírus). Assim como na projeção de Dick e Scott, o pós-Terceira Guerra de Gibson também inaugura uma nova geopolítica, porém informacional, na qual, para neutralizar o inimigo, é necessário infectar e desestabilizar os bancos de dados de grandes corporações em ações mais estratégicas, cirúrgicas e contundentes do que o massivo esforço que as práticas militares do passado empregavam para invadir territórios, desestabilizar exércitos e suplantar governos. Neste imaginário de Gibson, de meados dos anos 1980, as configurações clássicas de guerra, mais definidas pela corrida armamentista e pelo exibicionismo de poder do que pelo confronto em si, são descritas como "um enorme desperdício de carne jovem patriótica para testar uma nova tecnologia qualquer" (Gibson, 2003 [1984]: 48), e os russos e asiáticos adentram a distopia ainda figurando com inquestionável protagonismo.

A similaridade temática e estética entre *Blade Runner* e *Neuromancer* é tamanha, que Gibson, após assistir ao filme, viu-se obrigado a reescrever diversas vezes boa parte de sua obra, para evitar que a originalidade de sua proposta fosse ofuscada, ou que o público a enxergasse como mera cópia. E seu esforço extra foi recompensado, uma vez que seu livro foi o primeiro título de FC a receber as três principais premiações do gênero: Nebula, Hugo e Philip K. Dick. O fato de *Do Androids Dream of Electric Sheep?* (*Sonham os androides com carneiros elétricos?*) (1968), *Blade Runner* (1982) e *Neuromancer* (1984) – assim como fizemos com *Paris do século XX* (1863) e *A máquina do tempo* (1895), na primeira parte deste livro – serem aqui analisadas de forma combinada, quase como se fossem obras complementares, facilita a extração das influências contextuais e dados históricos sobre o ideário que as engendrou. Ou seja, de um ponto de vista metodológico, a recorrência de certos elementos nas diferentes obras se torna uma forma de validação do caráter documental destas ficções acerca de determinados fatos e dados, que não passam despercebidos a uma dedicada análise historiográfica.

Sobre texto e contexto, é válido salientar que, nascido nos Estados Unidos em 1928, Philip K. Dick passou sua infância nos anos da Grande Depressão, tendo uma criação significativamente moldada pelas restrições econômicas impostas pela crise, que marcaram seus primeiros anos de vida e com as quais seus pais tiveram que lidar para educá-lo. Chegou à adolescência à época da Segunda Guerra Mundial. Toda sua produção como escritor profissional é posterior à vitória dos Aliados e desenvolveu-se durante os tempos da acirrada polarização ideológica global, que ele não viu terminar, vindo a falecer em 1982, poucos meses antes de ver o filme *Blade Runner* finalizado.

Muitos são os títulos que ilustram estas influências sobre a geração do pós-Segunda Guerra. Apenas para citar alguns exemplos de produções de Dick, da década de 1960, além de *Sonham os androides com carneiros elétricos?* mencionam-se: *O homem do castelo alto* (1962), que narra um futuro em que alemães e japoneses teriam vencido os Aliados na Segunda Guerra Mundial e dominado os Estados Unidos; *Dr. Bloodmoney* (1965), cujo título original, *How We Got Along after the Bomb*, fora propositalmente substituído, por exigência

HISTÓRIA e FICÇÃO CIENTÍFICA

de sua editora, para se aproximar ao filme de Stanley Kubrick, *Dr. Strangelove or: How I Learn to Stop Worrying and Love the Bomb* (1964), em voga na época; *Now Wait for the Last Year* (1966), que narra a luta contra uma ameaça de alienígenas nazistas com pretensões de conquistar a Terra; *The Zap Gun* (1967), em que os líderes do Ocidente e do Oriente teriam percebido que não precisavam de poder bélico para subjugar a humanidade, bastando aterrorizá-la com a ideia desta possível destruição por meio de filmes de propaganda patrocinados por departamentos de governo com esta finalidade.

Mesmo se utilizando de elementos convencionais aos romances de antecipação, suas obras ocasionaram discussões para além das simples extrapolações tecnológicas, com as quais tantos autores vinham se ocupando, fazendo com que suas narrativas contribuíssem para demarcar a transição entre dois macromomentos da ficção científica: da modernidade à pós-modernidade. Esta singular e não intencional novidade temática fez de *Blade Runner*, por anos, um filme incompreendido pela maioria de seus espectadores. Quando Gibson surge no cenário literário, encontra-se num território narrativo, por um lado, ainda bastante complexo, por outro, razoavelmente facilitado por obras que já vinham preparando o leitor para um novo espectro de especulações. Contudo, a introdução do conceito de uma *matrix* informacional foi um passo decisivo para situar a FC em um patamar de problematizações mais atualizado ao que o século XXI viria experimentar em termos de experiências digitais e desdobramento de identidades e personalidades em avatares e *feeds* de redes sociais.

A popularização de *blockbusters* de FC contribuiu para ampliação do interesse pelos tipos de problemas sobre os quais Dick e Gibson escreveram, tornando o complexo universo imaginário do ciberespaço e da ciborguização aos poucos mais acessível ao grande público. No caso de Dick, as versões em linguagem cinematográfica de suas obras também foram responsáveis por alavancar um consistente sucesso póstumo. A primeira adaptação de suas obras para o cinema veio com *Blade Runner*, seguido por *Total Recall* (1990), baseado em *We Can Remember It for You Wholesale*, e os seguintes filmes baseados em obras homônimas: *Impostor* (2001), *Minority Report* (2002), *Paycheck* (2003), *A Scanner Darkly* (2006), entre outros. Os livros de Gibson, que já tivera um de seus contos adaptado para o cinema – *Johnny Mnemonic, o cyborg do futuro* (1995) –, também foram impactados pela popularização cinematográfica da FC. Muitos vieram a conhecer o seu trabalho após o lançamento da saga

154

*Matrix* (1999, 2003, 2021), assinada pelas irmãs Wachowski, e amplamente inspirada em diversos conceitos e personagens de *Neuromancer*.

A essa altura o cinema norte-americano já carregava o estigma de um carimbo apelidado de "hollywoodiano", sob o qual os compromissos estéticos dividem explicitamente o espaço com os compromissos de mercado. Notadamente no decorrer dos anos 1970, esse cinema hollywoodiano transcende um aspecto essencialmente artístico, e passa a abranger uma cadeia mercadológica mais complexa, que engloba cinema, televisão, vídeo, jogos, brinquedos, parques temáticos, jogos eletrônicos, livros, revistas, músicas, vestuário e tudo aquilo que se possa pensar em termos de experiências de consumo. O conjunto destas implicações resulta em fórmulas narrativas predefinidas, acrescidas da utilização massiva de efeitos audiovisuais; até mesmo os trailers de divulgação são cuidadosamente pensados para capturar em segundos o interesse do consumidor/espectador. Este movimento, também conhecido como Nova Hollywood, consolida o conceito de *blockbusters* em cima de uma massiva clientela jovem e apolítica, de uma "geração pós-contracultura" (Mascarello, 2012: 346), a quem a linguagem dos filmes é muito mais acessível e inteligível do que a linguagem literária, sobretudo quando suas histórias podem ser, paralelamente, consumidas em roupas, brinquedos, jogos etc. É nessa época que o filme *Guerra nas estrelas* (1977) se transforma em uma franquia, e tem a renda amplamente alavancada pelo *merchandising*; o roteiro de *Jurassic Park* (1993) chega a situar uma de suas cenas na loja de suvenires do parque, apresentando os mesmos produtos que os fãs do filme encontram nas lojas ao saírem da sala de cinema, podendo estender a experiência sensorial para muito além daquilo que a tela propicia. Até mesmo os pôsteres de divulgação dos filmes se tornam itens decorativos e colecionáveis, bastante desejados por geeks, nerds e todas as gerações nutridas pela ascensão da cultura pop.

Transitando entre arte e entretenimento, a análise crítica do cinema, desde então, precisa partir de um entendimento preliminar da sua relação e seus compromissos com a indústria e/ou com a estética, e até que ponto uma coisa é preponderante a outra. Daí decorre a reconfiguração mercadológica do *blockbuster*, com influências decisivas sobre a produção cinematográfica de diversos países. O Brasil, por exemplo – e assim como praticamente qualquer outro país –, torna-se refém desta lógica diante da massiva penetração das produções norte-americanas que agora coadunam interesses de estúdios, indústria midiática e entretenimento conforme imperativos comerciais. Isso faz com que o melhor filme, o mais interessante ou culturalmente relevante possa ser preterido em favor daquele que trará a maior rentabilidade, acarretando:

> a debilitação narrativa dos filmes, privilegiando o espetáculo e a ação em detrimento do personagem e a dramaturgia; a patente juvenilização/infantilização das audiências; e o lançamento por saturação dos *blockbusters*, reduzindo os espaços de exibição para o cinema brasileiro e o cinema de arte internacional. (Mascarello, 2012: 335-336)

Sem contar com o mesmo acesso a investimentos de que desfrutavam os estúdios norte-americanos, o mundo se abre a uma invasão de cultura pop ianque, carregada de ideologias baseadas em consumismo e ufanismos. Assim, estudar a história do cinema hollywoodiano não significa estudar estritamente filmes, mas entender toda a conjuntura política, econômica e cultural que leva à sua realização. Sendo, portanto, o mercado cinematográfico um território de difícil dissociação entre arte e negócio, entende-se a escolha do tema como um aspecto fundamental para os estúdios. Pensando na sustentabilidade do negócio, o imediatismo exige o cuidado de uma estratégia de longo prazo. Assim, as produções, mesmo visando prioritariamente à garantia de rentabilidade, por seu apelo comercial junto ao público, não podem perder de vista a qualidade técnica e a artística, promotoras de algum nível de respeitabilidade pela crítica especializada, atestando a reputação do estúdio e sobretudo, do diretor, atores e equipe que assinam a obra.

Ajustando-se a esse momento de pós-efervescência contracultural, Ridley Scott, em 1982, viu-se intimado por seus contratantes a simplificar o roteiro,[27] tornando-o mais "autoexplicativo" a um público que se mostrava despreparado para absorver a proposta pouco usual de sua Los Angeles pós-apocalíptica. Isso fez com que algumas cenas fossem cortadas ou inseridas, além da inclusão de uma narração em *voice-over* do personagem principal, para conduzir melhor o espectador ao longo da trama. Em 1992, com maior liberdade para moldar o filme à sua maneira, o diretor pôde produzir uma nova versão, *Blade Runner – Director's Cut*, rendendo lucros e projeção significativamente maiores neste retorno às telas de cinema. Um artigo publicado pelo jornal *Washington Post*, por ocasião deste relançamento, com as primeiras alterações sugeridas por Scott, destacou à época as boas perspectivas por um melhor êxito desta reedição baseando-se num melhor preparo do público em receber as ideias do enredo e a concepção visual *tech-noir* do filme que, então, já não era mais tão vanguardista quanto em 1982. Outro fator lembrado pelo artigo, ao qual se atribui a modesta bilheteria do filme, foi o seu lançamento juntamente ao *E.T. – O extraterrestre*, de Steven Spielberg, também uma ficção científica, e grande recordista de público daquela temporada (Howe, 1992). Não satisfeito, Scott ainda reeditou uma terceira versão da obra, em 2007, *Blade Runner – Final Cut*, que prometia ser definitiva.[28]

O que para a época era um investimento considerado alto, só retornou em longo prazo, com os lucros do *merchandising* e o relançamento de novas versões reeditadas. O grande orçamento despendido na execução de *Blade Runner*, por exemplo, bem como a escolha minuciosa do diretor e do elenco, demonstra que o empreendimento era uma grande aposta de Hollywood. Almejava-se que a produção seguisse o sucesso de *Guerra nas estrelas*, que já trazia Harrison Ford dentre seus principais personagens. A essa altura, Ford já somava em seu currículo o também recente sucesso *Indiana Jones e os caçadores da arca perdida* (1981). Ridley Scott vinha de sua primeira e bem-sucedida experiência com FC, *Alien – o oitavo passageiro* (1979). A conquista de um prêmio Oscar por efeitos visuais e outra indicação para a equipe de direção de arte do mesmo filme converteram-se em destaque para o diretor, provando sua competência em lidar com o gênero e credenciando-o a assumir a direção desta nova empreitada.

> [...] é importante ter em mente que nos estágios iniciais da produção *Blade Runner* era o principal candidato a próximo *Guerra nas Estrelas*. Nenhum nome era, então, tão quente quanto Ridley Scott e Harrison Ford. O orçamento chegou a US$ 25-30 milhões [...]. (Sutin, 2006: 274, tradução nossa)

Para enfatizar uma representação de futuro decadente, o filme serviu-se, intencionalmente, de características típicas do cinema *noir*,[29] reconhecido por sua visão desiludida da realidade. Caminhando na contramão do cinema norte-americano, tradicionalmente carregado de ufanismos, que procuram enfatizar um mito de suposta superioridade estadunidense, *Blade Runner* substitui um cômodo final feliz pelo mal-estar de um futuro incerto, contestando as noções de progresso amplamente difundidas numa cultura de contradições, expressas por meio de cenários sombrios e personagens de caráter dúbio, marginalizados e descrentes de suas instituições políticas, militares e religiosas.

Após o *Neuromancer* de Gibson, quando o termo *cyberpunk* ganha vida, os apelos estéticos e narrativos de *Blade Runner* começam a se tornar mais inteligíveis a um público maior. A crítica, então, volta-se ao filme reconhecendo seu caráter vanguardista. Como afirmam os autores do *Cyberpunk Handbook*: "Ora! Até que você veja *Blade Runner*, não vamos sequer falar com você [...] ainda mais brilhante do que o livro [...]"[30] (Jude et al., 1995: 83-85, tradução nossa). Aos sujeitos representados segundo este novo estilo literário, os mesmos autores os destacam por seu "desafiador estilo de vida pós-moderno". O pós-modernismo, indo na direção oposta das premissas de organização racional professadas pelo modernismo, parece encontrar aí, nesta nova ficção, a sua linguagem estética e literária por excelência. Afinal, estas descrevem ambientes tecnologizados e dessacralizados, carentes de paisagens e recursos naturais; uma relação homem-máquina que beira (ou conclui) a inversão dos papéis de dominação; confusões temporais que seriam advindas de um efeito de *compressão espaço-tempo*, conforme sugeriu David Harvey (1998); o excesso de informações perpassando a mesma faixa de espaço-tempo, ou o que Paul Virilio (2005) chamaria de *poluição dromosférica*; uma sociedade de consumo que promove uma desorientação entre o que é o sonho e o que é a realidade, que Jean Baudrillard (1986) denominaria como uma *hiper-realidade*. Tudo isso contribuindo para desencadear um fenômeno de aceleração da realidade, que estes e outros pensadores ocuparam-se em algum momento de suas trajetórias acadêmicas em percorrer.

Na década de 1980, como explica o teórico da modernidade Marshall Berman: "o pós-modernismo tornou-se um tema obrigatório das discussões estéticas e literárias nos Estados Unidos."[31] O tema da pós-modernidade se faz aqui pertinente por serem as obras, ora analisadas, representações que reúnem em si as características próprias daquilo que se identifica com as ideias pós-modernistas. São comuns os estudos acadêmicos que associam os trabalhos de Gibson e Dick a este movimento cultural, problematizando-os como metáforas desta contemporaneidade, entendida por tantos autores como pós-modernidade. É o que faz, por exemplo, o já mencionado Fredric Jameson, em seu *Pós-modernismo: a lógica cultural do capitalismo tardio*; ou

David Harvey, num dos capítulos de *Condição pós-moderna*, entre outros. Não correlacionar a FC da segunda metade do século XX ao pós-modernismo é, talvez, tão difícil quanto chegar a uma definição satisfatória deste conceito. Jameson (1996: 13) oferece uma ideia de pós-modernismo como aquilo que se tem "quando o processo de modernização está completo e a natureza se foi para sempre", mas, lembra que:

> O próprio nome – pós-modernismo – aglutinou um grande número de fenômenos até então independentes, e estes, ao serem assim denominados, comprovam que continham, de forma embrionária, a própria tendência e se apresentam, agora, para documentar fartamente a sua genealogia múltipla [...] não é algo que se pode estabelecer de uma vez por todas. (Jameson, 1996: 17-25)

Assumindo a pós-modernidade como um conceito fugidio, podemos propor que um sujeito ajustado a esta condição seria alguém cuja própria existência seria justificada pela sua qualidade de ser um desajustado. Alguém que não pode ser enquadrado em estruturas rígidas, dado que o meio implode suas próprias tentativas de se normatizar. Os replicantes e *cowboys* do ciberespaço são sujeitos maiores e mais complexos do que as forças institucionais e ideológicas que tentam conformá-los.

Quando Harry Bryant, inspetor de polícia responsável pela contenção dos replicantes, afirma que os quer "retirados do mercado",[32] da mesma forma como se retiram produtos das prateleiras das lojas quando estes apresentam mau funcionamento, ele está enfatizando que ao replicante cabe cumprir o papel de mercadoria ainda que, antes de ser um robô, seja um simulacro do homem (Harvey, 1998: 278). Trata-se de máquinas que atendem por nome e sobrenome, e a simples constatação de que estes simulacros podem eventualmente se recusar a cumprir o papel a eles designado os torna uma espécie de catalisadores de transformações sociais praticamente inevitáveis, afinal, o lócus da pós-modernidade possui em si a expectativa de que o normal é a mudança. Em contradição à sua condição de descartabilidade, o simples fato de eles existirem faz com que toda a sociedade tenha que se adequar para comportá-los. O enredo transcorre sob uma situação em que, a partir do desenvolvimento de novas capacidades de sua inteligência artificial, os replicantes adquirem habilidades mentais, até então inéditas, levando-os a um novo patamar evolutivo: a aquisição de emoções.

HISTÓRIA e FICÇÃO CIENTÍFICA

Esta possibilidade de desenvolvimento emocional fora algo antecipado pelos cientistas da Tyrell Corporation, o que os levou ao desenvolvimento das necessárias medidas de controle e precaução, conforme lembra o inspetor Bryant a Deckard ao lhe encomendar o novo serviço: "Copiam seres humanos em tudo, menos nas emoções, mas achou-se que, em alguns anos, adquiririam emoções próprias: ódio, amor, medo, raiva, inveja. Por isso, há um mecanismo de segurança. Só vivem quatro anos" (Blade Runner, 1982).

O aspecto de finitude da vida, que no livro aparece de maneira mais sutil, por meio da acelerada deterioração dos corpos e objetos inanimados ocasionada pela radioatividade e pelo próprio tempo, manteve-se presente, mas com maior destaque na versão cinematográfica. Note-se o título, que explicita uma alusão à necessidade de velocidade pela sobrevivência. E temos aí, sob este condicionamento de vidas com prazos de validade reduzidas, o agente catalisador da genealogia do sujeito pós-moderno.

Um dos caminhos que facilitam a associação entre as obras de Dick e Gibson com a pós-modernidade pode ser a recorrentemente associação das rotinas e hábitos modernos a um comportamento de aceleração dos ritmos de vida e de produção, ocasionando uma percepção de que o tempo em si transcorre de maneira acelerada. Assim, uma hipótese aqui sugerida é de que a sensação da passagem do tempo varia de acordo com as especificidades contextuais sob as quais os sujeitos históricos da contemporaneidade estão submetidos. Isso não significa pressupor que o tempo, de fato, transcorre em uma velocidade acelerada, mas sim, que estes indivíduos o percebem de uma forma diferenciada, como um fluxo mais rápido do que supostamente seria no passado. Esta percepção surge de uma necessidade de adequação apropriada a um meio em que o tempo natural sobre o qual, um dia, fora baseada toda a organização de suas atividades dera lugar a um tempo tecnológico, produto de uma necessidade de estabelecer controle sobre a natureza e, consequentemente, sobre o corpo e sobre o próprio tempo.

A demanda por velocidade denota uma particular relação do indivíduo com sua própria duração e com o ritmo de vida dos grandes centros urbanos. Caracterizados pela intensidade de produção e tráfego de informações e estímulos sensoriais, o lócus da modernidade, a cidade, exige de seus habitantes uma aceleração para adaptação às condições ali impostas.[33] Não por acaso, os *blade runners*, em tradução literal, são aqueles que correm sobre a lâmina. É a sua velocidade que compensa o seu peso para que seus corpos não exerçam sobre a lâmina uma pressão capaz de cortá-los. Replicantes e *blade runners* são as metáforas destes indivíduos que vivem plenamente conscientes de sua inexorável finitude. Os primeiros, condicionados a um prazo de expiração propositalmente reduzido, imposto pelas autoridades responsáveis pela manutenção da ordem. O segundo grupo, representando estas autoridades, tem a velocidade de movimentação e raciocínio como condição para o cumprimento de suas perigosas missões, minimizando os riscos aos quais seu ofício os expõe.

O *blade runner* Deckard é introduzido ao espectador como o herói que deverá libertar a cidade de seus invasores. Mas é o seu oponente, Roy Batty, quem se propõe a interpretar e entender a realidade, enquanto o outro apenas se ocupa em reproduzi-la automática e acriticamente, mostrando-se alienado e desinteressado em entender os porquês que explicam o mundo da forma como este se lhe apresenta. Trata-se, assim, de uma sociedade que se encontra "em tal estágio de degeneração que cabem aos replicantes [...] as mais delicadas perguntas sobre os limites da liberdade do homem sobre a vida e sua duração, sobre a felicidade, ou sobre os maiores dilemas existenciais: quem somos e para onde vamos?" (Gonçalves, 1990: 12).

O horizonte ficcional deflagrado por Dick e Gibson expõe uma reorientação, ou até mesmo uma ruptura, da FC tradicional, deixando em segundo plano os temas convencionais ao provocar um embaralhamento das dicotomias humano-máquina, em que prevalecem formas originais de conflitos psicotecnológicos. Deckard e Roy seduzem o espectador pela profundidade filosófica que seus questionamentos suscitam. Humanos que perseguem os ideais de perfeição maquínica se deparam com máquinas desafiadas a se humanizarem. Para abarcar novas racionalidades, conforme as fronteiras expandidas (ou ausência de fronteiras delimitadas) da pós-modernidade – e da pós-humanidade –, a ficção científica veio reivindicando uma atualização de seus problemas filosóficos. No esteio das reflexões existenciais, mais importante do que elucubrar sobre máquinas que pensam, sonham e sentem, é preciso problematizar o sentido que ideias, pensamentos, sonhos e sentimentos têm para a própria experiência de existência humana. Sobretudo, quando lidamos com as mais recentes possibilidades de duplicação dos indivíduos em versões virtuais de si mesmos, para habitarem territórios paralelos de pixels e bytes.

# Escatologia, finitude, aceleração e a vida sobre a lâmina

Compreender a complexidade do mundo é uma tarefa para a qual o indivíduo não possui o tempo necessário para concluir.[34] A versão literária de *Blade Runner* traz uma passagem que exemplifica a faceta da tragédia humana advinda da consciência de sua mortalidade. Uma cantora de ópera, na verdade um androide em formas femininas, cuja voz poderia ser comparada às mais bem treinadas vozes do canto lírico, ensaiava uma peça clássica de Mozart assistida de longe pelo caçador, Rick Deckard. Da plateia, o policial se emocionava com a bela melodia tanto quanto se mostrava, de certa maneira, perturbado. Ele sabia que seu compositor morrera prematuramente, em idade acentuadamente produtiva, com mais de seiscentas obras concluídas em apenas 34 anos de existência. Isso o consumia e o tomava de inquietação. Uma vida de intensa criação esgotada com tamanha brevidade levava Deckard a perguntar-se se Mozart, com toda a sua notável erudição, imaginava o futuro como algo inexistente. Com sua atenção voltada ao ensaio, o policial divagava: "Este ensaio terminará, a representação terminará, os cantores morrerão, eventualmente, a última partitura de música será destruída de uma maneira ou de outra; finalmente, o nome Mozart desaparecerá, o pó terá vencido. Senão neste planeta, então noutro" (Dick, 1985 [1968]: 75-76).

A versão cinematográfica também traz um diálogo igualmente ilustrativo acerca da finitude do tempo de seus personagens. No encontro entre Tyrell e Roy, o cientista tenta confortar o líder replicante, aplacando a crescente ansiedade que vinha convertendo-se em violência, na medida em que o androide via seu fim aproximar-se: "Uma chama que queima com dupla intensidade dura a metade do tempo." Soando como uma recompensa, a frase procura traduzir o sentido de uma experiência de vida acelerada implicar automaticamente numa duração proporcionalmente curta. Era o preço a ser pago pela vantagem de se poder vivenciá-la com um grau de intensidade que os humanos regulares, limitados por uma capacidade de percepção inferior, jamais poderiam igualar.

A busca da vida eterna não é um tema proprietário da FC. Histórias fantásticas ou de horror evocam personagens cujas vidas ultrapassam os prazos de validade naturais, ou que simplesmente não podem morrer porque já estão mortos, como vampiros e zumbis. Mesmo ciente de sua inevitabilidade, a humanidade historicamente sempre manifestou sua recusa à morte. Em *O homem e a morte*, Edgar Morin lembrou que o comportamento humano já se traduzia "por uma espécie de revolta contra a morte" desde o homem de Neandertal, como demonstra sua antiga cultura de sepultar os falecidos, rendendo-lhes homenagens, preservando sua memória e construindo um conceito de morte relacionado à extensão da vida, que se imortaliza em outros planos (Morin, 1997b: 23). Contudo, embora a vida eterna seja almejada por tantos, a perspectiva de eternidade da ficção tende a apresentá-la muito mais sob o viés de uma maldição do que uma dádiva, uma vez que suscita uma série de questões morais, éticas e filosóficas. E sob um viés pragmático, especular sobre experiências humanas de vida expandida requer refletir sobre toda a estrutura de civilização necessária para acomodá-la, considerando prerrogativas de mercado, tradições, crenças e comportamento social. A esse respeito, *Neuromancer* imagina um futuro bastante dedicado ao rentável negócio de subverter a finitude dos corpos. O personagem Julius Deane, por exemplo, consegue viver com 135 anos graças aos massivos investimentos que realiza em procedimentos médicos com soros e hormônios, que modificam seu metabolismo, chegando até mesmo a realizar cirurgias genéticas que reiniciam o seu DNA. Além de tratamentos que prolongam a vida e próteses sintéticas que expandem as capacidades físicas dos corpos, a beleza estética, evocando a jovialidade, insere-se no mesmo mercado, também como estratégia de vencer a natural decrepitude orgânica: ser feio é uma opção "numa época de beleza ao alcance do bolso" (Gibson, 2003 [1984]: 11).

Há mais de um século, nos Estados Unidos, o termo *plastic surgery* denomina na medicina o conjunto das ações dedicadas ao rejuvenescimento, à regeneração, ao embelezamento ou à correção da aparência física. No decorrer da segunda metade do século XX, a historiadora Denise Bernuzzi de Sant'Anna identificou "a crescente globalização publicitária de um padrão de beleza no qual o sucesso está sempre junto às aparências jovens e longilíneas, à pele impecavelmente lisa e firme, aos cabelos sedosos, aos lábios carnudos e aos dentes rigorosamente brancos e alinhados" (Sant'Anna, 2014: 166).

O ideal amplamente midiatizado de culto ao corpo reforça impiedosamente a necessidade de investimentos na correção e valorização de atributos físicos, para se obter vantagens competitivas, além de serem necessidades condicionantes à própria manutenção da sobrevivência. Por detrás dos padrões de beleza, e dos signos estéticos ora apreciados, lê-se a recusa ao envelhecimento e à deterioração orgânica do corpo. Conforme ideais de jovialidade e saúde são entendidos e priorizados, a metáfora da ciborguização,[35] sustentada pela ambientação *cyberpunk*, torna compreensível a coletiva adoção de um comportamento, por vezes obsessivo, de se buscar solucionar toda forma de questões mal resolvidas que o indivíduo tenha com o seu corpo pelo ostensivo uso de tecnologias biomédicas e biomecânicas, aliadas a genética, informática e robótica, acarretando o uso excessivo e promíscuo destas alternativas. A descrição das sociedades contemporâneas de Le Breton nos impele à constatação de uma nova forma de eugenia em curso: "Estamos em um mundo pós-humano, pós-biológico (um acúmulo de pós), mas em um mundo cruelmente darwiniano, no qual a busca de informações definitivamente suplantou a preocupação de maximizar os genes" (Le Breton, 2003: 161).

Esta nova eugenia[36] não pode mais ser restrita à preservação de raças consideradas superiores conforme os moldes anteriores. Esta segue aquém de processos como a seleção natural de Darwin ou de políticas eugênicas implementadas segundo metas de governo em prol da purificação racial. O indivíduo superior passa a ser aquele dotado de genes manipulados por procedimentos médicos e laboratoriais, independentemente de sua raça ou etnia originais. Ter acesso à manipulação genética garante uma forma de superioridade orientada pelo poder de consumo dos padrões de perfeição estipulados pelo mercado. Configura-se na aplicação de práticas eugênicas adaptadas de seu sentido primário de purificação genética para um contexto de sociedades tecnocráticas, ou seja, estas que valorizam e se sustentam sobre os pilares da tecnociência como fator de impulsão do progresso. Segundo Laymert Garcia dos Santos (2003: 303), a eugenia *high-tech* leva o evolucionismo darwiniano ao contexto da tecnologização dos corpos, ou como prefere o autor, à "tecnogênese do humano". Ainda a esse respeito:

> A sociedade (desde a década de 1970) passa por um processo acelerado de tecnologização – à reordenação e reprogramação do processo de trabalho em todos os setores, tornada possível pela digitalização crescente dos circuitos de produção, circulação e consumo, veio associar-se a recombinação da vida, tornada possível pela decifração do código genético e os avanços da biotecnologia. Tudo se passa como se uma nova era estivesse se abrindo [...] como se até mesmo a evolução natural das espécies, inclusive a humana, tivesse chegado a seu estado terminal e a história tivesse sido zerada, tratando-se agora de reconstruir o mundo sobre novas bases. (Santos, 2003: 82-83)

A criação dos "superatletas, supermodelos, superguerreiros" (Silva, 2000: 14), produtos de um saber que os dotou de órgãos artificiais, próteses biomecânicas, drogas que expandem a consciência e a percepção sensorial, a libido e a imaginação, tornou cada vez mais difícil saber "onde termina o homem e onde começa a máquina" (Silva, 2000: 25). Fornece ainda uma possibilidade de regeneração do corpo orgânico e do estado psíquico historicamente lesados pelo trabalho, pela guerra, enfim, pela (sobre)vida nas sociedades modernas. Em contrapartida, esta mesma ciência propiciou a manipulação dos corpos para além da criação de próteses ou organismos inteiramente sintéticos, dotando-os de todas as características que se desejava que eles possuíssem, ou despojando-os de tudo aquilo que não seria conveniente possuírem.

Em *Blade Runner*, sujeitos geneticamente inferiores eram proibidos de habitar as idílicas colônias espaciais. Eram também impossibilitados de se reproduzir, dada uma necessidade política de eliminar genes inferiores. O intuito da proibição de reprodução natural era o de que, com o passar dos anos, estes humanos de baixa qualidade genética se extinguissem por completo, restando na Terra apenas máquinas e detritos. De fato, neste futuro ficcional de 2019, "todo o planeta tinha começado a se desintegrar em lixo" (Dick, 1985: 68). Conforme descreve o autor, tratava-se de um futuro em que "vaguear pela Terra significava, potencialmente, encontrar-se abruptamente classificado como biologicamente inaceitável, uma ameaça para a primitiva hereditariedade" (Dick, 1985: 19). E classificado como tal, o indivíduo era esterilizado para que não propagasse sua carga genética inferior às gerações seguintes: "desaparecia da história [...] deixava, com efeito, de fazer parte da humanidade" (Dick, 1985: 19).

Quando associamos este fenômeno de descartabilidade humana à uma ideia de mercantilização da vida, podemos emprestar uma passagem de Baudrillard, em 1992, sobre a massiva produção de detritos, como efeito colateral da sociedade de consumo:

> O pior é que ao longo dessa reciclagem universal dos detritos, que passou a ser nossa tarefa histórica, a espécie humana começa a produzir-se a si própria como detrito e a levar a cabo em si mesmo esse trabalho de dejeção. O pior não é sermos submetidos pelos detritos da concentração industrial e urbana, é termo-nos transformado em detritos. (Baudrillard, 1992: 117)

Apresentando uma espécie de justaposição temática a *Blade Runner*, a dicotomia homem-máquina em *Neuromancer* não apenas discorre sobre o risco da supremacia de máquinas pensantes, mas apresenta com bastante ênfase a meta de maquinização tão ambicionada por seus personagens humanos. Assim, Gibson deflagra o mote do transumanismo – o aprimoramento biotecnológico dos seres humanos – como pivô de suas problematizações. Em uma das passagens do livro um importante contratante, chamado Armitage, propõe reconstituir os sistemas neurais danificados de Case, atestando a forma como, sob um paradigma maquínico, um humano pode ser racionalizado e reduzido à condição de um robô eletroquímico-informacional, reprodutor de previsíveis padrões psicológicos, comportamentais e orgânicos:

> Seu perfil que nós traçamos indica que você está tentando convencer as ruas a matá-lo, enquanto você não estiver olhando [...]. Nós construímos um modelo minucioso. Fizemos uma excursão por todos os seus pseudônimos e analisamos o conjunto

HISTÓRIA e FICÇÃO CIENTÍFICA

> com um software militar. Você é um suicida, Case. O modelo
> lhe dá um mês de sobrevivência lá fora. E a nossa projeção mé-
> dica diz que você vai precisar de um pâncreas novo em um ano.
> (Gibson, 2003 [1984]: 41)

Como se não fosse o bastante saber que a vida possui uma duração limitada, em algumas ficções, a proposta é de futuros em que se torna possível saber até mesmo o tempo exato de sua duração e o dia exato de sua
expiração, reforçando a consciente inevitabilidade de seu fim. E trazendo
o tema da finitude como um dos pontos centrais de muitas de suas obras,
Dick traz também à cena a ideia de um tempo que finda em si mesmo:
"O tempo está em aceleração. […] Talvez o tempo não esteja só aceleran-
do, além disso, talvez deva estar também chegando ao fim" (Dick, 2006:
153). A noção de um tempo que caminha em direção a um fim inexorável
insere-se no conceito de tempo escatológico. Esta concepção difere fundamentalmente da concepção de um tempo linear, que progride continu-
amente, e de um tempo cíclico, em que as fases da vida e da natureza se
renovam ao longo de sucessivas etapas que se repetem. Ao perceber que
envelhecia com o passar dos anos, enquanto toda a natureza ao seu redor
se renovava ciclicamente, por meio das estações do ano, o sujeito moderno parece ter ampliado a consciência de sua efemeridade, a despeito de
todo o conhecimento acumulado. E admitindo-se como mortal, a ânsia
por extrair e aproveitar o máximo de experiências que o seu tempo de
vida pudesse comportar acarretou esta percepção de que a vida é muito
curta e, consequentemente, desencadeou um estado permanente de ansiedade. O fetiche do consumo, impulsionado pelas tecnologias digitais,
veio então apresentando a realidade virtual como único lócus possível,
capaz de propiciar a quantidade, variedade e velocidade de experiências
que o indivíduo deseja realizar, e que não seriam factíveis pelo tempo de
uma vida restrita à realidade física do mundo não virtual. Pode-se tentar
ampliar o tempo de duração da vida para que se possa vivenciar mais,
ou acelerar o ritmo de vida de forma a concentrar um número maior de
experiências dentro do tempo de que se dispõe. O fato de esse tempo não
ter o seu fim datado torna a aceleração ainda mais acentuada, pois não
se pode planejar o seu uso sem que se possa quantificar com precisão o
quanto de tempo restante há.

ESCATOLOGIA, FINITUDE, ACELERAÇÃO E A VIDA SOBRE A LÂMINA

Quando falamos de tempo escatológico não estamos lidando com aquilo que finda no tempo, e sim, com a ideia de que o próprio tempo pode ter um fim em si mesmo. Esta reunião de constatações contribuiu para que este indivíduo passasse a buscar uma temporalidade que fosse condizente com o ciclo de vida que ele, de fato, percebe, e que se lhe mostrava, como defende o escritor, linear e finito: "aquilo que destruiu a capacidade de o ser humano entender o tempo desta forma (cíclico) foi o fato de ele próprio, enquanto indivíduo, viver ao longo de muitos destes anos conseguindo perceber a sua decadência física, que não se renovava anualmente como as colheitas de milho..." (Dick, 2006: 85).

O tempo é uma espécie de elo mediador entre o homem e o mundo e, quando este altera suas visões de mundo e de si, altera também a sua percepção do tempo, adequando-o aos fatores determinantes de seu contexto. A ideia de um tempo que caminha em direção ao seu fim também se fundamenta neste pressuposto de que os indivíduos concebem suas realidades a partir da imagem que possuem de si mesmos. Logo, conscientes de sua mortalidade, conceberão uma realidade de espaço e tempo igualmente finitos, sendo o fim do mundo e o fim de si mesmos ideias indissociáveis (Kamper; Wulf, 1989: 49).

Forjada no âmbito de um paradigma religioso, centrado no cristianismo, a escatologia em sua forma original determina o andamento da história rumo ao que seria o fim dos tempos, precedido por um Juízo Final. Em *História e memória* (2006), o historiador Jacques Le Goff apresenta a definição do termo "escatologia", a partir de um olhar voltado ao ocidente medieval, como a "doutrina dos fins últimos, isto é, o corpo de crenças relativas ao destino final do homem e o universo. Tem origem no grego, geralmente empregado no plural, *tá escháta*, as últimas coisas." A teologia cristã emprega o termo no singular, *escháton*, o "acontecimento final", para designar o Dia do Juízo Final professado no Apocalipse cristão (Le Goff, 2006: 323). A Igreja medieval, por meio de dogmas, reforçou a interpretação desta concepção de tempo em seu sentido vulgarizado,[37] sugerindo um fim trágico do mundo através de fogo, fome e pestes, os principais males que acometiam o homem medieval, como meio de induzi-lo a um esforço de purificação da alma. Somente a libertação dos pecados que lhe rendiam as tais punições divinas garantiria uma segura salvação eterna.

Dessa concepção de tempo foi produzido um conjunto de crenças, denominadas apocalípticas, que aproximaram a ideia de fim dos tempos ao fim do mundo. A forte conotação de catástrofe adveio da interpretação dos textos bíblicos que compõem o *Apocalipse de São João*, aqueles que revelam a profecia sobre o fim dos tempos, embora o verdadeiro sentido do termo *apocalipse*, do grego *apokalypsis,* queira dizer "revelação". O livro do Apocalipse era a referência primordial por sua canonicidade. Porém, não era o único documento conhecido pelo europeu medieval, que contava com pelo menos "cerca de vinte apócrifos bíblicos muito difundidos falando dos últimos tempos" (Franco Júnior, 1999: 40), entre outras fontes, somadas à poderosa tradição oral e a uma vasta iconografia sobre o tema. Era fundamental que se estipulasse um prazo para a realização desta missão redentora e, assim, estabeleceu-se a noção de *milenarismo*, que consistia num período simbólico de longa duração, expresso em mil anos, tempo considerado suficiente para que ocorresse o encerramento de uma era e o início de outra.[38] No entanto, uma tendência teleológica, que nos leva a projetar os acontecimentos para um futuro indeterminado – mas que sempre está próximo –, acarretou uma infinidade de proposições de datas que propiciavam constantemente o adiamento do fim dos tempos para um futuro que nunca chega, fazendo com as crenças milenaristas permanecessem gravadas no imaginário coletivo até os dias atuais. Esta concepção teleológica, que não situa com precisão os tempos de início e fim da história, provoca uma forma de angústia, advinda da ansiedade pela espera por algo que não se sabe quando ocorrerá, se é que vai mesmo ocorrer, e que se intensifica na contemporaneidade por este fenômeno de aceleração da realidade. Como definiu Baudrillard (1992: 175): "O nosso apocalipse não é real, é virtual. E não é futuro, acontece aqui e agora."

IMAGEM 20

*Condenados no inferno* é uma obra renascentista do pintor italiano
Luca Signorelli (1441-1523), e integra um conjunto de afrescos
sobre o Juízo Final da Catedral de Orvieto, Itália.

Além do crescente mercado de ficção científica e produções de cinema explorando o tema do fim do mundo, a permanência e a atualização desta temporalidade escatológica também podem ser destacadas de outros fenômenos socioculturais, como o surgimento, em todas as partes do mundo, de movimentos de orientação religiosa que se autoproclamam apocalípticos. Só nos Estados Unidos, constatou-se às vésperas do ano 2000 a existência de cerca de 1.500 dessas seitas apocalípticas, "algumas propondo extermínios em massa, outras propondo suicídios coletivos" (Franco Júnior, 1999: 83). Lembra o historiador que:

> progressos como os da engenharia genética, da informática e da cronometria não tornam o homem ocidental do ano 2000 muito diferente do seu antepassado do ano 1000, no que diz respeito aos medos e esperanças existenciais [...] a relação de ambos com a passagem de milênio assemelha-se muito no conteúdo, embora difira nas formas. (Franco Júnior, 1999: 79-80)

O filósofo Jean Baudrillard observa que o homem contemporâneo, sujeito de um espaço-tempo dessacralizado, voltou, a sua maneira, a ser milenarista: "Já não acreditamos há muito na imortalidade da alma em tempo diferido, o que pressuporia uma transcendência do fim, um forte investimento das finalidades do além e uma operação simbólica da morte. Queremos a perpetuidade imediata da existência, tal como na Idade Média queriam o paraíso em tempo real" (Baudrillard, 1992: 134).

Ademais, esta ideia de fim na contemporaneidade não se refere à destruição do mundo como suporte físico que abriga a humanidade; tampouco ao fim da própria humanidade por guerras, catástrofes naturais, doenças etc. Ela está, na verdade, relacionada à destruição de um mundo simbólico expresso por meio de costumes, tradições, valores e utopias. Quando muito distantes de sua concretização, estas utopias, mesmo sendo idealizações, informam o indivíduo de que ele não está no sentido que o levará à realização dos ideais almejados. Então, temos a distopia como sinal de alerta, que desperta, pela angústia e pelo medo, a necessidade de reorientar a civilização rumo à paz e à felicidade. A década de 1980, segundo Baudrillard, deflagrou um ambiente de aceleração da história devido à proximidade em que se encontrava de um limite ilusório: o fim do milênio (Baudrillard, 1992: 21). É como se a promessa de salvação no fim dos tempos acelerasse a necessidade de uma rápida destruição da humanidade, para abreviar a espera pelo tão aguardado momento. Traduzindo uma suposta "obsessão pelo último momento que todos querem experimentar" (Kamper; Wulf, 1989: 2), é possível conceber uma forma de experiência de fim do mundo que a humanidade pôde em inúmeras ocasiões testemunhar. Não pela destruição deste, mas por um processo contínuo de sobreposição do antigo pelo novo (Kamper; Wulf, 1989: 49). Assim, um estado de insatisfação permanente, somado à ânsia por renovação, culminaria numa ideia de fim do mundo imaginária, ou seja, definida pela constante sobreposição de um mundo simbólico por outro, toda vez que novos paradigmas são estabelecidos.

★ ★ ★

*ESCATOLOGIA, FINITUDE, ACELERAÇÃO E A VIDA SOBRE A LÂMINA*

Mais do que a velocidade dos transportes, são as tecnologias de comunicação, perpassando a dimensão do espaço, cruzando-o sem tomar conhecimento das distâncias que o delimitam, que tornam possível enxergar a distância (espaço) como sendo histórica (espaço no tempo). As tecnologias informacionais, transportando o indivíduo virtualmente para onde quer que sua presença seja requerida, sem que haja necessariamente o deslocamento de seu corpo físico, fazem com que a distância deixe de ser um fator limitador à vivência de experiências. O sujeito contemporâneo pode ver, sentir e experimentar remotamente, ou seja, sem a presença corpórea no espaço da experiência. Isso altera por completo a percepção do tempo, tornando-o acelerado pela profusão de possibilidades que passam a se concentrar à sua disposição. Mas gera, em contrapartida, a incômoda sensação de que se está perdendo uma infinidade de outras experiências. Essa sensação de perda nos impulsiona em direção a uma tentativa de vivência plena impossível, não importando quantos anos se tenha disponível para o cumprimento desta proposição, pois nunca será o bastante para que se possa abarcá-la em sua totalidade. Alvin Toffler, sociólogo e autor de *O choque do futuro* (1972), constatava nos 1960 como a velocidade (e quantidade) com que as mudanças ocorrem nas sociedades modernas é responsável por um mal-estar social, ocasionado pela dificuldade, ou impossibilidade, das pessoas de se manterem atualizadas: "Tanto os médicos quanto os homens de negócio queixam-se de que não podem acompanhar os últimos acontecimentos do progresso nos seus respectivos campos de atividades" (Toffler, 1972: 12). David Harvey, em *Condição pós-moderna* (1998), reforça a ideia deste encurtamento do tempo associado ao encurtamento das distâncias, propondo que, na era da informação, mais do que as tecnologias aplicadas aos meios de transporte, são as tecnologias aplicadas à comunicação, sobretudo as teletecnologias, as grandes responsáveis pela diminuição do(s) espaço(s). Este fenômeno, denominado compressão espaço-temporal, permite que o mundo seja enxergado como "totalidade apreensível".[39] Paul Virilio (2005: 13) afirma igualmente que a velocidade que encurta distâncias "também abole a noção de dimensão física", pois de um ponto qualquer se avista qualquer outro ponto do globo instantaneamente. E mais do que ver, é possível participar e interagir, ver e ser visto em diversos espaços ao mesmo tempo.

*HISTÓRIA e FICÇÃO CIENTÍFICA*

Contudo, as possibilidades advindas desta experiência de onipresença são limitadas. O tempo mostra-se insuficiente para dar conta de todas as possibilidades, agora, ao seu alcance. Talvez, o que marque a diferença entre o início de um suposto culto à velocidade, desde os anos 1920, e a velocidade demandada na época de *Blade Runner* seja o fato de ter ocorrido uma naturalização da necessidade de ser rápido. Assim, uma vida que corre sobre a lâmina desencadeia, como reação, uma crescente intolerância à lentidão.

# Sociedade de consumo e metaverso

Dentre tantas especificidades comportamentais, ativadas pela aceleração do cotidiano contemporâneo e pela autoconsciência de sua finitude, o sujeito da pós-modernidade também pode ser entendido a partir da sua necessidade de consumir vivências que aproximem o universo simbólico e idealizado a uma realidade materializada, ou simulada, das experiências desejadas. Nesse sentido, o apelo escapista das realidades fabricadas, sejam elas nos ambientes físicos ou digitais, vivenciadas através de avatares ilimitadamente personalizáveis, ou ao custo do ingresso para um parque temático, alimenta todo um mercado dedicado a satisfazer desejos e acomodar ansiedades. Na síntese do sistema cultural que designa essa modalidade de vida, os Estados Unidos despontam como expoente e *hub* difusor daquilo que se convencionou caracterizar como o *american way of life*. Como aponta o historiador Robert Darnton, trata-se de um estilo de vida que se vê constantemente sob ameaça de disrupção, uma vez que não são todos que conseguem desfrutá-la em sua totalidade. Como foi mencionado anteriormente, Darnton (2004: 122-123) associa a um crescente interesse por "literatura antiutópica: *1984, A revolução dos bichos, Admirável mundo novo e variedades sombrias de ficção científica"* a incredulidade em relação à proposição deste modelo de vida – derivada do término da Segunda Guerra –, que se resume à busca de uma felicidade fundamentalmente baseada no consumo.

Seja pela crise de valores conservadores, desafiados pelas novas e rebeldes gerações; seja pela invasão de influências culturais externas, sobretudo soviéticas e orientais; seja pela habilidade de antever o eventual colapso desta ideologia, as distopias *cyberpunks* apropriam-se deste conjunto de receios para devolver ao público uma perspectiva do que poderia resultar de uma sociedade que se abstém de um compromisso civilizacional com o seu próprio futuro. Ao anunciarem constantemente que aquele mundo dos Anos Dourados se perdeu, e apenas nas colônias espaciais ainda restaria "a chance de recomeçar uma vida nova numa terra dourada de oportunidades...", os balões *outdoor* de *Blade Runner* atestam a falência daquela sociedade, que sucumbiu ao fetiche da tecnologia e do consumo, preterindo objetivos sociais e morais de evoluir enquanto civilização.

Um mundo tecnocrático e pós-industrial é ilustrado desde as primeiras sequências do filme. Num dia como outro qualquer, em que a multidão se acotovela pelas estreitas ruas da versão futurística de Los Angeles, Rick Deckard lê o seu jornal sem se incomodar com o barulho da movimentação e, sobretudo, do murmurinho das pessoas tentando entender ou fazerem-se entendidas. São muitos os idiomas e dialetos nascidos das misturas entre as diversas línguas faladas naquele ambiente. Para sua leitura, ele compensa a falta de claridade aproveitando-se da iluminação artificial providenciada pelos tubos de luz neon coloridos, que adornam a vitrine às suas costas. A julgar pela movimentação frenética do ir e vir das pessoas, pode-se supor que seja algum momento dentro do horário comercial. Sem a referência solar, um "falso-dia-eletrônico"[40] transcorre alheio ao tempo astronômico, sem tomar conhecimento da passagem do sol, que despercebidamente vai marcando as horas do dia e os fusos horários, que já não tem a mesma razão de ser, uma vez que países em lados opostos do globo terrestre compartilham de um sincronismo planetário,[41] podendo, com isso, confluir suas rotinas, dormir e acordar todos ao mesmo tempo. No *Sprawl*, de Gibson, a referência à iluminação artificial persiste na descrição de bairros inteiros cobertos por enormes cúpulas geodésicas, capazes de produzir a luz diurna de maneira perene, alheias aos dias e noites naturais (Gibson, 2003 [1984]: 61).

*176*

SOCIEDADE DE CONSUMO E METAVERSO

Além das luzes coloridas, que incidem sobre sua retina e quebram a escuridão com mensagens em variadas formas de desenhos, ideogramas e palavras, notícias também chegam aos seus ouvidos pelos alto-falantes dos mencionados balões-*outdoors*. Suas telas flutuantes projetam anúncios publicitários, acompanhados de uma locução incessante que divide as atenções de Deckard em acompanhar e filtrar toda a informação que lhe chega de maneira não seletiva, ou seja, fora de seu controle. Todos os seus cinco sentidos são ferozmente impactados. Sobreviver a isso requer, sem dúvida, uma grande capacidade de concentração ou de total abstração. Sua audição capta diversas faixas de sons simultâneos, pelo ruído das vozes tentando se comunicar, pelos alto-falantes despejando informações desinteressantes, ou por sirenes e motores dos veículos que transitam entre o chão e os ares. Seu paladar se perde em misturas de sabores tão exóticos quanto as fisionomias e vestimentas daquelas pessoas, sempre apressadas, apáticas, protegidas pelo anonimato que a vivência em meio às multidões propicia.

Um "bombardeio de estímulos",[42] ou o que o filósofo Jean Baudrillard, particularmente sensibilizado com o contexto norte-americano no início dos anos 1980, entendeu como "a luxúria dos sentidos contra os desertos da insignificância" (Baudrillard, 1986: 13), extrapolados sob a roupagem das alegorias ficcionais, revelam-se simulacros alternativos e preferenciais à vida pós-moderna, contra a assertividade e a invariabilidade de uma modernidade que prega a ordem e o pleno controle baseados na racionalização do tempo e do espaço, e cujos persistentes instrumentos, símbolos de dominação, foram, outrora, o cronômetro e a propriedade privada. Outra perspectiva é a do filósofo Paul Virilio (2005: 105) que, indo além, introduz o conceito de "poluição dromosférica", que sintetiza essa forma da percepção temporal como algo sobre o qual não é mais possível ter referências precisas. Este seria um fenômeno ocasionado pela quantidade excessiva de informações que perpassam a mesma faixa de tempo e espaço, acometendo o indivíduo com tamanha densidade, variedade e velocidade que sua capacidade neural de absorção e processamento mostra-se insuficiente para acompanhar.

Uma das implicações diretas desse excesso de informação é uma desorientação espaço-temporal. Para nos conectarmos ao cotidiano ficcional de Deckard, relacionando-o a este fenômeno, basta imaginarmos uma situação comum de um indivíduo que esteja, por exemplo, em Nova York, conversando em espanhol com um taxista marroquino, enquanto almoça

*177*

um *fast-food* sino-japonês utilizando *hashis*, vestindo uma bata indiana a caminho de uma aula de capoeira, que é ministrada em um edifício de estilo neoclássico, ao mesmo tempo que ouve uma música cubana ao fundo. Esta diversidade de signos, remontando a diversas temporalidades, espacialidades e matrizes culturais, faz com esse indivíduo não consiga mais situar-se em seu próprio tempo e seu próprio espaço. Ele encontra alguma coerência cognitiva apenas quando aceita e normaliza a condição deste mundo volátil, incerto, complexo e ambíguo, no qual as possibili-dades de experiências se multiplicam exponencialmente, submetendo-o a uma incessante busca por abarcar e experimentar estímulos cada vez mais intensos, que o façam sentir-se vivo e integrado ao espírito do seu tempo.

De maneira geral, os personagens de *Blade Runner* não dão mostras de perplexidade diante do intenso fluxo de estímulos. Parecem adaptados. Seu condicionamento resulta de décadas de acomodações corporais e sensoriais que os tornaram perfeitamente capazes de conviver com os excessos, res-pondendo a eles automaticamente. Na virada do século XIX para o XX, os primeiros sujeitos metropolitanos mostravam-se então vítimas da moder-nidade, tentando adaptar-se à velocidade imposta pelas cidades.[43] Na virada do XX para o XXI, a situação se inverteu. A demanda por velocidade parece algo tão entronizado que a falta dela provoca um estado de mal-estar e an-gústia, por uma espécie de entravamento do fluxo de estímulos, que não consegue fluir ilimitadamente. Deseja-se manter a aceleração, mas quando algo os impossibilita, sentem-se aprisionados. Há um século qualquer pos-sibilidade de desaceleração dos novos ritmos urbanos era um alívio, agora parece deflagrado um estado de permanente insatisfação. Os automóveis atuais, por exemplo, atingem grandes velocidades, mas o excesso deles tor-na o tráfego lento; os intermináveis segundos de download de um arquivo são insuficientes, por mais veloz que seja a conexão; e uma simples fila de supermercado configura penosos instantes de microtédio. E na concepção teleológica de um fim que nunca chega, a superficialidade e a instantanei-dade de pura objetificação[44] tornam tudo desprovido de sentido duradouro, visando à satisfação, unicamente, do presente imediato.

Ademais, a expansão do acesso à informação criou gerações mais propensas a interagir com dados e interfaces do que com outros seres humanos. Pode-se ainda questionar a legitimidade da chamada Era da Informação, pressupondo que a maior parte desta informação é inútil

(Lukacs, 2005: 38-41). O historiador John Lukacs mostra-se atento a esta controvérsia quando cita Alexis de Tocqueville para embasar sua crítica:

> O incrível acesso às informações, também no fim da Era Moderna, obscurece o fato de que, simultaneamente, grande parte dessas informações é inútil [...] O fantástico desenvolvimento das comunicações permite que quase todos vejam ou falem num instante com pessoas do outro lado do mundo, enquanto as comunicações verdadeiras, no sentido das pessoas falarem e ouvirem umas às outras [...] tornam-se cada vez mais raras (Tocqueville apud Lukacs, 2005: 38-41)

Os excessos são primordiais à manutenção desta sociedade de consumo-espetáculo, afinal, marcada pela volatilidade e efemeridade de modas, a espetacularização da realidade surge como artifício de autopromoção desta sociedade que se consome como produto. Ou como afirma Jameson (1996: 14): "a própria cultura se tornou um produto [...] O pós-modernismo é o consumo da própria produção de mercadorias em processo." Assim, a metrópole futurista não é exatamente o que é, mas sim, um suporte para a representação daquilo que se deseja que ela venha a ser. E por assumir-se como uma forma de falsificação do real, ela precisa ser superexposta, espetacularizada, através de seus excessos, para tornar o falso convincente e satisfatório. Como implicação imediata destes excessos surgem estas confusões temporais que desorientam o mapa cognitivo do indivíduo. Torna-se praticamente impossível a este sujeito situar-se em seu tempo. A própria arquitetura pós-moderna "canibaliza todos os estilos arquitetônicos do passado e os combina em *ensembles* (conjuntos) exageradamente estimulantes" (Jameson, 1996: 46). A seguinte observação de Baudrillard (1986: 87) exemplifica este cruzamento artificial de temporalidades:

> quando Paul Getty reúne em Malibu (Califórnia) numa vila pompeana à beira do Pacífico, Rembrandt, impressionistas e estatuária grega, ele está dentro da lógica americana, na pura lógica barroca da Disneylândia, ele é original, é um golpe magnífico de cinismo, de simplismo, de *kitsch* e de bom humor involuntário – algo de espantoso pelo *non-sense*, pelo absurdo.

Paralelamente a *Blade Runner*, e à título de reforço do argumento, notemos como *Neuromancer* também se abre com um desfile de alguns dos principais componentes constitutivos deste mesmo imaginário ficcional. O céu "por cima do porto tinha a cor de uma TV ligada num canal fora do ar" (Gibson, 2003 [1984]: 11). Ladeada por imensos logotipos holográficos de grandes multinacionais, que encerram os horizontes da cidade, a multidão que se aglomera pelas ruas igualmente chuvosas de Chiba City, nos subúrbios de Tóquio, é composta por pessoas das mais diversas nacionalidades, invariavelmente expatriadas, ostentando ou ambicionando próteses biomecânicas, especulando sobre preços de clínicas clandestinas de neurocirurgia, enquanto consomem anfetaminas como se fossem alimentos fundamentais na regulação neurossensorial que as torna ajustadas à sedutora vida no ciberespaço – uma realidade na qual a consciência fora do corpo, com a ajuda de um deck ciberespacial customizado, é projetada "na alucinação consensual da Matrix". Caracterizada como "um ímã para as subculturas tecnocriminais" (Gibson, 2003 [1984]:15), Chiba City também é conhecida como Night City (Cidade da Noite). Case, personagem principal, é um ex-*cowboy*, um hacker prematuramente aposentado por tentar passar para trás os ladrões ricaços que o haviam contratado para invadir e obter dados de sistemas corporativos. Ao invés de uma execução aos moldes das máfias tradicionais, seu castigo foi ter seu sistema nervoso danificado por neurotoxinas russas, utilizadas durante alguma guerra futura, impossibilitando-o de performar seu talento como pirata virtual novamente. Case alimenta a esperança de encontrar um tratamento que restabeleça suas conexões neurais. Enquanto muito se falou nas últimas décadas a respeito da tal Era da Informação, *Neuromancer* elevou o conceito a um estado mais visceral, com uma ficção em que dados trafegam pelo sistema nervoso em fluxos alucinantes e tão vitais quanto o ar dos pulmões ou o sangue que corre nas veias dos sujeitos do futuro.

O universo de Gibson propõe uma literatura na qual a ficção entende a tecnologia a partir da influência que esta exerce sobre a experiência humana, e não pelo desenvolvimento do prodígio tecnocientífico em si. Nos anos 1980, as possibilidades viabilizadas pela computação tornavam a ficção cada vez mais incapaz de superar a própria realidade, que então, com a introdução do conceito de um ciberespaço, resultante de códigos de programação informacional, passaria a ser multidimensional. Seus personagens vivenciam os mais comuns problemas sociais contemporâneos, acrescidos de um componente tecnológico responsável por gerar novas maneiras de interagir e interpretar seu ambiente. Não obstante, os conflitos tendem a ser os mesmos que povoam o imaginário dos submundos metropolitanos, criminalidade naturalizada, assaltos, tráfico de drogas, prostituição, disputas de território e corrupção policial. Ainda sobre o repertório imagético *cyberpunk*, é bastante comum que se busque Tóquio como uma das fontes fundamentais de referência estética, dado o acelerado desenvolvimento econômico, o amplo emprego de tecnologia de ponta às tarefas cotidianas – sobretudo da engenharia mecatrônica das fábricas à profusão de robôs nos eletrodomésticos, brinquedos, seriados e desenhos animados – e as estratégias para subverter uma notável falta de espaço físico em meios urbanos densamente populados. Tudo isso contrastando com um poderoso arcabouço arquetípico, amparado em tradições feudais e artes marciais milenares, exemplificado em diversos personagens que preferem punhos e armas brancas do que armas de fogo, como a personagem Molly, que possui próteses de mortais lâminas retráteis implantadas sob suas unhas, ou Hideo, um guarda-costas de DNA japonês que, além de dominar diversas técnicas de lutas orientais, utiliza-se de práticas de meditação Zen para manter a calma e o foco durante os combates. Mais uma dentre as características da narrativa pós-moderna já elencadas é a – presumivelmente proposital – confusão entre a ficção e a realidade, através da citada mistura de referências materiais, espaciais e também temporais. E sobre essa peculiaridade estética reside sua historicidade.

Mesmo antes que a internet se consolidasse, o acelerado avanço da informática já permitia à ficção vislumbrar modos de vida amplamente baseados na linguagem computacional, materializando e tornando as realidades virtuais, como o próprio conceito de *Matrix*, um caminho irreversível. A representação de Gibson para o excesso de estímulos sensoriais diz respeito à intensidade com que os dados trafegam, na forma de pixels e bytes, sustentando as experiências vivenciadas, por exemplo, nos grandes centros urbanos da costa leste americana (enquanto *Blade Runner* optou por situar-se na costa oeste), com sujeitos, veículos e edificações operando como circuitos integrados:

> Se alguém programar um mapa que mostre a frequência da troca de dados numa tela muito grande, com cada pixel valendo mil megabytes, Manhattan e Atlanta aparecerão como duas manchas brancas sólidas. Deixe que elas comecem a pulsar e a velocidade das transações vai sobrecarregar a simulação [...]. Com cem

HISTÓRIA e FICÇÃO CIENTÍFICA

> milhões de megabytes por segundo, começa a dar para reconhecer determinados quarteirões no centro de Manhattan, e os contornos de parques industriais centenários fazendo bater o velho coração de Atlanta... (Gibson, 2003 [1984]: 57)

E os *decks simstim*, aparelhos que promovem simulação artificial de estímulos, são mencionados como uma tecnologia futura tão massificada quanto eram as televisões nos anos 1980. A percepção da realidade acelerada, metaforizada nestas obras, revela algo sobre como os sujeitos se relacionam, organizam, racionalizam e controlam o tempo diante da artificialidade de elementos que subvertem qualquer intenção de normatização consubstanciada em movimentos do Sol, fusos horários, cronotipos, jornadas formais de trabalho e assim por diante. A constatação desta percepção de tempo acelerado, ou de aceleração da realidade, pode indicar uma noção de finitude do tempo, justificando a intensidade, variedade e velocidade das experiências geradas e demandadas por esta contemporaneidade digital, fluida e convenientemente caótica. Outra referência importante de Gibson acerca do ritmo acelerado de vida é a sua descrição de como as modas varriam a juventude a velocidades extraordinárias: "Subculturas inteiras podiam surgir de um dia para o outro, florescer por algumas semanas e desaparecer sem deixar rastros" (Gibson, 2003 [1984]: 74). Assim, uma temporalidade intimamente associada às tecnologias, como um dos fatores que transformam o meio em que o indivíduo está inserido, permite esta percepção diferenciada de suas vivências na duração.

Sempre lembrando que estamos nos referindo a um período anterior ao fenômeno contemporâneo das redes sociais, este meio, que nos educou para o consumo de imagens daquilo que se deseja ser, já não nos permite distinguir quando somos originais ou quando estamos simplesmente satisfazendo tendências e modismos que o mercado predefiniu. De toda forma, se não for pela originalidade, ainda se pode reaver o senso de significância pela sensação acolhedora de pertencimento a um grupo e de uma existência justificada. A sociedade de consumo é uma plataforma que desapropria o indivíduo de sua individualidade, ao mesmo tempo que lhe fornece meios para toda a gama de experimentações estéticas e sensoriais que ele possa buscar, satisfazendo-o, conformando-o e aprisionando-o nesta condição com tamanha competência, que esse indivíduo, além de reproduzi-la, passa a defendê-la aguerridamente. Nesta ilusão consensual da *matrix*, arquitetada para ser uma prisão dos sentidos, não importa se o indivíduo desfruta, de fato, de uma condição ideal de liberdade, desde que tenha a sensação de vivenciá-la. Assim, uma liberdade falseada pode ser tão ou mais atraente e segura do que uma liberdade que implique o compromisso de se ser responsável pelo seu destino, sem nenhuma intervenção institucional ou mesmo o conforto de uma proteção divina.[45]

A escrita de Dick sempre denunciou seu interesse pelo tema das falsas realidades que são assumidas como originais. Mas para ele, se optamos pela vida num mundo falsificado é porque somos, de fato, falsos humanos, como replicantes reproduzindo as programações que resultam no mundo que percebemos. Ele conclui que falsas realidades só podem ser um produto de falsos humanos que as impingem a outros falsos humanos: "Escrevi mais de trinta novelas e mais de cem contos e ainda não consegui perceber o que é real [...] hoje vivemos numa sociedade em que os meios de comunicação, os governos, as grandes empresas, os grupos religiosos e políticos fabricam falsas realidades. [...] Interrogo-me então, na minha escrita, sobre o que é real" (Dick, 2006: 121-122).[46]

Esta América do futuro ficcional pode apresentar-se diferente em muitos aspectos, mas ela jamais deixou de lado uma de suas características essenciais: esta vocação de fabricar realidades através do "entrelaçamento de simulacros da vida diária (que) reúne no mesmo espaço e no mesmo tempo diferentes mundos (de mercadorias)" (Harvey, 1998: 271). Seu futuro é aberto a uma indefinida pluralidade de possíveis realizações, tanto quanto à materialização de utopias ou distopias. Sendo imprevisível, o porvir de qualquer dada realidade pode escapar de quaisquer enquadramentos que pretendam antecipá-lo, tornando o futuro sempre incerto e o presente sempre ansioso e insatisfeito.

Mesmo que a imprevisibilidade seja atormentadora, por inviabilizar o estabelecimento do controle, um destino certo pode se mostrar igualmente indesejável. Como a realidade presente já se mostra hostil o bastante, a solução está em realidades alternativas criadas para satisfazer, ainda que de maneira ilusória, as experiências que se deseja vivenciar. Para resolver esta intrincada equação, Baudrillard (1986: 26) oferece sua ideia de uma América como uma grande ficção: "não é nem um sonho nem uma realidade, é uma hiper-realidade [...] porque é uma utopia que desde o começo

HISTÓRIA e FICÇÃO CIENTÍFICA

foi vivida como realizada. Tudo aqui é real, pragmático, e tudo nos deixa sonhadores [...] a América é uma grande ficção".

Essa grande ficção é imperceptível aos seus habitantes-personagens. Ao optarem pela existência neste simulacro, do qual também são coautores, estes sujeitos pós-modernos assumem o risco de perderem as referências que distinguem o real e a ilusão. Foi-lhes proposta, ou imposta, a vida de sonho como única e melhor opção. Como máximo expoente e sintetizando este contexto, os Estados Unidos apresentam com sua hiper-realidade uma dimensão que se sobrepõe à realidade e ao sonho. Estipulam que o autêntico é aquilo que se vive no cinema e o que se exalta na televisão. Propagandas disfarçadas de programas de entretenimento, englobando também os noticiários dentro da mesma lógica, contribuem com a manutenção e a perpetuação da sociedade do espetáculo e do consumo, sobretudo, de imagens.

O prefácio do escritor J. G. Ballard a uma edição de 1985 de sua obra *Crash*[47] reafirma, à mesma época da publicação de *América*, a constatação de Baudrillard, substituindo a metáfora da realidade como um filme, mas mantendo-a como ficção: "Vivemos dentro de um enorme romance. Torna-se cada vez menos necessário para o escritor dar um conteúdo fictício à sua obra. A ficção já está aí. O trabalho do romancista é inventar a realidade" (Ballard apud Le Breton, 2003: 181).

A vida em simulacro requer artifícios que mantenham a sanidade do indivíduo, equilibrando-o entre as fronteiras do real e do fictício. Uma passagem de *Sonham os androides com carneiros elétricos?* menciona um aparato lenitivo capaz de acomodar as pessoas dentro da realidade de que participam: o órgão de estado de espírito Penfield. O dispositivo fora criado com o objetivo de produzir estimulação artificial diretamente no cérebro do usuário. Ele equaliza frequências sonoras compatíveis com as sensações que se fazem mais apropriadas em cada momento do dia e para cada atividade a ser executada. Funciona também como um potente antidepressivo. Na versão literária da narrativa, Deckard possui uma esposa, Iran,[48] que se vale frequentemente deste recurso para suavizar momentos ocasionais de desespero "autoperpetuante" por ser obrigada a viver no planeta Terra, "depois de toda a gente que é esperta ter emigrado" (Dick, 2006: 11).

O aparelho Penfield também promove um controle preciso dos ciclos biológicos humanos através da descarga de impulsos elétricos, que

SOCIEDADE DE CONSUMO E METAVERSO

estimulam o sono profundo ou o despertar do corpo, quando este já se encontra descansado e preparado para a próxima jornada de trabalho. O dispositivo ainda possibilita a participação em uma experiência de transe coletivo, comandada por uma espécie de guru cibernético chamado Wilbur Mercer. Trata-se do *mercerismo*, um sistema religioso que oferece a experiência virtual de transcendência e comunhão entre seus adeptos, por meio de uma simulação computacional que interconecta as mentes de todos os usuários simultaneamente, através de cabos de energia, criando uma ilusão coletiva e entorpecente. Opera como um anestésico, propiciando uma fuga temporária de um agressivo cotidiano. A opção da vida em simulacro apresenta-se como solução segura, desde que intermediada com o auxílio de recursos como o Penfield, para amortizar o peso de uma realidade predominantemente hostil, induzindo estados de bem-estar e economizando aos seus usuários a necessidade de "uma análise mais intensa do mal-estar" (Le Breton, 2003: 61).

Deckard, também um seguidor de Wilbur Mercer, refletindo sobre a impressão de realidade conferida ao *mercerismo*, nota que não se trata de uma dissimulação da realidade, a não ser que toda a realidade também fosse forjada. Com a ideia de um culto cibernético, projetando a experiência virtual para dentro da realidade prática, Dick implodiu a barreira que estabelecia os limites da ilusão consensual percebida no simulacro. Resgatando a fala de Susan Sontag, de que a sociedade contemporânea "prefere a imagem à coisa, a cópia ao original, a representação à realidade, a aparência ao ser" (Sontag, 1981: 147), os tempos atuais, em que *selfies* são habilitadas por smartphones com câmeras fotográficas reversas, reafirmam a tendência do culto da imagem na modernidade – exaustivamente projetado com as falsas imagens de estilos de vida idealizados e experiências simuladas – como uma necessidade premente de autoafirmação, tanto para resguardar o indivíduo da lassidão de uma rotina repetitiva e enfadonha quanto, principalmente, para salvá-lo de uma morte social ocasionada pelo total anonimato e o ostracismo da mesmice.

# Nostalgia e desaceleração da realidade

Quando tratamos da análise da história a partir de uma projeção de futuro, lidamos com um teor de subjetividade que está sempre à espreita para ocasionar interpretações anacrônicas dos eventos problematizados. Seria, portanto, equivocado e ingênuo assumir que o futuro deveria apresentar-se de uma determinada maneira, desconsiderando todas as experiências e aprendizados que aqueles sujeitos da história (enquanto personagens de ficção) viriam adquirir entre o momento presente em que a tal projeção foi proposta e a data estipulada para sua consecução. É precisamente por este motivo que a leitura de um futuro ficcional se constitui, na verdade, num estudo dos eventos contemporâneos aos seus respectivos autores. Mas se o futuro da ficção é uma especulação, o que confere seu caráter de documento histórico?

Em sua obra *Futuro passado: contribuições à semântica dos tempos históricos* (2006), Reinhart Koselleck propõe o entendimento do futuro como o campo no qual se realizam a imaginação, a esperança e a expectativa. O passado fica definido como o campo em que estão situadas a experiência, a recordação e a memória. E o presente, segundo o autor, é a faixa de tempo sobre a qual se realiza a expectativa do porvir através das ações que manifestam a repetição ou a recusa de experiências já vivenciadas, resgatando-as pela memória, que é preservada e ativada por meio de registros ou de recordações daquilo que se consegue lembrar naturalmente. Assim, Koselleck (2006: 308) chega à ideia de que a história "é a vinculação secreta entre passado e futuro", ou seja, a história localiza-se, sobretudo, no presente que, nada mais é do que o espaço da dialética entre passado e futuro.[49] Além de marcarem o sentido de progressão na escala de tempo, os três símbolos que seccionam a duração, passado, presente e futuro, também exprimem a simultaneidade destas três dimensões de tempo, sobre as quais se situa a experiência humana, constituindo-se "embora se trate de três palavras diferentes, um único e mesmo conceito" (Elias, 1998: 63).

Com esta ideia, ou sugestão, de que passado, presente e futuro são como feixes que perpassam uma mesma e única faixa de tempo, voltamos à FC de antecipação enxergando-a como uma representação metafórica de seu próprio presente. Para a paisagem urbana, enquanto plataforma de manifestação das ideias contemporâneas, a resultante é uma mescla de coisas antigas que sobrevivem misturadas às coisas novas que surgem conforme a história se desenrola. Assim, a combinação de estilos estéticos representativos de diferentes períodos, confrontados num mesmo presente, habilita uma sensação de passagem do tempo, evocando impressões simultâneas de decadência e progresso, pois evidenciam mudanças de pensamento e dos objetivos empreendidos por cada geração. Mesmo que a pós-modernidade seja decorrente do ideário moderno de progresso linear, ela admite a mudança como uma certeza e, nesse sentido, ela também representa um tempo que busca realizar no presente aquilo que se espera que será o futuro: resulta num presente do "perpétuo estado de vir-a-ser" (Berman, 2008: 25), aquilo que deseja viver no hoje a materialização de um amanhã idealizado.

O conceito de evolução de que se valem as sociedades contemporâneas é deturpado pela noção de que cada estágio posterior da história comporta valores morais mais elevados do que seus precedentes. Mas a ideia que as ficções orientadas à distopia reforçam é justamente, por meio do descompasso entre os avanços da tecnologia e os retrocessos sociais e morais de civilizações decadentes, o colapso deste controverso conceito de progresso iluminista. Avançar tecnologicamente e evoluir como civilização são coisas diferentes.

Ao comentarmos a respeito dos personagens de *Neuromancer*, que se alternam na utilização de próteses cibernéticas, projeções holográficas, tanto quanto de espadas, arcos e flechas, esta confluência de temporalidades não é um erro, nem uma imprecisão narrativa. Diversas outras referências do livro atestam uma necessidade de se recorrer a este recurso de projetar futuros que resgatam e enaltecem épocas passadas. O escritório de importação e exportação de Julius Deane, por exemplo, promove notável contraste quando justaposto às tecnologias utilizadas pelos demais personagens, que possuem displays digitais tatuados na pele, conectados a chips subcutâneos:

> O mobiliário espalhado pelo hall provisório sugeria o fim do século passado, mas o escritório propriamente dito parecia ser do seu início [...] O importador estava barricado atrás de uma grande escrivaninha de aço verde, com gaveteiros altos, de alguma espécie de madeira clara, à esquerda e à direita. O tipo de móvel, pensou Case, que algum dia serviu para arquivar os registros escritos de qualquer coisa. O tampo da escrivaninha estava atulhado de cassetes, rolos de papel de impressora amarelados e várias peças de um tipo de máquina de escrever à corda... (Gibson, 2003 [1984]: 23).

*Blade Runner* também incorre no mesmo artifício quando justapõe uma imponente pirâmide escalonada, que domina a paisagem da cidade, remontando às civilizações da Antiguidade, às antiquadas bicicletas vistas pelas ruas, enquanto carros voadores cruzam os arranha-céus. Este passado que se faz presente na composição estética da representação fílmica permite a aplicação de um método historiográfico que Marc Bloch poderia entender como um duplo movimento, que consiste em compreender o presente pelo passado e o passado pelo presente, permitindo, portanto, a obtenção da historicidade no objeto em questão (Bloch, 2002: 227). Neste caso específico, tem-se um futuro que se mostra ambíguo. Por um lado, veem-se sinais de um processo intenso de modernização; por outro, há sintomas de um estado de degradação que contradiz o sentido de progresso ambicionado pelas sociedades industrializadas, que teriam sido a gênese e a base referencial àquele cenário. O que se procura demonstrar na

*HISTÓRIA e FICÇÃO CIENTÍFICA*

obra não é o pessimismo pelo pessimismo, mas sim, como essa associação da modernização ao progresso, predominante no pensamento ocidental e originária da industrialização oitocentista, deixara de designar os sujeitos adeptos da inovação para melhor corresponder à experiência humana dentro de um estado de saturação tecnológica e desindustrialização, cujo resultado é um lócus de generalizada decadência.

No escritório do inspetor Harry Bryant encontra-se uma combinação de temporalidades distintas compondo o tempo presente das personagens, juntamente às evidências do explícito estado de decadência. Seu espaço de trabalho é separado de um enorme salão por divisórias finas de madeira com janelas de vidro e persianas, que o mantêm isolado do barulho e da circulação de pessoas ao redor. O forro do teto é coberto por pó e lixo. É possível ver, no interior do ambiente, arcaicos objetos funcionando como se fossem novos: ventiladores, abajures, monitores de computador, muitos papéis que se acumulam sobre a velha mobília, sobre a qual também estão dispostos porta-retratos e microfones antiquados, uma garrafa de *whisky* e cadeiras, aparentemente, forradas de couro. Sendo o couro um material escasso, num contexto em que animais não podiam mais ser criados em larga escala para o consumo humano, por uma combinação de fatores ecológicos e econômicos, sua presença ali nos transporta a um tempo em que a vida animal se desenvolvia sem os impeditivos da realidade pós-nuclear. Estes artefatos comunicam o interesse de resgatar tempos saudosos de fartura e calmaria, podendo também denotar uma carência pelo artesanal, contra tudo o que é produzido de maneira massificada e impessoal.

### IMAGEM 21

*Vue imaginaire de la Grande Galerie en ruine du Louvre* (1796),
de Hubert Robert. Ao imaginar o Museu do Louvre em ruínas,
às vésperas da Revolução Industrial, o artista francês torna
o passado clássico um agente presente do imagético nostálgico
de seu tempo.

A predominância destes objetos antigos faz com que todo o ambiente pareça estagnado no tempo, à mercê de sua força de deterioração. A não ser talvez pelo design pouco convencional do relógio de pulso de Bryant, destoando do cenário retrô ao seu redor, não há qualquer indício de que se esteja num futuro avançado, ou sequer no período contemporâneo à produção do filme. Os objetos ali dispostos denotam uma época ainda anterior, remetendo à década de 1950, período de prosperidade econômica que Jameson define como "o objeto de desejo perdido predileto (dos norte-americanos)" (Jameson, 1996: 286), quando as cidades eram menores, o ritmo da vida cotidiana mais ameno e as famílias pareciam mais felizes. Outro exemplo pode ser constatado na oficina de J. F. Sebastian. Um relógio cuco em perfeito estado conta as horas à moda antiga, pendurado

HISTÓRIA e FICÇÃO CIENTÍFICA

numa parede sobre uma diversidade de brinquedos eletrônicos e bonecos inteligentes, aos quais oferece contraste. Durante séculos os relógios, surgidos ainda na Idade Média, eram os mais sofisticados aparatos mecânicos que se podia possuir, "símbolo essencial de poderio do novo mundo urbano" (Attali, 2004: 81, tradução nossa). Muito estimados durante a era industrial, perduraram como ícones tecnológicos até a recente era digital, que ainda sabe valorizá-los como signos tradicionais de *status* social, conferidos por um valor construído historicamente. Mesmo pessoas de alto poder aquisitivo, e acesso às tecnologias de ponta, investem altas somas de dinheiro em relógios de marcas renomadas.

Dick reforça a ideia de que a confluência de temporalidades, no futuro, vai além da simples coexistência de objetos modernos e antigos no mesmo espaço. Mais do que um capricho estético, é uma forma de recordar ao espectador-leitor de que o tempo está passando rapidamente, de que tudo está envelhecendo, decompondo-se, e até mesmo os objetos mais novos estão se tornando gradualmente obsoletos: "as cadeiras, o tapete, as mesas, tudo tinha apodrecido; tudo decaía numa ruína mútua, vítimas da força despótica do tempo" (Dick, 1985: 52). E não apenas objetos, mas corpos estavam igualmente suscetíveis ao inexorável envelhecimento. A percepção da aceleração da passagem do tempo corresponde, como foi proposto nos capítulos anteriores, a uma impressão de encurtamento da vida, já que leva o indivíduo, em seu impulso de preencher o tempo com experiências e estímulos, a acelerar ainda mais o seu ritmo de vida, respondendo à velocidade com mais velocidade. Lembra o historiador Jacques Le Goff que: "o moderno adquiriu um ritmo de aceleração desenfreado. Deve ser cada vez mais moderno: daí um vertiginoso turbilhão de modernidade" (Le Goff, 2006: 204).[50]

É normal que os indivíduos, conscientes de sua premente finitude, desenvolvam comportamentos, hábitos e mecanismos que permitam uma conciliação com a inevitabilidade dos fatos. Os aposentos do Dr. Tyrell são, curiosamente, iluminados por dezenas de velas. Dispostas incompativelmente com o que o espectador esperaria encontrar em um futuro amplamente tecnológico, as velas desaceleram o ritmo cotidiano que ali deveria predominar, cumprindo uma importante função: a desaceleração do tempo percebido. Como um mecanismo de defesa do qual dispomos para nos precaver contra a ansiedade provocada pelo furor da aceleração

*NOSTALGIA E DESACELERAÇÃO DA REALIDADE*

da realidade, nos cercamos de objetos antigos, pois estes são evidências tangíveis de coisas que perduram no tempo. A mensagem de que, apesar da passagem dos séculos e do advento da eletricidade, velas ainda são relevantes, soa quase como uma esperança de que o tempo não é invencível. A despeito da aceleração contínua dos ritmos de produção, para a manutenção do estado de vir-a-ser de um meio em que se consome "não mais por necessidade, mas por ansiedade" (Santos, 2003: 127), certos ambientes providencialmente se oferecem como espaços de desaceleração, ou de descompressão espaço-temporal.

A comunicação com um passado acolhedor, confortável e, acima de tudo, familiar, em que as experiências estão encerradas e, por isso, sob controle, não guarda surpresas nem imprevistos. Em casa, o retorno nostálgico a um passado idealizado como um tempo seguro, justamente por ser conhecido, está nas lembranças que são resgatadas pelos objetos antigos, decorativos e de recordação. Os porta-retratos, que Deckard posiciona sobre seu piano, cumprem eficazmente este papel. Este artifício contribui para a ativação de sua memória, conectando-o ao passado capturado pelas fotografias. Não importa se estas memórias lhe são naturais ou artificialmente implantadas, sendo relevante apenas o fato de que estão ali para assegurar-lhe o pertencimento a uma história e posicioná-lo no tempo. A segurança do lar oferece-lhe um ambiente calmo, em que o tempo escatológico, que o impele para o fim, deixa de transcorrer conforme o ritmo vigente porta afora. O espaço doméstico torna-se propício para que ele recomponha suas energias, reorganize suas ideias e estabilize seu aparelho psíquico.

Discorrendo sobre a relação passado/presente, cuja distinção é um elemento essencial da concepção do tempo linear, Le Goff nota como a moda retrô é uma resultante do processo de aceleração da história que, ao promover um distanciamento do passado, levou, contrariamente, "as massas dos países industrializados a ligarem-se nostalgicamente às suas raízes" (Le Goff, 2006: 225). Inclusive o entusiasmo pela fotografia, "criadora de memórias e recordações", é lembrada pelo historiador como prova desta necessidade de nostalgia que acomete a modernidade.

Para uma análise dos objetos antigos que se combinam à modernidade, Jean Baudrillard propõe entendê-los a partir do duplo sentido que possuem. Estes objetos retrô resgatam nostalgia, tradição e lembrança

*193*

HISTÓRIA e FICÇÃO CIENTÍFICA

sem implicar necessariamente um movimento retrógrado ao progresso que, supostamente, estaria em curso (Baudrillard, 1982: 81). Servem, ao invés, como suporte aos objetos modernos por os sustentarem em sua condição adiantada, além de substanciar a historicidade de ambos, novo e antigo. Ao fornecer o contraponto de dois tempos distintos que se cruzam e se comunicam numa dada dimensão temporal, os objetos compõem o presente de forma heterogênea, demonstrando que, apesar de toda a tecnologia adquirida, certos objetos conservam sua utilidade sem perder sua simplicidade, não tendo ainda sido suplantados, ou pelo contrário, destacando o avanço destes objetos recentes, que tornam seus predecessores obsoletos.

Assim, é na diferenciação entre o antigo e o novo, colocados juntos, que ambos ganham significância. O objeto antigo é despretensioso e tem o seu valor atestado pela sua sobrevivência ao tempo, é "belo simplesmente porque sobreviveu" (Baudrillard, 1982: 91). Numa concepção de tempo que caminha vertiginosamente em direção ao fim, aquilo, ou aquele, que consegue vencer tal "força despótica" (Dick, 1985: 52) é digno de valor e respeitabilidade.

A significação de um mesmo objeto pode variar na duração, ora como utensílio de uso prático, ora como sucata, peça de colecionador e, finalmente, resgatado pelos movimentos de moda retrô, como peça decorativa. O antigo mantém sua importância pela historicidade nele contida e, com sua reputação, influencia a estética de objetos mais recentes, confeccionados sob a inspiração de seus predecessores. Estes parecem objetivar o resgate de um aspecto de aura,[51] do qual carecem, por não conterem em si uma densidade histórica relevante, ainda não sobreviveram a nada, não testemunharam grandes eventos e, portanto, não têm muita história para referenciar. Tanto o mercado reconhece o apelo do valor histórico dos objetos, que até hoje automóveis, eletrodomésticos, roupas e instrumentos musicais são fabricados sob inspiração do design de modas passadas, seja sob o pretexto de render-lhes homenagem, seja para, tão somente, apropriarem-se dos mesmos atributos que as consolidaram em suas respectivas épocas para oportunas campanhas de marketing.

Questionando a ânsia pela novidade, como força motriz dos indivíduos integrados à realidade em aceleração, Fredric Jameson identificou algo que denominou como uma "primazia crescente do neo" (Jameson,

NOSTALGIA E DESACELERAÇÃO DA REALIDADE

1996: 45) – neoclássico, neogótico, neo-*hippie*, neonazismo, neoliberalismo etc. –, constatando um duplo movimento que aponta para o futuro e, ao mesmo tempo, não pode se desfazer do passado. Admite a necessidade de coisas, eventos e indivíduos manterem uma ligação com sua origem predecessora para, consequentemente, legitimar seu pertencimento à história, sua identidade e funcionalidade no meio em que estão inseridos, trazendo consigo o peso (emprestado) de um valor histórico agregado. A necessidade de se reportar ao passado, vinculando-se a ele, também é observada nas culturas que apreciam a sabedoria de seus anciãos e no simples "não se faz mais (algo) como antigamente".

Em contrapartida, esta confluência de temporalidades expressa na arquitetura, nas roupas, nas artes, nos corpos e produtos em geral poderia configurar-se numa referida situação de *poluição dromosférica*.[52] Segundo Paul Virilio (2005), a implicação central seria uma desorientação espaço-temporal do indivíduo, carente de um mapeamento cognitivo que lhe possibilite entender e situar-se em seu contexto, afinal, este é composto por um conjunto plural de referências, traduzindo temporalidades diversas que se encontram em conexão na contemporaneidade. Basta resgatar as referidas bicicletas que passeiam pelas ruas enquanto carros sobrevoam logo acima dos personagens, ou os trajes de Deckard, semelhantes aos detetives dos filmes *noir* dos anos 1940.

Toda tendência precisa lidar com a sua contratendência. Se, por um lado, a modernidade, segundo Laymert Garcia dos Santos, "instaura, como princípio supremo, a ruptura com os valores do passado e a consagração do novo e do inédito [...] a desvalorização dos outros tempos, sacrificando a história em benefício do presente" (Santos, 2003: 127), por outro, o apego ao passado mostrou-se imprescindível. Voltar-se ao passado com nostalgia configurou-se numa reação natural da vida em resposta a um presente insatisfatório. Demonstra uma necessidade de resgate para que aspectos deste tempo que se foi voltem a ser o que ou como eram antes. Resta o passado idealizado como um tempo de bonança, que se perdeu, mas deve ser recuperado, sem comprometer o progresso. Por isso, como lembra Le Goff (2006: 204), mesmo recusando o antigo, o sujeito moderno mostra-se obcecado pelo passado e refugia-se na história, como se não pudesse evitar de sentir-se antigo, pertencente ao passado,[53] pois tão logo surge a novidade, esta já se apresenta ultrapassada. Esse sujeito que clama por inovação tende a "se negar e destruir", criando o espaço que o novo demanda para se sobrepor ao preexistente.

Esta prerrogativa do contínuo vir a ser ampara-se, e também intensifica, um vicioso movimento de constante reinvenção do mercado, que imprime a aceleração ao custo de sua própria perpetuação. Dentre as contrapartidas desta necessidade de reinvenção, aponta Santos (2003: 128) que: "a aceleração tecnológica e econômica é tal que até mesmo o atual acaba sendo ultrapassado: tudo o que é... já era".

Em *Neuromancer* e *Blade Runner*, o contato com estes objetos antigos, como os que adornam os escritórios de Julius Deane ou de Bryant, possibilita a transcendência e a comunicação com um tempo que se perdeu, mas que, na perspectiva dos personagens, vale a pena resgatar. Trazem para o seu presente recordações de um passado que lhes parece mais ameno, quando as pessoas eram menos mecanizadas e apáticas, a natureza era exuberante e os recursos fartos. Dizem também sobre a origem daquilo que desencadeou os fatos que culminaram na realidade que diante dos personagens se prostra. São desta origem provas materiais.

O efeito de nostalgia propiciado desta forma pelas obras é uma maneira de desacelerar o tempo que transcorre no sentido escatológico. Ao invés de se encaminhar rumo ao fim, a sensação é de retorno. Os objetos antigos direcionam as atenções para experiências do passado do qual são referência, retardando a chegada do futuro, pois prolongam a experiência vivida no presente. Este efeito, no entanto, segundo as narrativas de Dick e Gibson, parece estar reservado a situações e espaços específicos, que permitam um recolhimento do indivíduo a uma esfera pessoal, para propiciar uma experiência de temporalidade particular, alheia do âmbito coletivo, esfera onde a corrida escatológica de fato se manifesta.

Ainda sobre os objetos antigos, dispostos na ambientação futurista, nota-se que estes retornam ao espectador como referências de temporalidades a ele familiares, devolvendo-lhe a historicidade de seu presente. Conforme Jameson (1996: 301), este recurso é encontrado em obras de Dick como uma estratégia para que se possa enxergar o próprio presente como histórico, ampliando a sensação de familiaridade com a ficção. Ao projetar seus futuros ficcionais, a ficção transfere objetos, elementos e situações próprios de seu contexto para o futuro imaginado. Os personagens fictícios deste porvir entenderão estes elementos como vestígios do passado, mas que para o leitor reportam-se ao presente. Desta forma este presente torna-se representado na ficção, segundo a perspectiva dos personagens, como um passado histórico, devolvendo o autor e o leitor/espectador aos seus respectivos presentes, para enxergar seu próprio tempo como histórico. Assim, o presente é historicizado. Esta operação não aproxima o tempo do espectador de um futuro que se pretende próximo. Porém, ameniza a ansiedade de um porvir desconhecido, pois o traz de volta à sua contemporaneidade – sobre a qual este espectador/leitor detém certo controle –, por meio das referências temporais que lhe são reconhecíveis e que lhe dão a convicção de que apenas o presente existe. Assim, o passado e o futuro são sempre reconstruções ou encenações produzidas a partir deste tempo presente,[54] e os objetos antigos estão ali para trazer-nos de volta, ou manter-nos posicionados em nosso tempo. Para Jacques Attali (2004: 18), o futuro chega a ser perigoso quando não é um retorno ao passado, justamente por apresentar-se desconhecido.

Dessa forma, um futuro distópico só se apresenta trágico porque ganha consistência nos elementos angariados a partir do próprio contexto de onde a representação se originou. Com isso, "é possível que esteja aí implicada apenas uma ruptura historicista, na qual nós não somos mais capazes de imaginar qualquer tipo de futuro – seja utópico, seja catastrófico. Nesse caso, a anteriormente futurista ficção cientifica transforma-se em mero realismo e uma representação rematada do presente" (Jameson, 1996: 292).

Com este movimento, percorrendo os três domínios que seccionam o tempo – passado, presente e futuro –, a ficção científica nos leva a um suposto futuro, que não pode ser definido com assertividade precisa, para retornar a um presente tornado documento histórico. Ou seja, este futuro jamais deixou de ser uma forma de expressar aspectos do tempo presente, que resulta de uma cadeia de eventos já ocorridos ou em andamento. Por isso, o próprio Dick, admitindo o futuro como local fundamental da ficção científica, reconhece que os futuros que estes escritores procuram representar "num certo sentido, já aconteceu" (Dick, 2006: 69). Corroborando esta noção, Baudrillard reforça que não se pode conceber uma ficção científica, de fato, original, já que suas prospecções de futuro serão sempre, necessariamente, originadas a partir de um contexto real, fazendo com

HISTÓRIA e FICÇÃO CIENTÍFICA

que um futuro imaginário fatalmente perca seu caráter inventivo para cair em prospecções, de certa maneira, óbvias, autorizadas e previamente conformadas por este ponto de partida, o presente. Embora muito rica como fonte de documentação no domínio do inconsciente, a FC mostra-se para o filósofo bastante pobre em invenção estrutural, justamente por utilizar-se, essencialmente, do que já é existente para criar seus universos imaginários (Baudrillard, 1982: 128).

# Fotografias e a supremacia da imagem

Em *Blade Runner*, a fotografia se constitui num vestígio palpável daquilo que os replicantes entendem ser a sua realidade. Operam como um suporte material à imaterialidade das imagens implantadas para compor sua coletânea de memórias, facilitando o processo de aceitação destas como verdades. Quando Rachael vai ao apartamento de Deckard contestar o resultado do teste Voight-Kampff, que a classificara como replicante, ela recorre às "suas" fotografias de infância. Uma delas, o retrato da "mãe que ela nunca teve e da filha que ela nunca foi", sensibiliza o caçador. Ele começa a perceber, sem sequer se dar conta dos inúmeros retratos antigos que ele mesmo possuía esparramados sobre o seu piano, que suas vítimas colecionavam fotografias porque precisavam substanciar suas memórias e, assim, obter o amparo às emoções que elas não deveriam, a princípio, desenvolver.

Sobre a importância da imagem e, sobretudo, do sentido da visão na contemporaneidade, cabe recordar que o homem foi historicamente educado para acreditar naquilo que vê, acima daquilo que lê, ouve e pensa, para então formular suas próprias ideias e opiniões sobre como entende a

HISTÓRIA e FICÇÃO CIENTÍFICA

sua realidade. Georg Simmel notara, em inícios do século XX, que "as relações recíprocas dos seres humanos nas cidades se distinguem por uma notória preponderância da atividade visual sobre a auditiva" (Simmel apud Benjamin, 1994: 36). Lucien Febvre, historiador dedicado ao estudo de um período anterior ao que Simmel se refere, também se empenhou em demonstrar, em seu ensaio "O homem do século XVI", a existência de uma hierarquia dos sentidos, para estabelecer que nas civilizações modernas a imagem ocupa um lugar de destaque na interpretação da realidade (Febvre, 1950: 7-17). Embora todos os sentidos deem-nos prova do real, num meio amparado majoritariamente sobre o poder comunicativo das imagens,[55] nenhum deles permite uma apreensão da realidade tão vívida quanto a visão. De outra forma, as pessoas deste início do século XXI não atribuiriam tamanho valor à qualidade e à potência das câmeras fotográficas que equipam seus aparelhos de telefone celular, bem como não passariam tamanha quantidade de horas imersas em aplicativos de edição e compartilhamento de fotografias. O olho atesta a existência de tudo o que é visível, de modo que aquilo que é constatado pelo raio de abrangência da visão impõe-se ao observador como verdade. E do contrário, o que está fora do alcance da percepção ocular é dúbio ou relegado à imaginação e ao sobrenatural.[56]

Numa sociedade recheada de videogames, Instagram, avatares e metaverso, que fabricam e propagam ilusões, aceitas livremente como verdades, a visão ocupa espaço privilegiado na função de mediação entre o indivíduo e todo o mundo a ele exterior. Nesta contemporaneidade – que nunca foi desenhada priorizando as condições e necessidades de pessoas cegas ou deficientes visuais –, o olho é o órgão que primeiro percebe e registra essas imagens selecionando-as para que, então, seja realizado o trabalho de decodificação, dotando-as de sua devida significância. Nestas circunstâncias, a fotografia propicia a construção da subjetividade dos replicantes mediada pela máquina fotográfica, na medida em que lhes fornece uma origem. Possuir um passado é apresentado pelo filme como um elemento indispensável à autenticidade dessa subjetividade. Por isso, os personagens parecem obcecados pelo passado, mostrando-se convictos de que a vida deve amparar-se numa história para que tenha legitimidade e propósito. Como já dissera Dr. Tyrell: os replicantes "são emocionalmente inexperientes [...] fornecendo a eles um passado, criamos um amortecedor para

FOTOGRAFIAS E A SUPREMACIA DA IMAGEM

sua emoção e os controlamos melhor". Através destes retratos antigos, eles podem se comunicar com um passado ancestral e inserirem-se numa história como se, de fato, pertencessem a ela, autorizados por estes documentos históricos, diga-se, forjados, que legitimam suas falsas memórias. Susan Sontag (1981: 9) oferece-nos como explicação para a supervalorização destes objetos a seguinte colocação: "a fotografia, ao mesmo tempo que nos atribui a posse imaginária de um passado irreal, ajuda-nos também a dominar um espaço no qual nos sentimos inseguros".

Os replicantes limitam sua história ao que as fotografias têm registrado. Parece-lhes que apenas estes objetos podem atestar o real, conferindo-lhes a continuidade genética e social de que necessitam para se posicionarem como sujeitos integrais. Como um ritual da vida familiar, Sontag (1981: 9) lembra que a fotografia traz coesão a uma família por constituir-se numa crônica, estruturada a partir dos fatos por ela registrados, tornando-se sua narrativa. O mesmo pensamento, atualizado, poderia se referir às linhas do tempo dos aplicativos que utilizamos para compartilhar episódios de nossas vidas, resultando em narrativas editadas conforme a ficção de nós mesmos que desejamos projetar.

Roy Batty é uma providencial exceção a esta regra. Enquanto os demais replicantes ainda se mostram apegados a estes documentos, ele valoriza sobretudo as experiências que viveu e guardou consigo, e cuja única forma de externar é através de suas palavras que, lamenta, não serão legadas adiante. O testemunho do líder replicante, acumulando os quatro anos de sua breve história, é autêntico, porém, irrelevante para uma sociedade acostumada e viciada em imagens objetificadas, que se configuram em transmissores de verdades, mais fáceis de serem compreendidas e apropriadas do que as palavras de um sujeito de classe inferior. Fora especificamente estabelecido que: "Os andróides não podem legar nada. Não podem possuir nada para legar" (Dick, 1985: 103).

Segundo Walter Benjamin, está justamente aí, em sua função de registro e transmissão de informação, a maior contribuição que a fotografia traz como elemento de sua transcendência ao âmbito da arte contemporânea, que vai de um estado de arte contemplativa, próprio de épocas e movimentos que a antecedem, para assumir-se como instrumento de leitura e investigação da realidade (Benjamin, 1985: 174). Ao que Sontag (1981: 4) complementa:

HISTÓRIA e FICÇÃO CIENTÍFICA

> fotografar é apropriar-se da coisa fotografada [...] hoje em dia (a fotografia) nos transmite a maior parte das informações de que dispomos sobre o que foi o passado e sobre o que é o presente [...] não constitui depoimento sobre o mundo, mas fragmento desse, miniatura de uma realidade que todos podemos construir ou adquirir.

Na oficina de Chew, um geneticista oriental de idade avançada, são confeccionados artesanalmente os olhos artificiais que equipam os replicantes. Ali fica explícita a ideia dos olhos enquanto objetos sintéticos, ferramentas inanimadas, instrumentos de registro, ao invés de órgãos naturais. Quando Roy e Leon adentram seu laboratório, o velho admira orgulhoso sua obra ganhar vida, pois sem o corpo dos replicantes, seus olhos não passam de esferas gelatinosas sem utilidade. Devidamente acoplados ao rosto de seus hospedeiros, eles brilham, transmitem vida e proporcionam a experiência de viver mediada pela visão. "Se pudesse ver o que eu vi com os seus olhos" é a frase do líder replicante que marca a passagem. Portar olhos significa estar vivo e diferenciar-se de toda a matéria inanimada. Um computador com inteligência artificial não provoca a mesma reação que um replicante capaz de transmitir emoções através do olhar. Por isso, é indispensável que o teste Voight-Kampff seja capaz de identificar as respostas emocionais transmitidas pelos olhos, podendo diferenciar as reações naturais das artificiais.

A perda dos olhos tem importante significância no filme. Representa a perda da vida ou um retorno à condição inanimada. O objetivo de tentar prolongar a vida pela prorrogação do prazo de expiração não é outro senão o de se poder continuar a ver, para registrar maiores porções da realidade. Em duas passagens do filme, nas quais um replicante procura eliminar uma vítima, o golpe mortal é a perfuração dos olhos. Simbolizando a interrupção da capacidade de ver de seu oponente, a intenção de matar confunde-se com a de cegar. No emblemático encontro entre Roy e Tyrell, o androide, num ato de reversão do quadro simbólico expresso pelo mito de Édipo (Harvey, 1998: 281), pressiona os olhos de seu criador após beijá-lo nos lábios. Uma violenta demonstração de insatisfação contra o responsável pelo seu breve prazo de expiração.

Roy enfatiza seu temor pelas coisas que deixará de ver e pelas coisas que viu, "coisas que vocês humanos não acreditariam. Naves de combate em chamas em Órion. Vi raios C brilharem na escuridão de Tannhauser", mas que se perderão "como lágrimas na chuva" quando ele se for. O que o aflige não é a interrupção da vida em si, mas a descontinuidade de suas vivências, que não prevalecerão ao tempo como um legado compartilhado pelas gerações seguintes. O único modo de se eternizar é mantendo as recordações de suas experiências vivas na memória de Deckard. E com o testemunho destas vivências, o *blade runner* poderá enxergar o mundo pelo olhar compartilhado do outro. Um mundo de intenso movimento e transformação, para além do que as imagens estáticas das fotografias poderiam expressar.

## EPÍLOGO
# E o que vem a seguir para a ficção científica?

O prefixo "pós", em pós-modernidade, provoca a pergunta: o que poderia vir depois de algo que já está definido como algo que é pós? Certamente a pós-modernidade, enquanto conceito, não decreta um fim definitivo, ainda mais quando observamos a escalabilidade e a exponencialidade de como as transformações vêm ocorrendo e demandando novas classes de conceitos atualizados às novas necessidades. Talvez, por sua característica de implodir padrões, normas e convenções, a pós-modernidade venha sim decretar um fim, porém, dentro de uma ideia mais próxima ao que um fim apocalíptico deve pressupor. Ou seja, o fim de algo como o conhecemos, para que algo novo, condizente a novos paradigmas, tome seu lugar atendendo às demandas de uma nova racionalidade.

Tomemos o exemplo de William Gibson, que iniciou sua trajetória na FC a partir da consistente problematização da modernidade – o que situa muitas de suas obras no espectro de uma ficção pós-moderna. Ao voltar-se a uma literatura do seu tempo presente, admitindo já viver uma realidade tão competente na reprodução de falsas realidades, parece assinar a confissão de

HISTÓRIA e FICÇÃO CIENTÍFICA

que a ficção tradicional pouco pode nos surpreender. As primeiras páginas de seu *Reconhecimento de padrões* (2011 [2003]) são justamente um exemplo deste experimento narrativo, que descrevia um dia cotidiano da exata contemporaneidade do autor, utilizando os clichês tecnológicos (e suas respectivas marcas) como acessórios a um estilo de vida futurista, porém, vivenciado como corriqueiro e trivial ao presente. Ele descreve a sensação de um *jet lag*, para demonstrar a naturalidade com que as pessoas cruzam de Nova York a Londres em poucas horas. Também chama a atenção para uma geladeira alemã, uma luminária italiana, cita pecinhas de Lego, calças jeans da marca Levi's, modelo 501, e a predileção pelo design dos computadores Mac da Apple, como repertório contextual, e resume a descrição de personagens da exata maneira como se pratica o *stalking* digital, hoje em dia, quando queremos saber algo sobre alguém:

> Coloque Damien no Google e você encontrará diretor de videoclipes e comerciais. Coloque Cayce no Google e encontrará *coolhunter*, caçadora de tendências, e se você procurar com mais atenção vai encontrar sugestões de que ela é uma sensitiva de alguma espécie, uma rabdomante no mundo do marketing global. (Gibson, 2011 [2003]: 8)

Gibson identifica uma contemporaneidade em que o culto à tecnologia deu lugar ao culto do design, do apego às marcas da moda e à necessidade de se estar ajustado às tendências. E sua proposta é de tal modo bem-sucedida, que mesmo ao reler a passagem quase vinte anos depois, ainda temos a sensação de ler uma ficção científica, cujos elementos narrativos continuam respondendo às prerrogativas de uma vida acelerada, midiatizada e tecnologicamente servitizada – ou seja, a tecnologia como serviço, e não como o produto fim –, como a percebemos agora, nas ansiedades e nostalgias das gerações que habitam a efervescência digital e pandêmica de 2021.

Por essas e por outras tem sido comum em conversas informais, hoje em dia, assistirmos a eventos de maior ou menor magnitude, ao que alguém prontamente comenta "isso poderia ser um episódio da série *Black Mirror*", como se nada mais, ficção científica alguma, fosse capaz de nos surpreender.

Em 2016, morando nos Estados Unidos, tive a oportunidade de participar de um projeto para uma grande empresa japonesa de tecnologia,

*206*

cujo objetivo era desenhar uma visão de futuro para os novos produtos e serviços que ela deveria desenvolver dentro de um horizonte de cinco a dez anos. Além de um aprofundado levantamento de sinais, tendências e inovações técnicas que estavam pautando as discussões estratégicas de governos e corporações, utilizamos a FC como método para organizar a narrativa de como tudo aquilo sobre o que se especulava aconteceria e seria, de fato, percebido pelas pessoas no futuro. Um dos conceitos que definiram a estética do que estávamos propondo foi a ideia de "tecnologia invisível", ou seja, um futuro em que finalmente as tecnologias mais avançadas estariam tão incorporadas à rotina das pessoas, que sua presença sequer seria notada. Elas viveriam suas vidas, realizando as atividades comuns do dia a dia, enquanto toda uma camada de experiência tecnológica viabilizaria um estilo de vida otimizado, no qual percalços seriam antecipados e automaticamente solucionados, sem que as pessoas tomassem consciência deles. A proposição era de uma sociedade em que os prodígios da tecnociência estariam naturalizados ao ponto de se perderem na trivialidade de um cotidiano mais simples, cujo resgate tornar-se-ia possível, justamente, quando complexas tecnologias deixassem de requerer nossa atenção. Ao se tornar invisível, ainda que definitivamente presente, a humanidade poderia resgatar a simplicidade das relações humanas genuínas e de um sonho iluminista finalmente concretizado, em que a máquina deixaria de ser signo de opressão para, como coadjuvante, facilitar a tal emancipação da humanidade pela razão.

Talvez o futuro da tecnologia e da ciência seja nos ensinar as verdades mais simples e importantes, da mesma maneira como Roy utilizou seus últimos instantes para conscientizar Deckard sobre o verdadeiro sentido da vida:

> Não sei por que ele (Roy) salvou minha vida. Talvez, naqueles momentos finais, ele amou a vida mais do que nunca. Não apenas a vida dele. A vida de qualquer um. Minha vida. Tudo o que ele queria eram as mesmas respostas que o resto de nós quer. De onde venho? Para onde vou? Quanto tempo tenho? Tudo o que eu pude fazer era sentar ali e vê-lo morrer. (*Blade Runner*, 1982)

Certa vez, gastando um pouco de tempo enquanto navegava em uma conhecida rede social, deparei-me com um comentário de um leitor, no _feed_ de notícias de um jornal de grande circulação, que me fez parar para refletir. A respectiva matéria, publicada em meados de 2020, comentava os cortes de orçamento do governo federal que seriam destinados à ciência e à educação. Criticando programas como Capes, CNPq e o Ciência sem Fronteiras, a pessoa reforçava que apenas as ciências "sérias" deveriam receber incentivos, excluindo destes programas as "inúteis" ciências humanas – História, Sociologia, Antropologia, Filosofia, Geografia – "que não servem para nada". Arrisco-me a dizer que todos os problemas que a humanidade enfrenta atualmente, e que não são poucos, devem-se justamente ao fato de que não soubemos até agora localizar e valorizar a fundamental importância que as ciências humanas desempenham para a formação de uma sociedade mais avançada e mais justa. São estas as áreas do conhecimento que se dedicam a entender as complexidades, origens e consequências destes problemas sociais, econômicos, ambientais que nos acometem, para então orientar e direcionar a finalidade à qual todos os recursos e adventos tecnocientíficos deveriam ser destinados, e como deveriam ser empregados, a fim de que a meta final do desenvolvimento não fosse outra senão a construção de uma civilização, de fato.

Como utopia, a meta do desenvolvimento científico segue nos inquietando e nos inspirando. A ficção científica mantém-se firme em sua vocação de nos ajudar a ilustrar e interpretar as delicadas questões acerca do mundo em que vivemos e daquele no qual desejamos viver. E entre debates e elucubrações, vamos também cultivando uma esperança e uma força que nos movimentam, com tombos e solavancos, em direção a dias melhores.

## "DEUS CRIOU O HOMEM, PORQUE GOSTAVA DE OUVIR HISTÓRIAS"

Deus, homens, histórias... A frase anterior é do pensador contemporâneo Elie Wiesel, mas para situá-la melhor, peço licença ao jornalista Adauto Novaes, para pegar emprestada uma citação sua, que gostaria de interpretar à luz das reflexões deste livro: "pode se dizer que as invenções são feitas sob o signo da descrença" (Novaes, 1998: 9). Invenções,

*EPÍLOGO*

descrença... Uma citação de poucas palavras, porém, suficientemente bem ordenadas para sintetizar muito do que aprendemos quando a ficção científica, como produto cultural, acontece. Afinal, é quando não aceitamos passivos a predeterminação, ou predestinação, dos eventos que nos submetem, que somos instigados a experimentar novas formas de fazer, pensar e interagir com tudo o que reconhecemos dentro e fora da gente. É como se Deus criasse alguma coisa e o ser humano, diante dela, se perguntasse: e se? Ao permitir-se problematizar, instantaneamente, brota a autoconsciência de um indivíduo que pode testar sua autonomia e interferir no meio que o circunda. Ao observar as coisas que não o satisfazem, esse indivíduo, imbuído de autodeterminação, questiona e experimenta alternativas até descobrir novas formas de ver, entender, articular e ressignificar os elementos que compõem a sua realidade, dando vazão às pequenas e grandes invenções que habilitam novas formas de experienciar o mundo.

Enquanto o ser humano manifestar esta condição, haverá ficção. Enquanto houver inquietação, haverá imaginação e teorização, logo, haverá ficção. Dentre todas as espécies do reino animal, o ser humano é um tipo que gosta de contar, ouvir e se alimentar de histórias. Às vezes essas histórias são desenhadas, esculpidas, escritas, encenadas ou simplesmente faladas. Não importa. Enquanto houver ficção, haverá experimentação, descoberta e invenção. E por ora, podemos dar, pelo menos a uma parcela de toda a ficção, o apelido de *científica*.

# Nota do autor

Meu interesse pela ficção científica (FC), não como entretenimento, mas como objeto de crítica, surgiu em meio a reflexões descompromissadas durante as aulas na faculdade de História. Aprendemos desde o colégio que conhecer o passado é fundamental para compreendermos o presente e nos prepararmos para o futuro. Na FC vi uma possibilidade de fazer justamente isso, no entanto, ao invés do estudo de fatos objetivos do passado, comecei a analisar esses mesmos fatos por meio das projeções de futuro que os contemporâneos a estes episódios imaginavam. Não há nada de original nisso, na verdade. O futuro que as pessoas imaginam tem sempre o seu lastro nos elementos constituintes da realidade em que vivem, sendo esse, portanto, um domínio natural da História das Ideias e das Mentalidades. A despeito de serem excelentes fontes históricas, as obras de FC facilitaram o despertar do meu lado historiador, por conectarem um gosto pessoal a uma necessidade de intelectualização em uma ocupação simultaneamente útil e prazerosa.

Este livro nasceu como uma continuação de reflexões propostas na minha dissertação de mestrado sob o título *Escatologia e finitude em* Blade Runner *(1968-1982): percepções do tempo na contemporaneidade*, defendida em 2010, como pré-requisito para a conclusão do programa de mestrado da Pontifícia Universidade Católica de São Paulo, realizada sob orientação da profa. dra. Denise Bernuzzi de Sant'Anna, a quem sou absolutamente grato por me encorajar a insistir no assunto. Agora, o livro traz reproduções dessa dissertação expandidas para um recorte temporal mais amplo, e adaptadas, acrescidas e revisitadas sob a ótica de novas análises documentais. Também foram incorporados textos e artigos provenientes

*HISTÓRIA e FICÇÃO CIENTÍFICA*

de outras publicações correlatas, produzidas para revistas acadêmicas e veículos jornalísticos, pelas quais passei em minha trajetória acadêmica e profissional. Por fim, essa expansão de recorte facilitou a recorrência de temas similares, que podem ser observados nos diferentes documentos e distintos períodos abordados, como conflitos de classes, choques culturais, modernidade, urbanização, ambiguidades, maquinização, o tempo e a finitude da vida, entre outros tópicos. Ao problematizar ciência e ficção, estas páginas deverão contribuir com reflexões relacionadas à ética científica ao expor o enorme abismo que existe entre desenvolvermos uma tecnologia avançada e sermos, de fato, civilizados.

De um historiador para seus leitores, fica o convite: leiam ficção científica como se vivessem no tempo em que elas foram escritas. E as respectivas historiografias estarão sempre à nossa disposição, para ajudar a nos transportar mentalmente no tempo.

# *Notas*

## "Introdução"

[1] Na tradição prometeica, a humanidade se lança ao desenvolvimento da técnica como meta de transformação e evolução da própria condição humana, que é uma condição falível, errática e efêmera, visando atingir, ou aproximar-se o máximo possível, de um ideal divino de perfeição. Esta noção antecede a proposição da tradição fáustica, oriunda do mito germânico de Fausto, em que a evolução técnica visa superar as potencialidades divinas e transcender a condição humana. Enquanto a prometeica desafia Deus, mas não aspira à busca da imortalidade, reconhecendo que a condição humana não se equipara à condição divina, o mito do Fausto admite a superação de Deus (ou dos deuses) pelo homem (Sibilia, 2002: 43-44). Assim, a ideia de uma concepção prometeica da pós-humanidade, ou de uma análise da pós-modernidade, como este livro propõe, poderia também ser orientada pela tradição fáustica de superação do divino pelo humano.

[2] Ao contrário da FC, na protoficção científica, que engendra um conjunto de obras precursoras em que autores já experimentavam os territórios temáticos dos quais a FC se apropriou – como a vida em outros planetas e autômatos antropomórficos –, o aspecto de cientificismo aparecia de maneira muito mais fluida e intuitiva do que intencional e estruturada.

[3] Os capítulos compreendidos na Parte III deste livro são uma adaptação, acrescida de novas análises documentais, da dissertação de mestrado defendida em 2010, na PUC-SP, sob o título *Escatologia e finitude em Blade Runner (1968-1982): percepções do tempo na contemporaneidade.*

## "Novas formas de pensar, novas formas de imaginar"

[4] Em 1826, Mary Shelley também publicou um romance com o título de *O último homem.*

[5] Dentre os nomes citados, Lord Byron e Percy Shelley consolidaram-se como dois dos mais influentes poetas românticos britânicos, além de John Polidori, cuja obra *O vampiro*, também iniciada nesta ocasião, inspirou o *Drácula*, de Bram Stoker, décadas depois.

## "A razão industrial no cotidiano doméstico e no trabalho"

[6] Ainda que este operário, mais qualificado, não tenha o *status* privilegiado de um capitalista, ele pode experimentar-se como o detentor de algum grau de poder, e prestígio e privilégios autorizados por esta nova organização estamental, que é estabelecida e recompensada pela ascensão nas hierarquias industriais e corporativas, mediante dedicação e obediência correspondentes.

[7] E não nos esqueçamos de que, por séculos que antecedem à *Belle Époque*, títulos de nobreza podiam, em última instância, serem comprados ou trocados por favores entre burgueses e nobres.

[8] Ou potenciais leitores, no caso de *Paris no século XX*, que seria publicada mais de um século após ter sido escrita. A observação, que não se perde de vista, é justamente a convergência de uma conjuntura que, simultaneamente, favorece o encontro entre um interesse mercadológico e a sensibilidade do autor, resultando na forma como os receios de seu tempo são capturados e traduzidos em metáforas que adornam a narrativa.

HISTÓRIA e FICÇÃO CIENTÍFICA

## "Imperialismo, ciência e tecnologia"

[9] Assim como Verne, Wells também historiciza seu tempo presente ao referenciar personalidades reais de seu contexto, fornecendo substancialidade à sua ficção.

[10] Embora o *steampunk*, cujas ficções futuristas transcorrem em ambientações de tempos passados, tenha sua grande inspiração no imaginário industrial oitocentista da Era Vitoriana (1837-1901), por vezes, suas narrativas podem se apropriar de cenários medievais, góticos, como *Van Helsing, o caçador de monstros* (2004), de Stephen Sommers, faroestes como *De volta para o futuro 3* (1990), de Robert Zemeckis, ou fantasias ainda mais desassociadas de uma contextualização factual, como *Stardust – O mistério da estrela* (2007), dirigido por Matthew Vaughn. Ou ainda em diversas animações de Hayao Miyazaki, como *Nausicaä do Vale do Vento* (1984), baseado em um mangá de 1982.

## "Utopia e distopia"

[11] São elas: 1) Um robô não pode ferir um ser humano ou, por inação, permitir que um ser humano sofra algum mal; 2) Um robô deve obedecer às ordens que lhe sejam dadas por seres humanos, exceto nos casos em que entrem em conflito com a Primeira Lei; 3) Um robô deve proteger sua própria existência, desde que tal proteção não entre em conflito com a Primeira ou Segunda Lei. Posteriormente, Asimov acrescentou uma "Lei Zero", sobressaindo-se às três anteriores: um robô não pode causar mal à humanidade ou, por omissão, permitir que a humanidade sofra algum mal.

## "*Metrópolis* e o sujeito maquinizado"

[12] Segundo Dick, a geração de escritores de ficção científica da qual fazia parte via um futuro "absolutamente aterrador", as sociedades tecnológicas a caminho de uma irreversível *androidização* do homem: "Não divisávamos nada [...] que pudesse impedir a concretização dessa sociedade de pesadelo" (Dick, 2006: 46).

## "Dilemas da máquina humanizada"

[13] A declaração de Dziga Vertov foi publicada na forma de um manifesto no primeiro número da revista *Kino-fot*, em 1922, e trazida por François Albera ao seu estudo sobre o construtivismo russo e o cinema. O cinema, esta nova forma de arte que se assumia, então, como expressão proletária da nova era industrial e pregava um cinema do real contra os "velhos filmes romanceados", que tinham a característica de *"desviar as massas da realidade"*, compactuava com os ideais russos do pós-guerra (Primeira Guerra Mundial) que buscavam a perfeição humana, tendo como referência a máquina.

[14] A expressão atualiza a ideia do panóptico de Michel Foucault para a era da computação. Segundo ele, o modelo do panóptico é um sistema organizacional adotado em colégios, quartéis, conventos, hospitais e fábricas para estabelecer controle e vigilância através de uma hierarquia de funções. Este modelo organizacional, ao qual o filósofo se refere, é inspirado no *Panóptico de Bentham*, um modelo arquitetônico que satisfaz aos "olhares que devem ver sem ser vistos." Ao invés de isolar o indivíduo para limitar o seu raio de ação, o panóptico o expõe, o torna visível, para que ele possa ser observado e controlado, de maneira que sua ação seja sempre restrita e previsível. É induzido no indivíduo "um estado consciente e permanente de visibilidade que assegura o funcionamento do poder", pois, assim, ele não sabe exatamente quando ou por quem está sendo vigiado e passa a supor que a vigilância é constante, até que a sensação contínua de controle seja internalizada (Foucault, 1997: 154-157). A ideia de panóptico adaptada ao contexto das tecnologias informacionais é emprestada por Barbrook da obra *In the Age of the Smart Machine* (1988), de Shoshana Zuboff.

[15] A seguinte expressão de Mumford complementa a passagem de Barbrook atentando para a "onisciência e onipotência triunfantemente apoiadas pela ciência" sob o controle, na forma de um monopólio eletrônico, de uma "divindade cibernética'" (Mumford, 1965).

[16] Mumford se refere à obra de George Orwell, *1984* (1949), para exemplificar esta condição de megalópole, de caráter tecnocrático e totalitário, para a qual, segundo ele, as cidades tenderiam a se tornar no futuro, conforme seu curso de progresso (Mumford, 1965: 270).

[17] Foucault atenta para as formas de organização e controle das massas em prol do Estado, segundo a adoção de métodos disciplinares e de coerção, cujo objetivo é moldar a ação e o comportamento individual em detrimento do coletivo. O corpo dócil e obediente que permite o exercício, sobre si, do poder, é aquele ao

214

qual se refere o autor em sua obra *Vigiar e punir: a história da violência nas prisões* (1975). Utiliza como casos de estudos os ambientes militares, industriais e educacionais, sendo, em todos os casos, o homem visto como uma peça de uma engrenagem que o envolve, exigindo dele a postura adequada para não comprometer o movimento geral. Ver capítulo "Os corpos dóceis" em Foucault (1997: 117-142).

[18] A passagem em que o personagem Harry Bryant faz esta afirmação havia sido editada da versão de *Blade Runner* de 1982, mas foi reinserida, a gosto do diretor, Ridley Scott, na versão final de 2007. Trata-se de um comentário complementar à narrativa, que não compromete os rumos da trama com relação às versões anteriores.

## "Queimas de livros, polarizações e ambiguidades históricas"

[19] Tradução livre nossa, a partir do roteiro original de Barré Lyndon para a versão de 1953 de *A guerra dos mundos*, dirigida por Byron Haskin.

[20] Na língua inglesa, os profissionais destacados para o combate a incêndios são chamados *fireman*. O termo *fireman* que traduzimos como "bombeiro" seria, em tradução literal, "homem-fogo" ou "homem de fogo". A versão original da obra em inglês aproveita-se desta designação para associar seus bombeiros a profissionais que portam e se utilizam do fogo como ferramenta de trabalho, e não como o objeto a ser combatido.

[21] Lembrando que não apenas os artistas, mas também intelectuais e jornalistas igualmente se viram vitimados por uma "paranoia generalizada" que marcou a década de 1950 (Tavares, 1986: 28).

[22] A relação completa de determinações do código pode ser consultada na obra de Gonçalo Junior, *A guerra dos gibis: a formação do mercado editorial brasileiro e a censura aos quadrinhos: 1933-64* (2004: 400-402).

[23] Ocupando-se especificamente do caso brasileiro, Sodré lembra que o formato seguido pela imprensa deste país acompanha uma tendência capitalista mundial, informando também que a história de ambos, capitalismo e imprensa, é praticamente indissociável (Sodré, 2004: 5).

[24] A expressão "janela catódica" foi extraída em referência à televisão que passa a trazer a iluminação para dentro dos lares. Essa iluminação pode ser entendida em seu duplo sentido, de prover luz e também conhecimento ao propiciar um contato com o mundo exterior, conectando o indivíduo remotamente a espaços que estão além do alcance de sua visão ocular. Ademais, a televisão também opera a dilatação do tempo ao quebrar as restrições determinadas pela iluminação solar (Virilio, 2005: 13, 65).

## "Mais humanos que os humanos e a Terceira Guerra Mundial"

[25] *Meca* ou *mecha* é a designação dada no filme às máquinas. Trata-se de uma abreviação para o termo inglês *mechanics*, mecânicos, ao contrário dos humanos, classificados como *orgas,* abreviação para orgânicos.

## "Ficção pós-moderna e o efeito Hollywood"

[26] David Harvey (1998: 277) refere-se aos replicantes destacados no filme *Blade Runner* como "um pequeno grupo de seres humanos geneticamente produzidos". A ideia de simulacro de Baudrillard, da qual aqui me aproprio, refere-se a uma cópia tão fidedigna que não se pode diferenciá-la do objeto original (Baudrillard, 1991).

[27] A necessidade de adequação do roteiro, de uma plataforma textual para uma audiovisual, levou à eliminação de diversos componentes que, na imaginação de Dick, despontavam como relevantes à obra como um todo. É o caso do *mercerismo*, uma tecnorreligião empática conduzida por um guru cibernético chamado Wilbur Mercer; ou a ênfase no interesse dos personagens por animais de estimação não sintéticos; a ausência da esposa do caçador, citada timidamente no filme como uma ex-esposa, entre outros personagens que também acabaram sendo modificados ou excluídos.

[28] O *Internet Movie Data Base* (IMDB) reconhece estas três versões como oficiais: 1982, 1992 e 2007. Disponível em: http://www.imdb.com/find? s=tt&q=blade+runner. Acesso em: 8 fev. 2010.

[29] O *Dicionário teórico e crítico de cinema*, de Aumont e Marie, define o termo *noir* como designação para ficções policiais da década de 1930, tanto em cinema quanto em literatura, apresentando uma visão amarga e desiludida da sociedade, que vem desde a época da Grande Depressão. Chamando atenção por seu ar sombrio, o *film noir* (filme negro) chega a Europa como um gênero bastante comentado por seus aspectos sociológicos e narratológicos, em que a arte de confundir pistas e suspeitos é menos importante do que a forma como o investigador mergulha no mistério (Aumont; Marie, 2003: 213).

[30] O mesmo guia ainda cita o filme *Alien*, de Ridley Scott, como uma obra com características *cyberpunks*.

HISTÓRIA e FICÇÃO CIENTÍFICA

[31] No período a que Berman se refere, a modernidade tendeu a ser enxergada como um horizonte fechado, que o pós-modernismo se incumbiu de abrir, ainda que defensores da modernidade (como o próprio Berman) insistissem em que a nova concepção não passava de um produto já previsto como tendência natural da primeira (Berman, 2008: 16).

[32] O termo "retirar" refere-se também à ação de exterminar androides, podendo ser lida nesta passagem a partir de seu duplo sentido (Dick, 1985: 27).

[33] O tema da aceleração do ritmo de vida no meio metropolitano foi muitas vezes abordado por artistas e pesquisadores de diversas áreas das ciências humanas. Baudelaire, por exemplo, falava da cultura do choque, ocasionada pela vida em anonimato nas grandes cidades: "o que são os perigos da floresta e da pradaria comparados com os choques e conflitos diários do mundo civilizado?" (Baudelaire apud Benjamin, 1994: 37). Lembra Walter Benjamin que "a experiência do choque é uma das que se tornaram determinantes para a estrutura de Baudelaire" e, num contexto posterior ao do poeta, o filósofo constatou o papel educativo do cinema no processo de adaptação dos sujeitos urbanos a esta experiência do choque (Benjamin, 1994: 112, 125). E Benjamin, em seu livro *Paris, capital do século XIX*, abordando o estilo de vida parisiense em fins do século XIX, também destacou esta tendência à aceleração. Dentre os autores contemporâneos, destaca-se também Paul Virilio que, em *O espaço crítico* (2005), cita o efeito de *poluição dromosférica* como consequência do fenômeno de aceleração dos ritmos de vida na contemporaneidade, entre outros efeitos mencionados nos capítulos deste livro.

## "Escatologia, finitude, aceleração e a vida sobre a lâmina"

[34] E seria justamente para compensar esta falta de tempo, que desenvolvemos a obsessão moderna de acelerarmos as ciências, para adquirir o quanto antes o conhecimento que permitirá desvendar o máximo possível deste mundo (Kamper; Wulf, 1989: 53).

[35] O termo "ciborgue", do inglês *cyborg*, significa: organismo cibernético (*cyber organism*) e designa corpos que plasmam tecidos orgânicos vivos com partes sintéticas. O conceito foi forjado por Manfred Clynes e Nathan Kline, em 1960, no âmbito da corrida espacial (Santos, 2003: 275). A língua portuguesa não possui tradução para o termo *cyborg*, como adjetivo, apenas como substantivo. Portanto, utilizo-me do termo "ciborguiano(a)" para adjetivar a palavra ciborgue, a exemplo de Silva (2000: 13).

[36] O conceito convencional de eugenia pressupõe a existência de diferentes raças que podem ser qualitativamente classificadas, tendo como base a composição genética dos indivíduos que compõem cada raça. Prima pela pureza racial como condição genética superior, sustentando que quanto mais pura a raça, mais elevado deve ser o seu posicionamento social e mais importante é o seu papel em ordenar o mundo já que, pelo processo darwiniano de seleção natural, sobressaiu-se, em tese, como eleita. Políticas eugenistas constituem-se na aplicação de métodos artificiais de seleção dos indivíduos, encurtando o que seria o processo natural de seleção darwiniano. Contudo, hoje, a ideia de raça designa mais um discurso social do que uma condição fisiológica, ou seja, é um mecanismo de diferenciação e identificação social e cultural, e não genética, sendo designada segundo o discurso acadêmico recente sob o termo etnia. Definição extraída de Silva e Silva (2008: 347-349).

[37] Dentre os depoimentos desta época (medieval), que fornecem uma amostra desta crença fundante do sistema de pensamento teológico medieval, professada a partir do meio intelectual eclesiástico e tornada vulgar na cultura popular daquele período, constam, como documentos essenciais, os relatos acerca da selvageria e da heresia que tomaram conta da Europa, por volta do ano 1000, do monge historiador Raoul Glaber. Seu testemunho, registrado em cerca de cinco livros sobre história do mundo, escritos nas primeiras décadas do século X da era cristã, resgatados pelo historiador Georges Duby, que o considera o "melhor testemunho de seu tempo", em sua obra *O ano mil*, fala de monstros, mudanças climáticas, epidemias, fome, canibalismo e outros crimes hediondos e eclipses interpretados como maus presságios, encerrando um conjunto de desgraças que, para ele, não poderiam significar outra coisa senão a chegada do Juízo Final (Duby, 1986: 114).

[38] O início e o término de cada ciclo de mil anos é um assunto de longos debates entre religiosos, estudiosos da Bíblia, teólogos, historiadores, que nunca chegaram a um consenso a respeito destas datas de forma a convocá-las em caráter definitivo.

[39] Com os Descobrimentos e a constatação de que a Terra era, de fato, redonda, o mundo passou a ser "potencialmente finito" e podia ser inteiramente conhecido, marcando um decisivo passo rumo à implementação do projeto iluminista que começava a se desenhar. Embora as descobertas estivessem ampliando os

*216*

horizontes do mundo, o efeito desta façanha trouxe, curiosamente, a ideia de que o mundo estava diminuindo, pois suas dimensões podiam começar agora a ser calculadas. O espaço para o desconhecido (que inundava o imaginário de ideias largamente associadas ao sobrenatural, mágico e divino) ia também diminuindo, tornando o projeto iluminista, sobre o qual os modernos foram concebidos, efetivamente aplicável (Harvey, 1998: 219-224).

## "Sociedade de consumo e metaverso"

[40] Paul Virilio utiliza a expressão "falso-dia-eletrônico" em substituição ao dia solar da astronomia que orientava, no passado, as sociedades em todas as suas dinâmicas, até que a luz elétrica, na forma de lâmpadas ou de televisores, viesse subverter a ordem estabelecida pela natureza às diversas rotinas diárias (Virilio, 2005: 10).

[41] Os primeiros experimentos de sincronização de relógios via satélite, realizados a partir de 1960, tinham o intuito de unificar e organizar o espaço a partir de uma transmissão instantânea do tempo. Seu desenvolvimento possibilitou um sincronismo planetário (Attali, 2004: 257-258) concluindo uma meta imperialista, do fim do século XIX, que buscava, por meio de cabos e ondas de rádio, a comunicação intercontinental fundamental para o estabelecimento do controle sobre colônias e mercados concorrentes.

[42] Este bombardeio de estímulos se expressa no caos urbano, na velocidade dos transportes, nos sinais luminosos ou na propaganda em *outdoors*, no som de sirenes, buzinas, campainhas, alarmes e no som ensurdecedor da multidão eufórica pelas ruas, na paisagem vertical e acinzentada de concreto e metal e até na mistura de idiomas, fragrâncias e sabores que vêm de todos os cantos do mundo para compor um imenso e confuso caldo cultural (Singer, 2001: 116).

[43] Como explica Georg Simmel acerca da *"vida mental"* nas grandes metrópoles, a partir de uma análise centrada no processo de modernização das primeiras décadas do século XX, tratava-se de um estilo de vida que obrigou o corpo a desenvolver mecanismos de defesa e autopreservação, pois a percepção sensorial era explorada à exaustão, dado o seu intenso trabalho de amortização do excesso de informações que exigem o máximo esforço dos cinco sentidos. Esta reação à modernidade nos levou, segundo Simmel, ao aumento constante da demanda por novos e cada vez mais intensos estímulos, ocasionando a adoção de uma atitude que denominou *blasé*, uma não reação gradativa a esses estímulos causada pelo estiramento nervoso (Simmel, 1967: 16).

[44] Leitura de Harvey sobre a *América* de Baudrillard (Harvey, 1998: 256).

[45] Segundo Pierre Vernant, é no século VI a.C. que o homem começa, na Grécia, a "experimentar-se enquanto agente, mais ou menos autônomo em relação às potências religiosas que dominam o universo ou menos senhor de seus atos, tendo mais ou menos meios de agir sobre seu destino político e pessoal" (Vernant; Vidal-Naquet, 2002: 55). Esta conscientização de sua autonomia provoca ao mesmo tempo um desamparo que se traduz, segundo o autor, nas formas de expressão artística da tragédia grega. Na recente produção ficcional em que se destaca o teor trágico e decadente das narrativas, também é possível destacar esta relação entre o indivíduo autônomo e, ao mesmo tempo, desamparado, sobre o qual recai a responsabilidade sobre sua realidade dessacralizada, sem intervenção divina.

[46] O texto citado não é datado. Foi publicado em 1985, alguns anos após a morte do autor, como introdução de uma coletânea de contos intitulada *I Hope I Shall Arrive Soon*.

[47] A primeira edição de *Crash* data de 1973.

[48] Na versão cinematográfica de 1982, Rick Deckard, numa narração em *voice-over* posteriormente editada do filme, menciona ter uma ex-esposa.

## "Nostalgia e desaceleração da realidade"

[49] A título de exemplificação desta dialética, podemos enxergar a Revolução Industrial como uma experiência da qual se colhem resultantes que podem determinar ou direcionar ações no presente. E, como expectativa, citar o Juízo Final como fator determinante na conduta que desencadeará ações nesse mesmo presente. Ou, a experiência vivenciada da explosão da bomba de Hiroshima combina-se à expectativa de uma Terceira Guerra Mundial para juntas configurarem ações e reações, por exemplo, desencadeadas no período da Guerra Fria, gerando a corrida armamentista e os demais preparativos para um derradeiro e inviável conflito, pois implicaria a mútua destruição de todas as partes envolvidas.

[50] O conceito de "moderno" para Le Goff refere-se àquilo que é novo, e o sujeito "moderno" é aquele que se posiciona como adepto à inovação.

HISTÓRIA e FICÇÃO CIENTÍFICA

[51] Compactuando com o conceito de "aura" proposto por Walter Benjamin (1985).

[52] Sobre o conceito de *poluição dromosférica*, ver a já citada obra *O espaço crítico* (2005), de Paul Virilio.

[53] Jacques Le Goff (2006: 174) define o conceito de "antigo" como aquilo "que pertence ao passado".

[54] São, notadamente, os romances históricos que tradicionalmente se incumbem de reconstituir passados, cabendo à ficção científica a projeção de futuros imaginários. Tanto uma representação de passado quanto de futuro estão amparadas por um tempo presente, o qual serve com seu caráter representativo. A concepção de tais obras pode valer-se da pesquisa histórica como recurso para que a reconstituição, ou a projeção, possam aproximar-se ao máximo do que seria a verdade. Neste caso não com os compromissos acadêmicos de uma obra historiográfica, mas por uma necessidade de propiciar um cenário com o qual o público possa identificar-se, tornando crível a representação.

## "Fotografias e a supremacia da imagem"

[55] Mais do que a imagem impressa, como a fotografia, com o advento do cinema temos a imagem animada. Pierre Lévy propõe a utilização dessa imagem animada como uma nova forma de escrita, indo muito além de uma função ilustrativa à qual, muitas vezes, é relegada para ganhar um novo *status* como "instrumento de conhecimento e de pensamento" (Lévy, 1998: 16).

[56] A expressão "ver pra crer" ganha especial significância na determinação do que é verdade objetiva, notadamente para o sujeito imerso na cultura da imagem. Ver Cesarotto (1996: 133).

# *Referências bibliográficas*

## Filmes

A GUERRA dos mundos. Direção: Byron Haskin. Los Angeles: Paramount Pictures, 1953. 85 min., color.

A.I. – Inteligência Artificial. Direção: Steven Spielberg. Los Angeles: Warner Bros., 2001. 146 min., color.

A MÁQUINA do tempo. Direção: George Pal. Roteiro: David Duncan, H. G Wells. EUA-UK: Rimo S.A., 1960. 103 min., color.

A MÁQUINA do tempo. Direção: Simon Wells. Roteiro: John Logan, David Duncan, H. G Wells. Los Angeles: Warner Bros., 2002. 96 min., color.

BLADE RUNNER. Direção: Ridley Scott. Los Angeles: Warner Bros., 1982. 117 min., color.

BLADE RUNNER: Director´s Cut. Direção: Ridley Scott. Los Angeles: Warner Bros., 1992. 116 min., color.

BLADE RUNNER: Final Cut. Direção: Ridley Scott. Los Angeles: Warner Bros., 2007. 117 min., color.

MATRIX. Direção: Lana Wachowski e Lilly Wachowski. Los Angeles: Warner Bros., 1999. 136 min., color.

METRÓPOLIS. Direção: Fritz Lang. Alemanha: Continental Filmes, 1927. 153 min., p&b.

TEMPOS MODERNOS. Direção: Charles Chaplin. Los Angeles: Cinemax, 1936. 87 min., p&b.

## Livros e artigos

ALBERA, François. *Eisenstein e o construtivismo russo:* a dramaturgia da forma em "Stuttgart" (1929). São Paulo: Cosac & Naify, 2002.

ARENDT, Hannah. *Essays in Understanding 1930-1954.* New York: Houghton Mifflin Harcourt, 1994.

ASIMOV, Isaac. *Os novos robôs.* Rio de Janeiro: Expressão e Cultura, 1978.

ATTALI, Jacques. *Historias del tiempo.* México, D. F.: Fondo de Cultura Económica, 2004.

AUMONT, Jacques; MARIE, Michel. *Dicionário teórico e crítico de cinema.* Campinas: Papirus, 2003.

BARBROOK, Richard. *Futuros imaginários:* das máquinas pensantes à aldeia global. São Paulo: Peirópolis, 2009.

BARTHES, Roland. *A análise estrutural da narrativa.* Petrópolis: Vozes, 2009.

BAUDRILLARD, Jean. *O sistema dos objetos.* São Paulo: Perspectiva, 1982.

BAUDRILLARD, Jean. *América.* Rio de Janeiro: Rocco, 1986.

BAUDRILLARD, Jean. *Simulacros e simulação.* Lisboa: Relógio D'Água, 1991.

BAUDRILLARD, Jean. *A ilusão do fim, ou a greve dos acontecimentos.* Lisboa: Terramar, 1992.

BAUDRILLARD, Jean. *Tela total:* mito-ironias da era do virtual e da imagem. Porto Alegre: Sulina, 1999.

BENJAMIN, Walter. *Obras escolhidas.* São Paulo: Brasiliense, 1985, v. I: Magia e técnica, arte e política.

BENJAMIN, Walter. *Obras escolhidas.* São Paulo: Brasiliense, 1994, v. III: Charles Baudelaire – um lírico no auge do capitalismo.

BERMAN, Marshall. *Tudo o que é sólido desmancha no ar.* São Paulo: Companhia das Letras, 2008.

BLOCH, Marc. *Apologia da história ou O ofício do historiador.* Rio de Janeiro: Jorge Zahar, 2002.

BRADBURY, Ray. *Fahrenheit 451.* São Paulo: Globo, 2003.

BURKE, Peter (org.). *A escrita da história:* novas perspectivas. São Paulo: Editora Unesp, 1997.

CAPEK, Karel. *RUR – Robôs Universais de Rossum.* São Paulo: Madrepérola, 2021.

CESAROTTO, Oscar. *No olho do outro:* "O homem da areia" segundo Hoffmann, Freud e Gaiman. São Paulo: Iluminuras, 1996.

CHOMSKY, Noam. Armas estratégicas, Guerra Fria e Terceiro Mundo. In: THOMPSON, Edward et al. *Exterminismo e Guerra Fria*. São Paulo Brasiliense, 1985.

CLUTE, John; NICHOLS, Peter. *The Science Fiction Encyclopedia*. Manchester: Granada, 1979.

CSICSERY-RONAY JR, Istvan. Marxist theory and science fiction. In: JAMES, Edward; MENDLESOHN, Farah. *The Cambridge Companion to Science Fiction*. Cambridge: Cambridge University Press, 2010.

DARNTON, Robert. *O beijo de Lamourette*: mídia, cultura e revolução. São Paulo: Companhia das Letras, 1990.

DARNTON, Robert. *Os dentes falsos de George Washington*: um guia não convencional para o século XVIII. São Paulo: Companhia das Letras, 2004.

DICK, Philip K. *Blade Runner* – perigo iminente (Sonham os androides com carneiros elétricos?). Mira-Sintra: Publicações Europa-América, 1985.

DICK, Philip K. *O andróide e o humano*. Lisboa: Nova Vega, 2006.

DUBY, Georges. *O ano mil*. Lisboa: Edições 70, 1986.

ECO, Umberto. *O super-homem de massa*. São Paulo: Perspectiva, 1991.

ECO, Umberto. *Viagem na irrealidade cotidiana*. Rio de Janeiro: Nova Fronteira, 1993.

ELIADE, Mircea. *Imagens e símbolos*: ensaio sobre o simbolismo mágico-religioso. São Paulo: Martins Fontes, 1991.

ELIADE, Mircea. *O sagrado e o profano*: a essência das religiões. São Paulo: Martins Fontes, 2001.

ELIAS, Norbert. *Sobre o tempo*. Rio de Janeiro: Jorge Zahar, 1998.

FALCON, Francisco. A história das idéias. In: CARDOSO, Ciro Flamarion; VAINFAS, Ronaldo (orgs.). *Domínios da História*: ensaios de teoria metodológica. Rio de Janeiro: Campus, 1997.

FEBVRE, Lucien. "O homem do século XVI". *Revista de História*, São Paulo, n. 1, 1950, pp. 3-17.

FERRO, Marc. *Cinema e História*. São Paulo: Paz e Terra, 1992.

FOUCAULT, Michel. *Vigiar e punir*: história da violência nas prisões. Petrópolis: Vozes, 1997.

FOUCAULT, Michel. *Microfísica do poder*. Rio de Janeiro: Graal, 2003.

FRANCO JÚNIOR, Hilário. *O ano 1000*: tempo de medo ou de esperança? São Paulo: Companhia das Letras, 1999.

FREEDMAN, Carl. *Critical Theory & Science Fiction*. Middletown, CT: Wesleyan University Press, 2000.

GIBSON, William. *Neuromancer*. São Paulo: Aleph, 2003 [1984].

GIBSON, William. *Reconhecimento de padrões*. São Paulo: Aleph, 2011 [2003].

GONÇALO JR. *A guerra dos gibis*: a formação do mercado editorial brasileiro e a censura aos quadrinhos, 1933-64. São Paulo: Companhia das Letras, 2004.

GONÇALVES, Antonio Carlos. Blade Runner, o caçador de andróides. In: *Apontamentos vol. 86*. São Paulo: Fundação para o Desenvolvimento da Educação, 1990.

HARAWAY, Donna. Manifesto do ciborgue. In: SILVA, Tomaz Tadeu da (org.). *Antropologia do ciborgue*: as vertigens do pós-humano. Belo Horizonte: Autêntica, 2000.

HARBOU, Thea von. *Metrópolis*. São Paulo: Aleph, 2019.

HARVEY, David. *Condição pós-moderna*. São Paulo: Edições Loyola, 1998.

HOWE, Desson. "Blade Runner". *Washington Post*, 11 set. 1992. Disponível em: <www.washingtonpost.com/wpsrv/style/longterm/movies/videos/bladerunnerrhowe_a0af01.ht>. Acesso em: 18 jun. 2009

HOBSBAWM, Eric J. *A era dos extremos*: o breve século XX, 1914-1991. São Paulo: Companhia das Letras, 1998.

HOBSBAWM, Eric J. *A era dos impérios*. São Paulo: Paz e Terra, 2010a.

HOBSBAWM, Eric J. *A era das revoluções*. São Paulo: Paz e Terra, 2010b.

JACOBS, Bob. "O mundo fantástico de Ray Bradbury"'. *Manchete*, 6 mar. 1976.

JAMES, Edward; MENDLESOHN, Farah. *The Cambridge Companion to Science Fiction*. Cambridge: Cambridge University Press, 2010.

JAMESON, Fredric. *Pós-modernismo*: a lógica cultural do capitalismo tardio. São Paulo: Ática, 1996.

JUDE, S.; SIRIUS, R.; NAGEL, B. *Cyberpunk Handbook*: the Real Cyberpunk Fake Book. Nova York: Random House, 1995.

KAMPER, Dietmar; WULF, Christoph (orgs.). *Looking Back on the End of the World*. Nova York: Semiotext(e) Foreign Agents Series, 1989.

KORT, Michael. *The Columbia Guide to the Cold War*. Nova York: Columbia University Press, 1998.

KOSELLECK, Reinhart. *Futuro passado*: contribuições à semântica dos tempos históricos. Rio de Janeiro: Contraponto, 2006.

KUHN, Thomas. *A estrutura das revoluções científicas*. São Paulo: Perspectiva, 1998.

LATOUR, Bruno. *Ciência em ação*: como seguir cientistas e engenheiros sociedade afora. São Paulo: Editora Unesp, 2000.

LATOUR, Bruno. *Jamais fomos modernos*. São Paulo: Editora 34, 1994.

LATOUR, Bruno. *Reflexão sobre o culto moderno dos deuses fe(i)tiches*. Bauru: Edusc, 2002.

## REFERÊNCIAS BIBLIOGRÁFICAS

LEAVER, Tama. *Post-Humanism and Ecocide in William Gibson's Neuromancer and Ridley Scott's Blade Runner*. Crawley WA: University of Western Australia, 1997.

LE BRETON, David. *Adeus ao corpo:* antropologia e sociedade. São Paulo: Papirus, 2003.

LE GOFF, Jacques. *Enciclopédia Einaudi*. Lisboa: Casa da Moeda; Imprensa Nacional, 1985, v. 1.

LE GOFF, Jacques. *História e memória*. Campinas: Editora Unicamp, 2006.

LE GOFF, Jacques; SCHMITT, Jean-Claude. *Dicionário temático do ocidente medieval*. São Paulo: Edusc, 2002, v. 2.

LEFEBVRE, Henri. *A revolução urbana*. Belo Horizonte: Editora UFMG, 2008.

LÉVY, Pierre. *A ideografia dinâmica:* rumo a uma imaginação artificial? São Paulo: Loyola, 1998.

LUKACS, John. *O fim de uma era*. Rio de Janeiro: Jorge Zahar, 2005.

LYNTON, Norbert. Expressionismo. In: STANGOS, Nikos (org.). *Conceitos de arte moderna*. Rio de Janeiro: Zahar, 2006.

MANFRÉDO, Stéphane. *La Science-fiction, aux frontières de l'homme*. Paris: Découvertes Gallimard Littérature, 2000.

MASCARELLO, Fernando (org.). *História do cinema mundial*. Campinas: Papirus, 2012.

MORIN, Edgar. *O cinema ou o homem imaginário*. Lisboa: Relógio D'Água Editores, 1997a.

MORIN, Edgar. *O homem e a morte*. Rio de Janeiro: Imago, 1997b.

MUMFORD, Lewis. *A cidade na História*. Belo Horizonte: Itatiaia, 1965.

NOVAES, Adauto (org.). *A descoberta do homem e do mundo*. São Paulo: Companhia das Letras, 1998.

NOVAES, Adauto (org.). *O homem-máquina:* a ciência manipula o corpo. São Paulo: Companhia das Letras, 2003.

OLIVEIRA, Fátima Régis de. *Nós, ciborgues:* a ficção científica como narrativa da subjetividade homem-máquina. Rio de Janeiro: ECO/UFRJ, 2002.

PENTEADO, Cláudio Luis de C. Matrix e a sociedade alienada. In: HOFFLER, Angélica (org.). *Cinema, literatura e história*. Santo André, SP: UniABC, 2007, v. 2, pp. 48-59.

PERROT, Michelle. *Os excluídos da História:* operários, mulheres e prisioneiros. São Paulo: Paz e Terra, 1988.

POE, Edgar Allan. O homem da multidão. In: PAES, José Paulo (org.). *Histórias extraordinárias*. São Paulo: Companhia das Letras, 2022.

RANGEL, Luiz Aloysio Mattos. *Escatologia e finitude em Blade Runner (1968-1982):* percepções do tempo na contemporaneidade. São Paulo, 2010. 142 f. Dissertação (Mestrado em História) – Pontifícia Universidade Católica de São Paulo. Disponível em: <https://tede2.pucsp.br/handle/handle/12623>. Acesso em: nov. 2023.

ROBIDA, Albert. *Le Vingtième siècle*. Paris: Georges Decaux Éditeur, 1883.

SADOUL, Jacques. *Une Histoire de la science-fiction, 1:* 1901-1937, les premiers maîtres. Paris: Librio, 2000.

SANT'ANNA, Denise Bernuzzi de. *História da beleza no Brasil*. São Paulo: Contexto, 2014.

SANTOS, Laymert Garcia dos. *Politizar as novas tecnologias:* o impacto sócio-técnico da informação digital e genética. São Paulo: Editora 34, 2003.

SEED, David. *Science Fiction:* a Very Short Introduction. Oxford: Oxford University Press, 2011

SEVCENKO, Nicolau. *A corrida para o século XXI:* no loop da montanha-russa. São Paulo: Companhia das Letras, 2001.

SHELLEY, Mary. *Frankenstein, or the Modern Prometheus*. Londres: Penguin Group, 1994.

SIBILIA, Paula. *O homem pós-orgânico:* corpo, subjetividade e tecnologias digitais. Rio de Janeiro: Relume Dumará, 2002.

SINGER, Ben. Modernidade, hiperestímulo e o início do sensacionalismo popular. In: CHARNEY, Leo; SCHWARTZ, Vanessa R. *O cinema e a invenção da vida moderna*. São Paulo: Cosac & Naify, 2001.

SILVA, Kalina Vanderlei; SILVA, Maciel Henrique. *Dicionário de conceitos históricos*. São Paulo: Contexto, 2008.

SILVA, Tomaz Tadeu da (org.). *Antropologia do ciborgue:* as vertigens do pós-humano. Belo Horizonte: Autêntica, 2000.

SIMMEL, Georg. A metrópole e a vida mental. In: VELHO, Otávio Guilherme (org.). *O fenômeno urbano*. Rio de Janeiro: Zahar, 1967.

SODRÉ, Nelson Werneck. *História da imprensa no Brasil*. Rio de Janeiro: Mauad, 2004.

SONTAG, Susan. *Ensaios sobre fotografia*. Rio de janeiro: Arbor, 1981.

STANGOS, Nikos (org.). *Conceitos de arte moderna*. Rio de Janeiro: Zahar, 2006.

SUTIN, Lawrence (org.). *The Shifting Realities of Philip K. Dick:* Selected Literary and Philosophical Writings. Nova York: Pantheon Books, 1995.

SUTIN, Lawrence. *Divine Invasions:* a Life of Philip K. Dick. Londres: Orion Publishing/Gollancz, 2006.

TAVARES, Bráulio. *O que é ficção científica*. São Paulo: Brasiliense, 1986.

THOMPSON, E. P. *Costumes em comum:* estudos sobre a cultura popular tradicional. São Paulo: Companhia das Letras, 2019.

THOMPSON, E. P et al. *Exterminismo e Guerra Fria*. São Paulo: Brasiliense, 1985.

TOFFLER, Alvin. *O choque do futuro*. Rio de Janeiro: Arte Nova, 1972.
VERNANT, Jean-Pierre; VIDAL-NAQUET, Pierre. *Mito e tragédia na Grécia antiga*. São Paulo: Perspectiva, 2002.
VERNE, Júlio. *Paris no século XX*. São Paulo: Ática, 1995.
VIRILIO, Paul. *Cinema e guerra*. São Paulo: Página Aberta, 1993.
VIRILIO, Paul. *O espaço crítico*. São Paulo: Editora 34, 2005.
WELLS, H.G. *A máquina do tempo*. São Paulo: Nova Alexandria, 1994.

## Lista de imagens

Imagem 1 – *De viribus electricitatis in motu musculari commentarius* (Comentário sobre as forças da eletricidade no movimento muscular). Bolonha, 1791, autor desconhecido.

Imagem 2 – Ilustração de Theodor M. von Holst (1810-1844) para edição revisada de 1831 de *Frankenstein*.

Imagem 3 – *A saída da Ópera no ano 2000* (1882), aquarela de Albert Robida. Museu Antoine Vivenel. Fotografia de Christian Schryve.

Imagem 4 – *As fábricas em Clichy* (1887), de Vincent van Gogh. Museu de Arte de Saint Louis.

Imagem 5 – Ilustração de *As maravilhas da ciência: descrição popular das invenções modernas por Louis Figuier*. Paris: Furne e Jouvet, 1867, autor desconhecido.

Imagem 6 – *Estação central de aeronaves em Notre Dame (Paris)*. Ilustração de Albert Robida para *Le Vingtième siècle: la vie électrique*. Bibliothèque des Arts Décoratifs. França: Paris, 1890.

Imagem 7 – *Un Quartier embrouillé*. Ilustração de Albert Robida para *Le Vingtième siècle: la vie électrique*. Paris: La Librairie Illustrée, 1890.

Imagem 8 – Capa da revista *Modern Electrics*. Modern Eletric Publications: Nova York, maio 1908.

Imagem 9 – Primeira edição da revista *Astounding Stories of Super-Science*. Estados Unidos: Dell Magazines, jan. 1930. Arte da capa de Hans Waldemar Wessolowski.

Imagem 10 – *O grito* (1893), Edvard Munch. Galeria Nacional de Oslo, Noruega.

Imagem 11 – *Composição VII* (1913), de Wassily Kandinsky. Galeria Estatal Tretiakov, Moscou, Rússia.

Imagem 12 – Pôster de divulgação de *Metrópolis* (1927). Alemanha, autor desconhecido.

Imagem 13 – Robô Maria, do filme *Metrópolis*. Foto de Jiuguang Wang, Pittsburgh, Pennsylvania, Estados Unidos (mar. 2011). (Creative Commons: imagem disponível em domínio público.)

Imagem 14 – *Metrópolis*. Direção: Fritz Lang. Alemanha: Continental Filmes, 1927.

Imagem 15 – *Tempos modernos*. Direção: Charles Chaplin. Los Angeles, EUA: Cinemax, 1936.

imagem 16 – *Metrópolis*. Direção: Fritz Lang. Alemanha: Continental Filmes, 1927.

Imagem 17 – *"Obrigado, grande camarada Stalin"*. Vasily Nikolaevich Elkin. Moscou, 1938.

Imagem 18 – Placa I de *O turco*. Ilustração de Joseph Friedrich Freiherr von Racknitz para *Ueber den Schachspieler des Herrn von Kempelen*. Leipzig: Müller, 1784.

Imagem 19 – *A criação de Adão*. Michelangelo. Basílica de São Pedro, Itália, Roma, 1508-1510.

Imagem 20 – *Condenados no inferno*. Afresco de Luca Signorelli. Catedral de Orvieto, Itália, Orvieto, c. 1499.

Imagem 21 – *Vue imaginaire de la grande galerie en ruine du Louvre*, de Hubert Robert. Museu do Louvre, Paris, 1796.

# O Autor

**Luiz Aloysio Rangel** é bacharel e mestre em História Social pela PUC-SP, onde se dedicou ao estudo da ficção científica como meio para a compreensão de fenômenos contemporâneos relacionados a cultura, tempo, informação e consumo. Há muitos anos desenvolve projetos de design e tecnologia para grandes empresas e nunca deixou de utilizar a ficção científica como inspiração de seus modelos de pensamento, além de escrever artigos a esse respeito para veículos jornalísticos e acadêmicos.